BERND FRANZINGER

Schultheater

SCHATTENFEIND Nach den Sommerferien entdeckt Hausmeister Altmeier im Friedenspädagogischen Institut einen weiblichen Leichnam. Bei dem Opfer des heimtückischen Mordanschlags handelt es sich um Irene Graupeter, Lehrerin an einer pfälzischen Schule. Wenig später wird eine weitere Leiche entdeckt: Die Pädagogik-Professorin Claudia Ratz-Zapp wurde in ihrer Wohnung erstochen.

Bei seinen Recherchen stößt Kommissar Wolfram Tannenberg auf Verbindungen zu einem Banküberfall, den die RAF in den 1970er-Jahren in Kaiserslautern verübt hat und bei dem ein Polizeibeamter erschossen wurde. Tannenberg quartiert sich in der pfälzischen Schule ein, wo auch sein Bruder Heiner und dessen Ehefrau Betty arbeiten. Und plötzlich geraten Heiner und Betty ins Fadenkreuz der Ermittler.

Bernd Franzinger lebt bei Kaiserslautern. Mit seinen überaus erfolgreichen Tannenberg-*Krimis gehört er zu den bekanntesten Autoren der deutschen Krimiszene.*

Bisherige Veröffentlichungen im Gmeiner-Verlag:
Tannenberg ermittelt wieder in der Pfalz (2014)
Hexenschuss (2013)
Todesnetz (2012)
Tannenberg ermittelt (2012)
Familiengrab (2011)
Zehnkampf (2010)
Leidenstour (2009)
Kindspech (2008)
Jammerhalde (2007)
Bombenstimmung (2006)
Wolfsfalle (2005)
Dinotod (2005)
Ohnmacht (2004)
Goldrausch (2004)
Pilzsaison (2003)

BERND FRANZINGER

Schultheater

Ein Fall für Tannenberg

GMEINER *Original*

Besuchen Sie uns im Internet:
www.gmeiner-verlag.de

Im Ehnried 5, 88605 Meßkirch
Telefon 07575/2095-0
info@gmeiner-verlag.de

1. Auflage 2014

Herstellung: Mirjam Hecht
Umschlaggestaltung: U.O.R.G. Lutz Eberle, Stuttgart
unter Verwendung eines Fotos von: © aremac/photocase.de
Druck: GGP Media GmbH, Pößneck
Printed in Germany
ISBN 978-3-8392-1593-7

Personen und Handlung sind frei erfunden.
Ähnlichkeiten mit lebenden oder toten Personen
sind rein zufällig und nicht beabsichtigt.

PROLOG

»Ich kann diesen Scheiß nicht spielen!«, brüllte Irene Graupeter in das weite Rund der Cafeteria. »Und ich werde ihn auch nicht spielen!«

Wie ein trotziges Kind stapfte sie auf den Boden. »Nein, nein, ich will nicht. Und ich kann nicht.« Wütend schleuderte sie Clemens Ruby das Rollenheft vor die Füße.

»Jetzt stell dich mal nicht so zickig an«, schimpfte der Hobbyregisseur. Er machte eine ausladende Geste zu den anderen Laienschauspielern. »Jedem von uns fällt es sehr schwer, über den eigenen Schatten zu springen.«

»Ich will nicht über meinen Schatten springen.«

Clemens Ruby presste die Lippen zusammen und zuckte resigniert mit den Schultern. »Das wollen wir doch alle nicht, Irene. Aber was sollen wir denn tun? Wir haben keine Alternative. Wir müssen dieses verdammte Theaterstück aufführen. Wenn wir uns weigern, liefern wir unseren Erzfeinden gefährliche Munition für ihren Feldzug gegen unsere geliebte Friedensschule.«

»Genau. Deshalb reißt du dich jetzt auch gefälligst zusammen, Irene!«, blaffte Mechthild Busch. »Wir müssen diese Aufführung unbedingt hinkriegen.«

»Aber …«, wandte Irene Graupeter ein.

Doch der laute und energische Ton der Konrektorin erstickte ihren Einwurf im Keim. »Die Feinde der Gesamtschule wollen ihr den Todesstoß versetzen. Und das müssen wir unter allen Umständen verhindern! Schließlich haben wir lange genug für eine soziale und humane Alternativschule gekämpft. Von diesen militanten Ewiggestrigen dürfen wir uns unsere tolle Schule nicht kaputt machen lassen. Diese Mistkerle haben uns eine hinterhältige Falle gestellt …«

»… in die du blind hineingetappt bist«, giftete Irene Graupeter. Sie machte einen Schritt nach vorn und stemmte herausfordernd die Hände in die Hüften. »Hättest du dich bei dieser bescheuerten Podiumsdiskussion nicht provozieren lassen, müssten wir uns jetzt nicht mit diesem ketzerischen Pamphlet herumplagen.«

»Dieses Theaterstück …«, begann die Konrektorin.

»Von wegen Theaterstück«, fiel ihr Irene ins Wort. »Das ist doch nichts anderes als eine bösartige Hetzschrift gegen unsere Schule.« Ihr Zeigefinger schnellte in die Höhe. »Und gegen unsere Ideale.«

»Die wir mit allen Mitteln gegen diesen Vernichtungsangriff verteidigen müssen«, stieß Clemens Ruby ins selbe Horn.

»Was für ein blödsinniger Aktionismus!«, schimpfte Irene Graupeter weiter. Sie tippte sich an die Stirn. »Diesen dilettantischen Erguss eines unbekannten Autors inszeniert doch kein normaler Mensch.«

»Ja, was sollen wir denn deiner Meinung nach tun?«, fragte Mechthild Busch gereizt. »Ich konnte doch nicht zulassen, dass diese Schweine bei der Podiumsdiskussion …«

»Ganz einfach: Du hättest diesen Kretins nicht ins offene Messer laufen dürfen«, blaffte Irene. »Dieses linke Manöver hätte doch jedes Kind durchschaut – nur du nicht. Ich glaube, du wirst allmählich zu alt für öffentliche Auftritte.«

Das Gesicht der Konrektorin erstarrte zu einer zornigen Maske. »Was bist du doch nur für eine gemeine, arrogante Zimtzicke«, zischte sie ungehalten. »Du hast wohl immer noch nicht verkraftet, dass ich Konrektorin geworden bin und nicht du.«

»Pah, dass ich nicht lache«, spuckte Irene Graupeter ihr förmlich entgegen. »Jede Kollegin weiß doch nur zu gut, dass ich für diese Funktionsstelle weit besser geeignet wäre als du. Nur besitzt du eben leider die besseren Connections zum Ministerium.«

»Bleibt doch bitte sachlich, meine Lieben«, warf Betty Tannenberg beschwichtigend ein. Sie hatte sich mit ihrem Stuhl etwas aus der Runde geschoben und verfolgte mit sorgenvoller Miene den Streit.

Doch die Konrektorin ließ sich nicht besänftigen. »Ihr wisst doch ganz genau, dass ich an diesem verfluchten Abend überhaupt keine andere Möglichkeit hatte«, zeterte sie. »Diese Podiumsdiskussion war eine hinterhältige Inszenierung unserer Feinde mit dem alleinigen Ziel, uns in einen Schulkrieg hineinzuziehen.«

Ihre Stimme überschlug sich: »Kapierst du es denn noch immer nicht, du Naivchen? Die Kampftruppen des dreigliedrigen Schulsystems wollen die Gesamtschulbewegung vernichten, ihr einen Dolch ins Herz rammen.«

Mechthild Busch verdrehte die Augen. »Mensch, Irene, wach doch endlich auf. Diese Schweinehunde wollen unser gemeinsames Kind töten!« Kopfschüttelnd fügte sie hinzu: »Und da fällst du mir auch noch in den Rücken.« Sie seufzte tief. »Als ob wir nicht schon genug Probleme am Hals hätten.«

Wie nach einem Tornado wurde es urplötzlich still in der Cafeteria des Friedenspädagogischen Instituts, totenstill.

Clemens Ruby brach als Erster das Schweigen. »Aber eins muss man diesen konservativen Arschlöchern schon lassen: Ihr Schachzug war schlichtweg genial. Wie hat es unser Intimfeind so treffend formuliert: ›Wenn die Lehrer der Friedensschule wirklich so tolerant sind, wie sie immer vorgeben zu sein, müssen sie dieses Theaterstück aufführen.‹«

Er räusperte sich, während sich sein Gesicht verfinsterte. »›Falls sie sich weigern, dokumentieren sie vor den interessierten Augen der Öffentlichkeit, dass es mit der von ihnen eingeforderten Toleranz nicht allzu weit her ist. Dann hätten sich diese Scharlatane selbst demaskiert.‹«

Resigniert ließ Ruby die Schultern sinken und vergrub die Hände in den Hosentaschen. »Die Aasgeier von der Presse haben sich natürlich sofort draufgestürzt und diese Sätze wortwörtlich in ihren Schundblättern abgedruckt.«

»Die stecken doch selbst ganz tief drin in diesem Verschwörungssumpf«, empörte sich Mechthild Busch. »Presse, Gymnasiallehrer-Mafia und einflussreiche Eltern haben eine extrem gefährliche Allianz gegen die Gesamtschule geschmiedet.«

»Was für eine heimtückische Tretmine. Diese reaktionären Schweine wollen uns all das kaputt machen, wofür wir uns jahrzehntelang aufgeopfert haben. Das ist so gemein, so hundsgemein!«, jammerte Betty Tannenberg.

Sie warf ihre kupferfarbene Lockenpracht in den Rücken und schniefte: »Die bringen's fertig und gewinnen mit dem Thema ›Schulpolitik‹ die nächste Wahl. Und das würde wohl das endgültige Aus für die Gesamtschule bedeuten.«

»Genau das ist zu befürchten, meine liebe Betty«, meinte die Konrektorin. Ein bitterböser Blick zu Irene Graupeter. »Und genau deshalb müssen wir auf Biegen und Brechen dieses verfluchte Theaterstück inszenieren.«

Beschwörend hob sie die Hände. »Wir müssen diese giftige Kröte hinunterschlucken, obwohl es uns dabei speiübel wird. Wenn wir das nicht schaffen, vernichten sie unsere Ideale.« Ein Stoßseufzer. »Ideale, für die wir ein Leben lang gekämpft haben.«

Irene Graupeter schnaubte verächtlich. »Macht doch, was ihr wollt. Aber ohne mich. Sucht euch jemand anderen für dieses bescheuerte Affentheater. Ich bin jedenfalls ab sofort nicht mehr dabei.«

Demonstrativ tippte sie mit dem Zeigefinger auf das Ziffernblatt ihrer Armbanduhr. »Seit genau zwei Stunden habe ich Sommerferien. Und die will ich mir von diesem Schwachsinn nicht weiter vermiesen lassen. Ich werde jetzt noch aufs Klo gehen, und dann heißt es für mich nur noch eins«, sie legte ihre Fingerspitzen wie zu einem militärischen Gruß kurz an die Schläfe: »Tschüss – und ab in die Ferien.«

»Ich denke, du solltest dir in diesen sechs Wochen ernsthafte Gedanken darüber machen, ob du überhaupt noch zu uns gehörst«, forderte Mechthild Busch mit eisiger Stimme.

»Du wirst es nicht glauben, mein Herzchen, aber diese Gedanken mache ich mir bereits seit Längerem«, konterte Irene Graupeter und wandte ihrer Kontrahentin mit einer abrupten Körperdrehung den Rücken zu. »Ich werde schon bald eine Entscheidung treffen. Aber ob die euch gefallen wird?«, fügte sie über die Schulter hinweg an.

»Elende Verräterin!«, fauchte die Konrektorin ihrer davoneilenden Kollegin hinterher.

1

An der Roten Hohl setzte Werner Altmeier den Blinker und verließ die L 503. Die asphaltierte Straße hinauf zum Großen Letzberg schlängelte sich durch ein Spalier majestätischer Eichen und Buchen, deren weit ausladende Äste ein dichtes Blätterdach bildeten. Altmeier öffnete das Seitenfenster und sog in tiefen Zügen die kühle, würzige Waldluft ein.

Schade, dass mein Urlaub schon vorüber ist, dachte er wehmütig.

Nach einer Wegkehre tauchte aus einem Meer wabernder Dunstschleier eine triste, aschgraue Betonburg auf. Umrahmt vom sattgrünen Spätsommerlaub wirkte sie wie eine bleiche Totenmaske der modernen Architektur. Die neben einer breiten Treppe postierten Fahnen mit ihren blauen Friedenstäubchen tupften die einzigen Farbkleckse auf das deprimierende Einheitsgrau. Das Friedenspädagogische Institut, kurz FPI, gehörte zur Universität und beherbergte neben dem Lehrstuhl für Kritische Erziehungswissenschaft und anderen sozialwissenschaftlichen Fakultäten ein gewerkschaftsnahes Lehrerfortbildungsinstitut.

Werner Altmeier atmete schwer. Na ja, was soll's, da muss ich nun wohl oder übel durch, sagte er sich. Zum Glück sind es ja nur noch knappe drei Jahre bis zu meinem Ruhestand. Und die kriege ich auch noch irgendwie rum.

Wie immer war sein Auto das erste auf dem Parkplatz. In alter Gewohnheit stellte er seinen frisch polierten 5er-BMW direkt neben die für die Direktorin reservierte Parkfläche. Kein einziger Mitarbeiter des FPI fuhr einen BMW oder ein anderes deutsches Nobelfabrikat. Die meisten kutschierten mit Autos aus fernöstlicher Produktion oder mit einem alten Volvo durch die Gegend.

Der Hausmeister hatte dafür nur verständnisloses Kopfschütteln übrig. Obwohl er keiner Gewerkschaft angehörte, war es für ihn eine patriotische Bürgerpflicht, mit dem Kauf eines deutschen Autos inländische Arbeitsplätze zu sichern. Wogegen die Institutsmitarbeiter, die weitaus mehr verdienten als er, allesamt ausländische Fabrikate benutzten. Und das, obwohl fast alle in der GSP, der Gewerkschaft sozialistischer Pädagogen, organisiert waren.

So etwas konnte verstehen, wer wollte, er jedenfalls nicht.

Werner Altmeier umklammerte den Türholm seines Autos, zog den schlaksigen Körper vom Fahrersitz und schraubte sich ächzend in die Höhe. Aufgrund seines hoch aufgeschossenen, hageren und leicht nach vorn gebeugten Oberkörpers erinnerte seine Erscheinung ein wenig an Karl Valentin.

Mit einem routinierten Griff fischte er eine Zigarette aus seiner Jackentasche und zündete sie an. Als er tief inhalierte, schwebte sein Blick hinüber zu den hohen Buchen und Eichen, deren Spitzen von der Sonne angestrahlt wurden, wogegen das Institutsgelände noch im Schatten lag.

Seine Augen hakten sich an dem großen ›Rauchen verboten‹-Schild fest, das er auf Anordnung der Leiterin neben dem Treppenaufgang hatte anbringen müssen. Hämisch grinsend blies er den Qualm genau in diese Richtung, wodurch die Beschilderung einen Augenblick lang hinter einer Rauchwolke verschwand.

Für ihn zählte das absolute Rauchverbot nicht. Er schmauchte in seinem Büro unverdrossen weiter und beobachtete schadenfroh die Institutsmitarbeiter, die sich bei Wind und Wetter vor dem Zaun versammelten, um ihrer Nikotinsucht zu frönen.

Werner Altmeier lauschte noch eine Weile dem Morgenkonzert, mit dem die Waldvögel den neuen Tag begrüßten, dann sperrte er sein Auto zu und trottete zum Seitentrakt des Instituts, in dem sein Büro und die Hausmeister-Werkstatt angesiedelt waren.

In aller Seelenruhe trank er seinen Kaffee, schmökerte in der *Bild-Zeitung* und paffte munter drauflos. Um 7.10 Uhr begab er sich auf seinen obligatorischen Inspektionsgang.

Zuerst schloss er im Gebäude die Türen auf, dann stattete er dem großen Konferenzzimmer einen kurzen Besuch ab und schaute im Sekretariat nach dem Rechten. Anschließend ging er nach draußen und steckte sich zur Belohnung für seinen ersten Dienstgang eine weitere Zigarette an. Genüsslich schmauchend beobachtete er eine Schar Elstern, die sich laut schnatternd am Waldrand eine wilde Verfolgungsjagd lieferten.

Doch mit einem Mal verdüsterte sich seine Miene.

Ich hab nicht mehr die geringste Lust auf diesen öden Hausmeisterjob, hörte er eine Stimme in seinem Kopf sagen, als er die Treppen zum Parkplatz hinunterstieg.

Auf der untersten Stufe blieb er stehen. Die Augen in seinem verkniffenen Gesicht leuchteten urplötzlich auf.

Ich glaube, ich werde mich morgen früh krankmelden, entschloss er sich spontan zu einer Urlaubsverlängerung.

Voller Vorfreude rieb er sich die Hände. Anschließend kickte er einen Kieselstein hinüber zu den Elstern, die daraufhin krächzend in die Höhe stoben.

Sollen die doch sehen, wie sie ohne mich klarkommen, diese arroganten Akackdemiker. Die meinen ja eh immer, sie wüssten und könnten alles besser. Diese elenden Klugscheißer!, schimpfte er in Gedanken. Die Herrschaften Akackdemiker kennen unsereins sowieso nur, wenn sie etwas von einem wollen.

»Du, Werner, könntest du nicht mal kurz kommen? – Werner, das müsste unbedingt heute noch erledigt werden«, äffte er seine Auftraggeber nach.

Mich konnten die noch nie mit ihrem aufgesetzten ›Alle duzen alle‹-Gedöns blenden. Nichts als billige Show! Meint ihr denn wirklich, ich weiß nicht, was ihr über Menschen meines Schlages tatsächlich denkt? Altmeier, du bist nur ein kleiner Hausmeister, der sowieso nichts kapiert – deshalb: Störe unsere Kreise nicht! Ja, ja, die Intelecktuellen. Das Wort kommt garantiert von ›lecken‹. Diese Klugscheißer lecken nämlich Wissen und Weisheit auf. Und zwar egal, wo sie sind – und wenn's in der Kläranlage ist.

Schmunzelnd zog der Hausmeister seines Weges. Nach 50 Metern erreichte er die Westfassade des quadratischen Gebäudekomplexes. Mit Sorgenfalten auf der Stirn betrachtete er eine Außenjalousie, die während der Institutsferien aus der Verankerung gerissen worden war.

Gedankenversunken schlenderte er um die triste Betonburg herum. Hinter der Cafeteria kroch ihm plötzlich ein beißender, süßlicher Geruch in die Nase. In seinen 30 Dienstjahren hatte er schon mehrmals verendete Tiere auf dem ringsum von Wald umgebenen Friedenspädagogischen Institut entdeckt. Meist waren sie in den Maschendrahtzaun geraten und hatten sich darin so unglücklich verfangen, dass sie sich nicht mehr aus eigener Kraft aus dieser tödlichen Falle hatten befreien können.

Diesmal stieg ihm der eigentümliche Geruch jedoch nicht aus Richtung der Umzäunung in die Nase, sondern er kam eindeutig von der Rückfront des Cafeteriagebäudes. Das konnte er sich leicht erklären.

»Verfluchte Marder!«, schimpfte er in Anbetracht seiner Privatfehde mit den kleinen Raubtieren, die sich vor einigen Jahren die Mineralfasermatten der Deckendämmung als Familienquartiere ausgesucht hatten.

»So eine Sauerei«, zischte Werner Altmeier, im Hinblick auf die Tatsache, dass er für die Beseitigung des Tierkadavers verantwortlich war.

Obwohl, wenn ich ab morgen krank bin, interessiert mich diese ganze Chose ja eigentlich gar nicht mehr, dachte er schadenfroh. Er rieb sich die Hände. Das können dann ja diese Theoriefuzzis erledigen. Ein bisschen Praxis schadet denen überhaupt nicht.

Aber da er von Natur aus ein ausgesprochen neugieriger Mensch war, wollte er noch schnell vor der Ankunft des ersten Mitarbeiters der Sache auf den Grund gehen. Also öffnete er mit seinem Generalschlüssel die Tür zum Untergeschoss des Gebäudes und betrat den Flur des unfreundlichen, ausgekühlten Betonbunkers.

»Boa«, stöhnte er angewidert auf.

Der penetrante Gestank war schlichtweg unerträglich. Reflexartig presste er ein Taschentuch auf Nase und Mund. Er wollte gerade auf dem Absatz kehrtmachen, als er die Schmeißfliegen bemerkte, die etwa drei Meter von ihm entfernt auf der weißen Tür einer Einzeltoilette herumkrabbelten.

Im Klo?, wunderte er sich. Normalerweise bauen Marder oder Siebenschläfer ihre Nester doch unmittelbar an der Fassade, damit sie bei Gefahr schnell in den Wald flüchten können.

Angewidert verscheuchte er die Schmeißfliegen und sperrte die Toilettentür auf. Was er nun zu Gesicht bekam, ließ ihn auf der Stelle zur Salzsäule erstarren: Direkt vor ihm auf dem Boden entdeckte er eine tote Frau. So als ob sie sich gerade übergeben würde, saß sie mit dem Po auf den Fersen. Ihr Oberkörper war nach vorn gebeugt und der von Fliegen umschwirrte Kopf hing in die Toilettenschüssel hinein.

Altmeier schüttelte sich und stürmte panikartig aus der Totengruft hinaus ins Freie. Auf einer Mauer sank er nieder. Wie ein Lungenkranker zog er pfeifend Atemluft ein. Mit zittrigen Fingern fischte er sein Handy aus der Jackentasche und tippte die Notrufnummer der Polizei.

Als Kriminalhauptkommissar Wolfram Tannenberg und der Rechtsmediziner Dr. Rainer Schönthaler eine gute halbe Stunde später am FPI eintrafen, herrschte oben auf dem Großen Letzberg ein regelrechter Belagerungszustand. Vor dem Zaun hatten sich inzwischen circa 100 Studenten und Dozenten eingefunden. Obwohl uniformierte Polizeibeamte die einzige Zufahrt zum Institutsgebäude abgesperrt hatten und sich wirklich alle Mühe gaben, einen Korridor freizuhalten, dauerte es einige Zeit, bis Tannenberg endlich den Parkplatz erreichte.

Im Telegrammstil informierte Kriminalhauptmeister Krummenacker den Leiter der Kaiserslauterer Mordkommission über die bisherigen Erkenntnisse der Schutzpolizei. Danach konnte die Identität der Frau mit hoher Wahrscheinlichkeit als geklärt betrachtet werden: Laut den in der Toilette sichergestellten Ausweispapieren handelte es sich bei der Toten um die 58-jährige Lehrerin Irene Graupeter, wohnhaft in der Leipziger Straße 125 in Kaiserslautern.

Nach Angaben des Hausmeisters hatte sie neben ihrer Lehrertätigkeit an der Friedensschule als Dozentin in der Lehrerfortbildung gearbeitet. Aufgrund dieser Tätigkeit war sie im Besitz von Institutsschlüsseln. Weiterhin gab der Hausmeister zu Protokoll, dass sowohl die Außen- als auch die Toilettentür verschlossen gewesen seien; einen Schlüssel habe er weder gesehen noch an sich genommen.

Vor dem Eingang zum Untergeschoss des Gebäudes reichte der Rechtsmediziner seinem Freund einen medizinischen Mundschutz. Er duftete angenehm nach Pfefferminze und überdeckte den markanten Verwesungsgeruch.

Die Mitarbeiter der kriminaltechnischen Abteilung waren bereits vor Ort und inspizierten das fensterlose WC und die nähere Umgebung der Toilette. Als Karl Mertel die beiden Freunde kommen hörte, unterbrach er seine Arbeit, erhob sich und trat einen Schritt zur Seite. Dadurch gab er den Blick auf die tote Frau frei. Während Dr. Schönthaler sofort den Leichnam untersuchte, bat Tannenberg den Spurenexperten mit einer eindeutigen Geste nach draußen.

An der frischen Luft zog er sich die Maske vom Gesicht und schnaufte erst einmal kräftig durch. Dann setzte er sich auf eine Holzbank und schlug die Beine übereinander. »Ich hoffe inständig für dich, dass du stichhaltige Argumente für deinen Anruf vorzubringen hast. Falls es sich nämlich da drinnen doch nur um einen Unglücksfall handeln sollte, gnade dir Gott, mein Lieber. Du hast mich nämlich gerade von einem gedeckten Frühstückstisch weggerissen«, grummelte der als notorischer Morgenmuffel bekannte Leiter des K 1. Mit bedrohlich anschwellender Stimme fügte er hinzu: »Und zwar *bevor* ich in mein erstes Brötchen beißen konnte.«

»Och, du Armer«, säuselte der Kriminaltechniker mit schadenfroher Miene. Er wies zum Gebäudeeingang hin. »Bei dem Duft dürfte dir aber inzwischen der Appetit gründlich vergangen sein.«

»Lenk nicht ab, Karl«, knurrte Tannenberg wie ein angeketteter Hofhund, »und sag mir endlich, weshalb du die Mordkommission angefordert hast.«

»Ganz einfach: Weil wir in der Handtasche der Toten

zwar Auto- und Wohnungsschlüssel gefunden haben, aber keinen, der zur Toilettentür passt.«

Tannenberg krauste die Stirnpartie. »Also konnte sie die Tür von innen nicht aufschließen«, murmelte er vor sich hin.

»Messerscharfe Logik – und das mit nüchternem Magen«, spottete Mertel.

»Vielleicht ist ihr der Dienstschlüssel in die Toilette gefallen.«

Der Spurenexperte rang sich ein gequältes Lächeln ab. »Du immer mit deinen abwegigen Hypothesen.«

»Wieso? Es könnte doch so gewesen sein. Oder kannst du diese Möglichkeit bereits völlig ausschließen?«, fragte Tannenberg.

»Nein«, gab der Spurenexperte genervt zurück. »Das kann ich im Moment natürlich noch nicht. Sobald der Doc mit der Begutachtung des Leichnams fertig ist, bauen wir die Toilettenschüssel ab. Und dann können wir diese Frage definitiv klären. Aber glaubst du wirklich, die Frau hat sich derart ungeschickt angestellt, dass ihr beim Pinkeln der Dienstschlüssel ins Klo gefallen ist?«

Er fixierte Tannenberg mit einem herausfordernden Blick. »Oder meinst du vielleicht, dass sie ihren Schlüssel absichtlich ins Klo geworfen hat?«

Der Chef-Ermittler winkte ab. »Ach, was weiß denn ich. Schau dich doch mal in der Welt um. Ist die nicht vollgestopft mit Verrückten?«

»Ja, das stimmt schon«, bestätigte Mertel, wobei er die Hände hinter dem Kopf faltete und die Beine ausstreckte. »Aber …«

»Könnte es nicht auch sein, dass der Frau schwindelig geworden ist?«, fiel ihm sein Kollege ins Wort. »Vielleicht ist sie ja auch ausgerutscht und dabei mit dem Kopf auf dem

Toilettenrand aufgeschlagen und hat sich bei ihrem Sturz schwere Hirnverletzungen zugezogen.«

Karl Mertel rollte die Augen und blies die Backen auf. »Theoretisch ist natürlich alles möglich.«

»Dabei könnte ihr doch der Dienstschlüssel aus der Hand geglitten und in die Toilette gefallen sein, oder etwa nicht?«

Mertel zuckte wortlos mit den Schultern.

»Habt ihr an der Toilettenschüssel irgendwo Blutspuren entdeckt?«

»Wolf«, entgegnete der Spurenexperte in mürrischem Ton, »wir haben doch gerade erst mit unserer Arbeit angefangen.«

»Kopfverletzungen?«, legte Tannenberg unbeeindruckt nach.

»Also, an ihrem Hinterkopf ist mir auf den ersten Blick keine Wunde aufgefallen. Aber der Doc wird uns bestimmt gleich genauere Auskunft darüber geben können. Ach, bevor ich's vergesse: In der Toilette haben wir übrigens auch kein Handy gefunden.«

»Kein Dienstschlüssel und kein Handy?« Tannenberg brummte nachdenklich: »Das ist allerdings mehr als merkwürdig.«

»Na ja, vielleicht ist das bei diesen technikfeindlichen Friedenstäubchen ja ganz normal. Vielleicht existiert in diesem Institut ein striktes Handyverbot, das nicht nur für die Lehrer und Studenten, sondern auch für die Professoren und Dozenten gilt.«

Karl Mertel bedachte sein Gegenüber mit einem provokanten Blick. »Aber das müsstest du doch eigentlich genauer wissen. Schließlich arbeiten dein Bruder und deine Schwägerin auch hier.«

Stimmt, dachte der Leiter des K 1, während Mertel gerade

von einem seiner Mitarbeiter ins Gebäude gerufen wurde. Selbstverständlich wusste er, dass die beiden neben ihrem Job an der Friedensschule auch als Dozenten an diesem progressiven Lehrerfortbildungsinstitut eine genehmigte Nebentätigkeit ausübten.

Aber da für Tannenberg und dessen Vater die Friedensschule ein rotes Tuch darstellte, war dieser Dauerkonfliktstoff irgendwann einmal um des lieben Familienfriedens willen zum Tabuthema erklärt worden.

Und da die Kinder des Lehrerehepaares nicht eine Gesamtschule, sondern das altehrwürdige Rittersberg-Gymnasium besucht hatten, bestand sowieso nur selten Anlass, sich im Familienkreis über die Friedensschule zu unterhalten.

Schmunzelnd erinnerte sich Wolfram Tannenberg daran, wie Marieke und Tobias sich damals mit Händen und Füßen dagegen zur Wehr gesetzt hatten, als ihre Eltern sie an der Friedensschule anmelden wollten.

Wo stecken Heiner und Betty denn eigentlich zurzeit?, fragte sich der Kriminalbeamte. Na ja, wahrscheinlich quälen sie ihre Schüler gerade mit irgendwelchen englischen Vokabeln oder Deutschlektüren.

Doch plötzlich erinnerte er sich daran, dass beide drei Wochen lang keinen Unterricht zu halten brauchten, weil sie einige Schüler während des Betriebspraktikums betreuten. Ein Skandal, wie Tannenberg fand, denn in der Praxis reduzierte sich diese angebliche Betreuung auf höchstens zwei, drei Stunden pro Tag, die zumeist aus Kaffeetrinken mit den Ausbildern in den Praktikumsbetrieben bestand – drei Wochen Zusatzferien eben, wie Heiner einmal süffisant angemerkt hatte.

»Hast du am Leichnam irgendwelche äußeren Verletzungen entdeckt?«, schmetterte Tannenberg dem Rechtsmediziner entgegen, noch bevor dieser die Außentür des Schulgebäudes vollständig geöffnet hatte.

Dr. Schönthaler antwortete zunächst nicht, sondern richtete zuerst einmal in aller Ruhe seine Fliege aus. Dann zückte er einen Fettstift aus der Innentasche seines Nadelstreifensakkos und bemalte sich die spröden Lippen.

»Los, nun sag schon!«, drängte Tannenberg.

»Verletzungen?«, wiederholte der Pathologe. Er rieb sich die Stirn so heftig, als reagierte er auf einen plötzlichen Juckreiz. »Ja, einige.«

»Kopfverletzungen?«

»Auch.«

Wolfram Tannenberg knabberte immer noch an seiner von Mertel abschätzig beurteilten Hypothese herum. Jetzt witterte er Morgenluft. »Dann ist die Frau also doch ausgeglitten und hat sich den Kopf am Kloschüsselrand angeschlagen?«, schlussfolgerte er.

»Nein«, kam es ebenso einsilbig wie entschieden zurück.

Der Chef-Ermittler zog die Oberlippe zur Nase empor.

»Warum rümpfst du denn die Nase?«, fragte sein Freund und schnüffelte demonstrativ an seinem Gegenüber. »Kannst du etwa diesen schalen Altersgeruch nicht mehr ertragen, der aus jeder einzelnen deiner Hautporen strömt?« Er schüttelte sich wie ein nasser Eisbär. »Ist ja auch wirklich widerlich.«

Tannenberg verdrehte die Augen und stöhnte leidend auf. »Wieso kannst du dir da so sicher sein?«, ignorierte er die Provokation zähneknirschend.

»Zweifelst du etwa gerade meine Fachkompetenz an, alter Junge?«, fragte Dr. Schönthaler mit leicht bedrohlichem Unterton.

Tannenberg warf theatralisch die Hände in die Luft. »Niemals käme mir so etwas Blasphemisches in den Sinn.

Du bist und bleibst für mich der Gott der forensischen Fachkompetenz.«

»Gut, dann werde ich noch einmal Nachsicht walten lassen«, erwiderte der Rechtsmediziner mit gönnerhafter Miene. »Die Kopfverletzungen der Toten sind auf die Stirn begrenzt und stammen aller Voraussicht nach von dem Kontakt des Kopfes mit der Toilettentür. Ich habe auf dem Türblatt an mehreren Stellen Blutanhaftungen und Hautpartikel gefunden. Ich denke, dass es sich dabei um Verzweiflungstaten der armen Frau gehandelt hat. Dazu passen auch die Fingerverletzungen, die vom Kratzen an der Tür herrühren dürften. Abgebrochene Fingernägel und so weiter.«

»Sie hat also versucht, aus ihrer Todeszelle auszubrechen«, brummelte Tannenberg vor sich hin.

»Wundert dich das etwa? Das hättest du doch wohl auch getan, oder?«

Sein Gegenüber nickte.

»Der Begriff ›Todeszelle‹ ist übrigens wirklich nicht schlecht, Wolf«, lobte sein Freund. »Der trifft die Sache nämlich ziemlich genau.« Dr. Schönthaler kratzte sich am Hinterkopf. »Aber alle diese Ausbruchsversuche waren von vornherein völlig aussichtslos, denn dieser massiven Tür kann man ohne Werkzeug nicht das Geringste anhaben. Die Frau ist übrigens aller Wahrscheinlich nach an Wassermangel gestorben.«

»An Wassermangel – in einer Toilette?«, stieß der Kriminalbeamte verdutzt aus.

»Exakt. Und zwar deshalb, weil in dieser Toilette kein Wasser vorhanden war. Bis auf dasjenige in der Kloschüssel. Aber das hat ja leider nicht lange gereicht.«

Der Gedanke, diese Brühe als Trinkwasser zu verwenden, ließ Tannenberg erschaudern.

»Einer von Mertels Leuten hat beim Hausmeister nachgefragt«, erklärte Dr. Schönthaler. »Wegen dringender Reparaturarbeiten wurde das Leitungswasser bereits einen Tag vor den Institutsferien abgestellt. Übrigens wurde diese Maßnahme den Mitarbeitern im Rahmen einer Dienstbesprechung mitgeteilt.«

»Wann genau wurde das Wasser abgestellt?«

»Wie gesagt, einen Tag vor Ferienbeginn. Präzise auf die Minute kann ich dir das natürlich nicht sagen. Ist doch wohl auch schnurzpiepegal, oder?«

»Somit wussten es alle, die hier arbeiten«, sagte Tannenberg eher zu sich selbst.

Der Rechtsmediziner stimmte mit einer Kopfbewegung zu.

Wolfram Tannenberg seufzte. »Die arme Frau ist also qualvoll verdurstet.«

»Ja, danach sieht es zurzeit aus.«

»Wie lange kann ein Mensch denn ohne Flüssigkeitszufuhr leben?«

Dr. Schönthaler wiegte nachdenklich den Kopf: »Drei, vier Tage, maximal eine Woche.«

»Und wie lange ist die Frau deiner Meinung nach tot?«

»Der Exitus ist schon ein paar Tage her«, antwortete der altgediente Pathologe. Er brummte und knetete dabei sein Kinn. »Na ja, plus, minus den ein oder anderen Tag vielleicht.«

»Genau das schätze ich so an dir, lieber Rainer: Diese schier unglaubliche Präzision, die in deinen Aussagen steckt«, spottete Tannenberg und donnerte seinem besten Freund einen kräftigen Prankenhieb auf die Schulter.

2

»Guten Morgen, meine Damen und Herren«, eröffnete Wolfram Tannenberg die kurzfristig anberaumte Dienstbesprechung, zu der die Institutsleiterin auf seinen Wunsch hin ihre Kollegen in das große Konferenzzimmer des Friedenspädagogischen Instituts eingeladen hatte. »Bitte haben Sie Verständnis dafür, dass ich Sie trotz der schrecklichen Vorkommnisse mit einigen Fragen belästigen muss.«

Er hielt einen Moment inne und ließ dabei seinen Blick über die Mitarbeiter und Dozenten der Fortbildungseinrichtung schweifen. Die meisten der etwa 40 Anwesenden saßen an ihren Tischen und starrten ihm mit versteinerten Mienen entgegen. In der hintersten Reihe lagen sich zwei Frauen schluchzend in den Armen.

Von dem dramatischen Ereignis offensichtlich völlig unberührt hatte sich Werner Altmeier in unmittelbarer Nähe der Brieffächer postiert. Er hatte die Hände unter die Achseln geklemmt und die Knie durchgedrückt. Seine von Selbstbewusstsein strotzende, geradezu herausfordernde Körperhaltung erinnerte an die eines Türstehers.

»Zum gegenwärtigen Zeitpunkt müssen wir leider davon ausgehen, dass es sich bei der Toten um Ihre Kollegin Irene Graupeter handelt«, sprach der Kriminalbeamte nach einer kurzen Pause weiter.

Die Nennung dieses Namens löste bei der versammelten Lehrerschaft zum Teil starke emotionale Reaktionen aus, die von Tränenausbrüchen bis hin zu lautstarkem Wehklagen reichten.

Tannenberg wartete, bis die Woge der Betroffenheit ein wenig abgeebbt war, dann schob er an die Institutsleiterin adressiert nach: »Frau Professor, Sie können mir doch sicherlich die Frage beantworten, ob Frau Graupeter am Tag vor den Sommerferien eine Fortbildungsveranstaltung durchgeführt hat, oder?«

»Ja, das hat sie«, bestätigte Claudia Ratz-Zapp.

»Gut, danke«, sagte der Ermittler. Anschließend richtete er seine Worte wieder an die versammelten Institutsmitarbeiter: »Wenn meine Informationen stimmen, orientieren sich Ihre Institutsferien an der Ferienregelung der allgemeinbildenden Schulen. Deshalb war hier auch schon freitags nach der vierten Stunde Schluss, also um 11.15 Uhr. Stimmt das?«

Allseitiges Nicken.

Tannenberg schluckte seine ketzerischen Bemerkungen hinunter und mahnte sich zur Gelassenheit. Er räusperte sich und fuhr fort: »Damit hätten wir diese Frage ja schon mal geklärt. Nun zur nächsten: Wer von Ihnen, meine Damen und Herren, hat Frau Graupeter an diesem Freitag nach 11.15 Uhr noch einmal gesehen?«

In Schülermanier streckte ein knapp 60-jähriger Mann die Hand empor. Seine mittellangen braungefärbten Haare trug er streng nach hinten gekämmt. Die extrem hohe Stirn verlieh dem speckig glänzenden Gesicht eine ungewöhnliche Disproportionalität. Das Missverhältnis zwischen der großen Hautfläche über der Nasenwurzel und dem zusammengestaucht wirkenden Rest des Gesichtes wurde durch auffällig kleine Ohren verstärkt. Sie waren auf Mundhöhe angesiedelt und begrenzten wie zwei rosige Markierungsbojen einen prächtigen Schnurrbart, der von der Oberlippe bis zu den Ohrläppchen reichte.

Mit einer kurzen Geste erteilte Tannenberg dem Pädagogen das Wort.

»Mein Name ist Clemens Ruby. Ich bin der Regisseur

unserer Lehrer-Theatergruppe, bei der auch Irene Mitglied ist.« Schniefend brach er ab. Er schluckte so hart, als müsse er einen dicken Kloß hinunterschlingen. »Wir haben am letzten Schultag zusammen unser neues Theaterstück geprobt. Und da habe ich Irene zum letzten Mal gesehen.«

Tannenberg stutzte, denn von seiner Schwägerin wusste er, dass Ruby genau wie sie als Lehrer an der Friedensschule arbeitete. »Zwischenfrage: Wieso haben Sie hier geprobt und nicht an Ihrer Schule?«

Verlegen kniff Ruby die Lippen zusammen. »Wir wollten in Ruhe proben.« Er atmete schwer. »Zudem wollten wir vermeiden, dass unsere Kollegen an der Schule etwas davon mitbekommen. Wir wissen nämlich noch nicht, ob wir dieses Theaterstück weiterproben werden.«

»Wieso denn?«

»In dieser frühen Testphase spielen grundsätzliche Erwägungen eine Rolle, wie sie oft bei der Auswahl eines Theaterstücks diskutiert werden.«

Da es sich bei diesem Thema nicht unbedingt um Tannenbergs Spezialdisziplin handelte, kehrte er lieber wieder zu seiner kriminalistischen Arbeit zurück. »Gut, Herr Ruby, dann zurück zu Frau Graupeter«, sagte er. »Ist Ihnen bei dieser Theaterprobe irgendetwas Besonderes an ihr aufgefallen?«

»Etwas Besonderes?«

»War sie zum Beispiel extrem nervös?«, formulierte der Leiter des K 1 seine Frage um. »Hat sie einen ängstlichen oder gereizten Eindruck auf Sie gemacht?« Er räusperte sich. »Oder war sie wie immer?«

Ruby zuckte mit den Schultern. Sein lang gezogenes Seufzen erinnerte an eine Luftmatratze, der man gerade den Stöpsel gezogen hatte. »Eigentlich war sie wie immer.

Auch ihr überstürzter Abgang war für uns nichts Ungewöhnliches.«

»Wieso überstürzter Abgang?«, hakte der Kriminalbeamte sofort nach.

»Na ja, Irene hat uns urplötzlich eröffnet, dass sie keine Lust mehr habe, bei diesem Theaterstück mitzuspielen.«

»Warum denn dieser Sinneswandel?«

Clemens Ruby machte eine flatternde Handbewegung. »Ach, das Stück lag ihr einfach nicht. So etwas kommt schon mal vor. Wissen Sie, auch wir Laienschauspieler sind Künstler und deshalb zuweilen recht eigenwillige, manchmal auch widerborstige Zeitgenossen.«

»Trifft diese Beschreibung auch auf Frau Graupeter zu?«

»Ja, sicher.«

»Wie hat sie sich verhalten, nachdem sie ihren überraschenden Entschluss verkündet hatte?«

»Na ja, sie ist Hals über Kopf von der Bühne gestürmt und hat, wie sagt man so schön, mit wehenden Rockschößen die Cafeteria verlassen. Irene ist …«, Clemens Ruby stockte, räusperte sich und korrigierte sich anschließend, »*war* eine sehr sensible, impulsive Frau.«

Ein kleines Lächeln huschte über sein Gesicht. »Sie hatte das Wesen eines menschlichen Oszillografen.« Nach einer kurzen Pause schob er erklärend nach: »Extreme Gefühlsausschläge – in beide Richtungen.«

»Verstehe«, entgegnete der Kriminalbeamte nickend. »Wann genau hat sie die Cafeteria verlassen?«

Clemens Ruby schob brummend die Unterlippe vor. »Das dürfte so etwa gegen 13.30 Uhr gewesen sein, schätze ich mal.«

»Ja, das könnte hinkommen«, stimmte die Institutsleiterin zu, die den Dialog der Männer mit unbewegter Miene verfolgt hatte.

»Sie waren also ebenfalls bei dieser Probe anwesend?«, wollte der Kriminalbeamte wissen.

Claudia Ratz-Zapp richtete ihren Oberkörper auf und erklärte in pikiertem Ton: »Selbstverständlich, Herr Kommissar. Ich bin schließlich eines der Gründungsmitglieder unserer Theatergruppe.«

»Obwohl Sie gar nicht an der Friedensschule arbeiten?«, fragte Tannenberg.

»Habe ich aber früher einmal.« Die Professorin hob die Augenbrauen und ließ sie dort oben verharren, während sie weiterredete. »Wir waren nicht nur die allererste Gesamtschule, sondern wir gehörten auch zu den ersten Lehrkräften, die an dieser neuen Schulart eine eigene Theatergruppe initiiert haben.«

Nach einem kurzen Seitenblick auf seinen Kollegen Michael Schauß, der links neben ihm saß und sich die ganze Zeit über eifrig Notizen gemacht hatte, wandte sich Tannenberg erneut an den Regisseur. »Bitte, Herr Ruby, nennen Sie uns die Namen derjenigen Kollegen, die an dieser besagten Theaterprobe teilgenommen haben«, bat er und schenkte sich ein Glas Wasser ein.

»Reichen Sie mir einfach Ihren Block, ich schreibe Ihnen die Namen auf«, ergriff Claudia Ratz-Zapp die Initiative. »Dann unterlaufen Ihnen wenigstens keine Rechtschreibfehler.«

Schauß lag eine deftige Replik auf der Zunge, doch er verzichtete auf einen verbalen Racheakt und schob seinen Notizblock hinüber zur Professorin. Diese notierte in Schönschrift die Namen der betreffenden Personen. Tannenberg las mit. Als er den Namen seines Bruders erblickte, verspürte er einen stichartigen Schmerz in der Magengegend.

Hoffentlich hat Heiner nichts damit zu tun, schoss es

ihm durch den Kopf. Quatsch, welches Tatmotiv sollte er denn haben? Obwohl, vielleicht hatte er ja ein Verhältnis mit ihr. Mein Bruder ein Mörder? Blödsinn, Heiner könnte niemals einen Menschen töten.

Tannenberg verscheuchte den Gedanken, indem er eine weitere Frage an das Auditorium richtete: »Hat sich außer den Theaterleuten zum Zeitpunkt des Bühnenabgangs von Frau Graupeter, also am letzten Tag vor den Sommerferien gegen 13.30 Uhr, noch jemand von Ihnen hier am Institut aufgehalten?«

Getuschel und Kopfschütteln.

»Ja, ich«, meldete sich Werner Altmeier als Einziger zu Wort. »Die Mitarbeiter verschwinden ja immer sofort, wenn es gongt«, sagte er. Die Gewissheit, in knapp drei Jahren in Rente gehen zu können, hatte ihn in den letzten Monaten immer kecker werden lassen. Ohne sich von dem bitterbösen Blick der Institutsleiterin beeindrucken zu lassen, schob er nach: »Besonders dann, wenn's Ferien gibt. Da hält die hier nix mehr. Die sind noch schlimmer als die Studenten und die Referendare.«

»Und die Sekretärin?«, fragte Tannenberg. »Befindet sich die Dame hier im Raum?«

»Nein«, entgegnete Altmeier.

»Wissen Sie zufällig, wie lange die Sekretärin an diesem Freitag Dienst hatte?«

»Wie immer hat sie kurz nach 12 Uhr das Institutsgebäude verlassen. Sie hat nämlich nur eine halbe Stelle«, erwiderte der Hausmeister. »Ich habe mit eigenen Augen gesehen, wie sie in ihr Auto gestiegen und weggefahren ist.«

»Wieso erinnern Sie sich so gut daran? Seitdem sind ja bereits über sechs Wochen vergangen.«

»Weil wir auf dem Parkplatz noch ein paar Minuten beieinanderstanden und uns zum Abschluss einen schönen Urlaub gewünscht haben.«

»Gut. Ist Ihnen danach auf dem Institutsgelände noch irgendeine andere Person aufgefallen?«

Altmeier schüttelte den Kopf. »Nein, gesehen habe ich niemanden mehr.« Er fuhr sich mit der Zunge über seine rauen Lippen und ergänzte: »Nur gehört. Denn diese Theaterfuzzis veranstalten immer einen ganz schönen Lärm, wenn sie proben.«

»Und stören dadurch Ihren Mittagsschlaf, nicht wahr?«, giftete Claudia Ratz-Zapp dazwischen.

»Herr … Wie war noch mal Ihr Name?«, fragte Tannenberg.

»Altmeier, Werner Altmeier.«

»Wo haben *Sie* sich eigentlich während der Theaterprobe aufgehalten?«

Der hochgewachsene, grauhaarige Mann setzte einen Fuß vor den anderen und verschränkte die Arme vor der Brust. »Nach Ende der Veranstaltungen habe ich wie an jedem Arbeitstag die Seminarräume und dann die Toiletten kontrolliert«, antwortete er in sachlichem Ton.

Doch mit einem Mal veränderte sich die Klangfärbung seiner Stimme: »Dabei habe ich routinemäßig all das getan, worum sich diese Herrschaften hier nie kümmern: Ich habe Türen und Fenster verschlossen, Deckenbeleuchtungen ausgeschaltet, laufende Wasserhähne zugedreht und so weiter und so fort.«

Ganz schön keck, dieser Hausmeister, dachte Tannenberg amüsiert.

»So gegen 12.30 Uhr bin ich dann in mein Büro gegangen und habe Mittag gemacht«, fuhr Altmeier unterdessen fort. »Anschließend habe ich ein bisschen Schreibkram erledigt und bin so gegen 15 Uhr noch mal rüber in die Cafeteria.«

»Wieso denn das?«, wollte der Chef-Ermittler wissen.

»Na ja, ich hab nachgeschaut, ob die Theaterleute die Türen verschlossen haben.«

»Und, war dem so?«

»Nee, natürlich nicht«, gab der Hausmeister mit vorwurfsvollem Unterton zurück.

»Sind Sie bei dieser Gelegenheit auch noch einmal in den Keller gegangen, um dort die Türen zu überprüfen?«

Altmeier schüttelte energisch den Kopf. »Nein, ich bin von der Cafeteria aus direkt auf den Parkplatz und nach Hause gefahren. Die Türen im Keller hatte ich bereits am Morgen kontrolliert.«

»Sie haben also nach 12.30 Uhr Ihr Büro nicht mehr verlassen?«

»Nein, erst wieder um 15 Uhr, wie schon gesagt.«

»Und während dieser ganzen Zeit ist Ihnen in und vor dem Institut nichts Außergewöhnliches aufgefallen? Zum Beispiel als Sie aus dem Fenster geschaut haben?«

»Nein. Nachdem die Theaterleute weggefahren waren, wurde es totenstill hier draußen im Wald.«

»Wann war das noch mal genau?«

»Was?«

»Die Abfahrt der Theaterleute«, erläuterte der Chef-Ermittler.

Altmeier zuckte mit den Schultern und stülpte grübelnd die Unterlippen vor. »Das dürfte so zwischen 13.30 und 14 Uhr gewesen sein, schätze ich mal. Wobei ich es wirklich nicht genau sagen kann, weil ich nicht auf die Uhr geschaut habe.«

Tannenbergs fragender Blick wanderte zu Clemens Ruby. Der Regisseur nickte. »Ja, das könnte hinkommen. Ich hab's vorhin ja bereits gesagt: Bei Irenes hysterischem Abgang war es etwa 13.30 Uhr. Und gleich nachdem Irene verschwunden war, haben wir die Probe abgebrochen.«

»Sind Sie danach alle gemeinsam zum Parkplatz zu Ihren Autos gelaufen?«

»Zum Parkplatz schon, aber nicht zu unseren Autos«, gab Ruby in oberlehrerhaftem Ton zurück. »Aus ökologischen Gründen kommen nämlich die meisten Mitglieder unserer Gruppe nicht mit dem Auto zum Institut, sondern mit dem Fahrrad oder mit dem Bus. Von der Bushaltestelle an der Roten Hohl sind es nur ein paar Gehminuten bis hier hoch.«

»Aber alle Theaterspieler verließen zusammen das Gebäude, oder?«, wiederholte Tannenberg seine Frage.

Clemens Ruby faltete die Hände wie zu einem Gebet. »Alle, bis auf meine Wenigkeit, haben gemeinsam die Cafeteria verlassen. Das kann ich bestätigen. Aber wohin dann jeder Einzelne gegangen ist, ob ins Sekretariat, in einen Seminarraum, auf die Toilette oder sonst wohin, kann ich natürlich nicht sagen.«

»Warum sind Sie denn eigentlich in der Cafeteria geblieben?«

»Ich habe noch ein wenig aufgeräumt.«

»Verstehe«, sagte Tannenberg. »Dann noch einmal zu Ihnen, meine Damen und Herren Laienschauspieler. Wir bräuchten da noch einige Auskünfte von Ihnen.« Er bedachte seinen Kollegen mit einem Blick, woraufhin Schauß sich zum Mitschreiben bereit machte. »Bitte teilen Sie uns nun der Reihe nach mit, wer von Ihnen sich an diesem letzten Arbeitstag vor den Institutsferien unmittelbar nach dem Abbruch der Theaterprobe an welche Örtlichkeit begeben hat. Zudem interessiert uns brennend, wer von Ihnen alleine und wer in Begleitung einer oder mehrerer Personen das Institutsgebäude beziehungsweise -gelände verlassen hat.«

»Wollen Sie etwa unsere Alibis überprüfen?«, fragte die Professorin in scharfem Ton. »Das ist ja wirklich die Höhe. Sie glauben doch nicht etwa im Ernst, dass irgendjemand von uns Irene …?«

»Alles Routinefragen, werte Frau Ratz-Zapp, reine Routine«, schnitt ihr Tannenberg das Wort ab.

Michael Schauß las nacheinander die Namen der Schauspieler vor. Anschließend bat er die Gruppe in einen Nebenraum und notierte deren Angaben.

Unterdessen holte sein Vorgesetzter weitere Informationen über die Persönlichkeit der Toten sowie über deren Lebensgewohnheiten ein. Die Ergebnisse dieser Befragungen waren jedoch nur wenig ergiebig. Ein Phänomen, das Tannenberg auf die Großgruppensituation zurückführte. Deshalb forderte er die Mitarbeiter auf, sich für weitere Einzelbefragungen zur Verfügung zu halten. Danach beendete er die Dienstbesprechung und begab sich in Begleitung der Institutsleiterin und des Hausmeisters hinaus auf den Parkplatz.

»Sagen Sie mal, Herr Altmeier, hat an diesem letzten Arbeitstag vor den Institutsferien eine Putzkolonne hier gearbeitet?«

»Ja, sicher, wie an jedem Tag. Allerdings früher. Denn wegen des Arbeitsendes um 11.15 Uhr waren die Leute bereits um 13 Uhr mit ihrem Job fertig.«

»Dann hatte die Putzkolonne das Institutsgelände also bereits verlassen, als Frau Graupeter von der Bühne gestürmt ist.«

»Sieht so aus.«

»Sagen Sie mal, Herr Tannenberg, sind Sie eigentlich mit Heiner und Betty verwandt?«, fragte die Institutsleiterin.

»Ja, das bin ich«, gab der leitende Kriminalbeamte nach

einer Schrecksekunde so neutral wie möglich zurück. »Heiner ist mein Bruder.«

»Und Betty Ihre Schwägerin.«

»Auch das ist richtig«, bestätigte Tannenberg, wobei diesmal allerdings untergründige Aggression in seiner Antwort mitschwang. Wie stets, wenn er an seine frauenbewegte, zuweilen ausgesprochen provokante Schwägerin dachte, mit der er seit Urzeiten auf Kriegsfuß stand.

In diesem Augenblick tauchten zwei Mitarbeiter eines Bestattungsunternehmens auf dem Institutsgelände auf. Die schwarzgewandeten Gestalten transportierten einen Zinksarg mit Irene Graupeters sterblichen Überresten zum Leichenwagen und dann zur Pathologie des Westpfalzklinikums. Wie bei einer Trauerprozession folgten dem Sarg in gebührendem Abstand Dr. Schönthaler und der Leiter der kriminaltechnischen Abteilung, Karl Mertel.

Als der graue Metallsarg die Institutsleiterin passierte, ballte Claudia Ratz-Zapp die rechte Faust und reckte ihren Arm empor. »Irene, der Kampf geht weiter«, schrie sie mit sich überschlagender Stimme. Abrupt machte sie auf dem Absatz kehrt und eilte im Sturmschritt die Treppe hinauf.

»Welcher Kampf?«, rief ihr Tannenberg hinterher.

»Der Kampf gegen die Todfeinde der Friedensschule!«, tönte es zurück.

»Was war denn das eben?«, fragte der Rechtsmediziner verdutzt. Gebannt verfolgte sein Blick die rothaarige Frau, deren lockiges Haar zwischen ihrem Genick und dem weißen Kragen ihre Bluse auf und ab wippte.

»Das war der Auftritt einer sehr engagierten, pazifistischen Pädagogin«, versetzte Tannenberg verschmitzt.

Dr. Schönthaler schüttelte amüsiert den Kopf. Dann

klatschte er in die Hände. »Jetzt hab ich's«, jubilierte er. »Bis auf den Namen wurden damals exakt die gleichen Worte verwendet.«

»Welche Worte? Weiß nicht, was du meinst.«

Der Pathologe klopfte seinem Freund auf die Schultern. »Alter Junge, du hast es doch eben selbst gesagt.«

Tannenbergs Stirnpartie glich einem zerknitterten Taschentuch. »Was hab ich eben gesagt?«

»Du hast gesagt: Weiß nicht, was du meinst. – Meins, Holger Meins. Führendes Mitglied der Roten Armee Fraktion, abgekürzt: RAF. Deutscher Herbst 1977.«

»Ja und?«

»Klingelt es noch immer nicht in deinen Ohren.«

»Nee.«

Dr. Schönthaler ließ die Handknöchel knacken. »Rudi Dutschke hat bei Holger Meins' Beerdigung am offenen Grab die rechte Faust emporgereckt und ›Holger, der Kampf geht weiter‹ gerufen.«

»Stimmt. Jetzt, wo du das sagst, erinnere ich mich auch daran.«

»Gott sei Dank, besser spät als nie.«

Wolfram Tannenberg rückte ein Stück an den Hausmeister des Friedenspädagogischen Instituts heran und raunte ihm zu: »Herr Altmeier, irgendwie habe ich den Eindruck, dass Ihnen hier nichts entgeht. Oder täusche ich mich da?«

Werner Altmeier grinste breit. »Damit könnten Sie durchaus richtig liegen, Herr Kommissar.«

»Dann wissen Sie doch bestimmt auch, wen Frau Ratz-Zapp eben mit dem Begriff ›Todfeinde‹ gemeint hat.«

Altmeier senkte die Stimme und blickte sich verstohlen nach allen Seiten um. »Klar weiß ich das«, erwiderte er mit stolzgeschwellter Brust. »Vor Kurzem habe ich mitangehört, wie die Ratz-Zapp, der Ruby und die Graupeter Dr. Schwebius als ihren Todfeind bezeichnet haben.«

»So heißt doch der Direktor des Palatinum-Gymnasiums, nicht wahr?«

»Richtig«, bestätigte der Hausmeister.

Wolfram Tannenberg fasste sich an die Kehle und strich über seinen Adamsapfel. »Sagen Sie mal, so unter uns: Haben Sie in der letzten Zeit irgendwelche Streitereien unter den Institutsangestellten mitbekommen?«

Altmeier knetete nachdenklich sein Kinn. Plötzlich leuchteten seine Augen auf. »Doch, da war etwas: Ein paar Tage vor den Ferien ist der Vater eines Schülers der Friedensschule hier bei uns aufgekreuzt und hat ein Mordstheater veranstaltet. Ich glaube wegen eines Handydiebstahls, den sein Sohn begangen haben sollte. Das ging so weit, dass dieser wütende Vater die Graupeter wüst beschimpft und sogar bedroht hat. Der ist hier wie Rumpelstilzchen rumgestapft. Der Mann hat der Graupeter auf dem Parkplatz richtiggehend aufgelauert.«

»Interessant. Kennen Sie den Namen dieses Schülers?«

»Ja, den habe ich mir gemerkt«, grinste Altmeier, legte dann aber eine Pause ein.

»Weiter, ich habe nicht ewig Zeit!«, pflaumte ihn Tannenberg an.

»Dieses Früchtchen heißt Kevin Mitschke.

»Danke für die Informationen, Herr Altmeier.«

»Es war mir ein Vergnügen, Herr Kommissar«, entgegnete der hagere Mann lächelnd und entfernte sich mit schlurfenden Schritten in Richtung der Polizeiabsperrung.

»Rainer, weißt du, was mich an diesem Ort des Friedens am allermeisten beeindruckt?«, fragte Tannenberg seinen Freund, der noch immer neben ihm stand.

»Nee.«

»Diese extrem gewaltfreie Sprache, die einem hier überall begegnet.«

Dr. Schönthaler lachte auf. »Ja, das stimmt.« Er zog ein Taschentuch hervor und putzte sich trompetenartig die Nase. Anschließend wies er zur schmucklosen Fassade des Friedenspädagogischen Instituts hin.

»Irgendwie werde ich das Gefühl nicht los, dass in der Vergangenheit hinter diesen grauen Betonmauern schon die eine oder andere Friedenstaube abgemurkst wurde«, gab er eine Kostprobe seines berühmt-berüchtigten Pathologenhumors zum Besten.

Wolfram Tannenberg nickte. »Ja, das könnte gut sein. Die haben bestimmt noch weitere Leichen im Keller herumliegen.«

3

Als Tannenberg um die Mittagszeit zu Hause in der Beethovenstraße eintraf, saß sein Bruder im Hof und schmökerte in der ZEIT. Er trug bequeme Freizeitkleidung und schien sich bester Laune zu erfreuen.

»So schön wie du möchte ich es auch mal haben«, frotzelte der Kriminalbeamte anstelle einer Begrüßung.

»Augen auf bei der Berufswahl, Wolf. Hättest eben auch etwas Anständiges lernen sollen«, kam es postwendend zurück. »Ich hab dir schon damals nach deinem grottenschlechten Gnadenabitur empfohlen, Lehramt zu studieren. Aber nein, der Herr Sturkopf wollte unbedingt Bulle werden.«

Heiner grinste über beide Backen. »Und jetzt hast du den Salat: Ich verdiene mehr als du – und muss dafür nur die Hälfte arbeiten. So lautet jedenfalls eines der nicht auszurottenden Vorurteile gegenüber unserem Berufsstand.«

»Trotzdem hätte ich nicht die geringste Lust, mich mit den ungezogenen Bälgern von erziehungsunwilligen Eltern herumzuärgern.«

»Da sind dir deine gemeingefährlichen Mörder bedeutend lieber, gell?«

»So ist es. Die kann ich wenigstens hinter Schloss und Riegel bringen, wogegen du mit dieser unflätigen Bande auch noch auf Klassenfahrt gehen musst«, erwiderte Tannenberg lachend. »Aber mal was anderes: Ist Betty eigentlich schon da?«

»Nein, sie besucht gerade in Mölschbach eine Schülerin, die dort im Kindergarten ihr Betriebspraktikum absolviert.« Heiner bedachte seinen jüngeren Bruder mit einem skeptischen Blick. »Aber wieso fragst du nach ihr? Sonst bist du doch immer froh, wenn sie dir nicht über den Weg läuft.«

»Daran hat sich auch nichts geändert, liebes Bruderherz«, retournierte Tannenberg und setzte sich seinem Bruder direkt gegenüber.

»Hallo, Wolfi! Schön, dass du zum Essen kommst«, ertönte Margots Stimme. Die alte Dame stand am Küchenfenster und trocknete gerade ihre Hände an einem karierten Geschirrhandtuch ab.

»Was gibt's denn Gutes zu essen, Mutter?«

»Gebratene Grießklöße und eingemachte Zwetschgen.«

»Hmh«, brummte Tannenberg und reckte schnüffelnd die Nase in Richtung des Küchenfensters. »Da freue ich mich jetzt aber richtig drauf. Die hab ich ja schon ewig nicht mehr gegessen.«

An der Haustür erklangen ein knackendes Geräusch und ein Poltern. Kurz danach preschte ein bärenartiges Wesen in den Hof und stürzte sich auf Tannenberg. Während der imposante Mischlingshund die rechte Wange seines Herrchens ableckte, erschien Jacob auf der Hoftreppe.

Aufgeregt fuchtelte der grauhaarige Senior mit den Händen herum und rief: »Stimmt es, dass ihr in diesem komischen Fortbildungsinstitut eine ermordete Lehrerin gefunden habt?«

»Woher weißt du denn das schon wieder?«, stöhnte Tannenberg.

Er schob Kurt beiseite und forderte ihn mit einem scharfen Kommando zum Ablegen auf. In Zeitlupe befolgte das zottelige Ungetüm den Befehl und ließ sich knurrend neben den Füßen seines Herrchens nieder.

»Einer von denen im Tchibo kennt einen Leichenträger und der war …«, antwortete Jacob Tannenberg.

»Was habt ihr?«, stieß Heiner entsetzt aus.

»Ja, es stimmt. Heute Morgen wurde im Keller des Friedenspädagogischen Instituts eine Lehrerin der Friedensschule tot aufgefunden, die aller Wahrscheinlichkeit nach nicht freiwillig aus dem Leben geschieden ist.«

»Was? Eine meiner Kolleginnen wurde ermordet?«, fragte Heiner, dem der Schock mächtig in die Glieder gefahren war.

»Ja, aber es handelt sich dabei leider nicht um Betty«, sprudelte es Wolfram Tannenberg ungeprüft über die Lippen.

Sein Bruder fixierte ihn mit einem missbilligenden Blick.

»Tut mir leid, das war wohl eben eine ziemlich blöde Bemerkung«, gestand der Kriminalbeamte sogleich ein.

Heiner reagierte nicht auf die Entschuldigung. »Wer ist es?«, keuchte er stattdessen.

Jacob hatte inzwischen ebenfalls am Gartentisch Platz genommen. Sein Gesicht blitzte geradezu vor Neugierde. Vor Spannung traute er sich kaum mehr zu atmen. Nervös kratzte er auf seinem Daumennagel herum.

»Irene Graupeter.«

»Irene?« Geschockt hielt sich Heiner eine Hand vor den Mund. Aus seinem Gesicht wich die Farbe. Ein eiskalter Schauder jagte seinen Rücken hinunter. »Aber wieso ausgerechnet Irene? Wer hat sie getötet? Wo habt ihr sie gefunden? Wie ist sie ermordet worden? Welches Motiv steckt dahinter?«

Nacheinander beantwortete der Kriminalbeamte alle Fragen, sofern er zu diesem frühen Ermittlungszeitpunkt bereits dazu in der Lage war. Anschließend ermahnte er seinen Vater eindringlich, diese Dienstgeheimnisse für sich zu behalten.

Da Jacob sonst nie von seinem jüngsten Sohn über die Mordermittlungen des K 1 ins Bild gesetzt wurde, reagierte er geradezu begeistert auf dessen unerwartete Auskunftsfreudigkeit. Wie bei einem feierlichen Schwur spreizte er die Finger und versprach hoch und heilig, fortan noch verlässlicher als sonst wie ein Grab zu schweigen. Auch an seinem Rentnerstammtisch im Tchibo, wie er eigens betonte.

Aus gutem Grund war Tannenberg nicht unbedingt begeistert, dass sein Vater von nun an die Ermittlungen begleiten und, wie er es nannte, ›unterstützen‹ würde. Schließlich trug sein ausgesprochen neugieriger biologischer Erzeuger nicht umsonst den Spitznamen ›Sherlock Holmes aus der Beethovenstraße‹.

Aber da er seinen Bruder und dessen Ehefrau als Informanten benötigte, konnte er kaum verhindern, dass dieser mysteriöse Kriminalfall von nun an zentrales Gesprächsthema innerhalb der Großfamilie war.

Als Margot ihren hungrigen Männern das duftende Mittagessen servierte, nutzte der Kriminalbeamte die Gunst der Stunde, um seinen Bruder einer intensiven Befragung zu unterziehen.

»Wenn du Frau Graupeters Persönlichkeit mit einigen treffenden Adjektiven beschreiben müsstest, welche würden dir spontan einfallen?«, wollte er von Heiner wissen.

Der Deutschlehrer reagierte prompt: »Impulsiv, verbissen, rechthaberisch, hinterlistig, karrieregeil …«

»Das sind alles nur negative Attribute«, fiel ihm Tannenberg ins Wort. Erstaunt musterte er sein Gegenüber.

»Stimmt«, pflichtete Heiner seinem Bruder bei. Mit gekrauster Stirn fingerte er an seiner Armbanduhr herum. »Ja, eigentlich komisch, dass mir zu Irene nur diese abwertenden Adjektive einfallen.«

»Wieso? Das war wohl ein richtiger Drachen«, bemerkte Jacob. »Und da fallen einem Mann eben keine schönen Worte ein.«

»Würde Betty Frau Graupeter genauso negativ beschreiben wie du?«, fragte der Chef-Ermittler.

»Quatsch, Wolf«, zischte Heiner. »Nee, nee, Betty und Irene sind gut miteinander ausgekommen.«

»Könnte man sie sogar als Freundinnen bezeichnen?«

Wolfram Tannenbergs älterer Bruder wiegte skeptisch den Kopf hin und her. »Nein, das nicht unbedingt. Wohl eher als gute Kolleginnen. Außerhalb der Schule haben sie, jedenfalls soweit mir bekannt ist, noch nie etwas miteinander unternommen.«

»Wenn Frau Graupeter tatsächlich die negativen Persönlichkeitsmerkmale besaß, die du eben angeführt hast, stellt sich mir die naheliegende Frage, ob sie überhaupt mit irgendjemandem in eurem Kollegium befreundet war.«

Heiner brummte nachdenklich. »Höchstens mit Clemens, dem Regisseur unserer Theatergruppe.« Er räusperte sich. »Es kursierten sogar immer mal wieder Gerüchte, dass die beiden etwas miteinander hätten.«

»Aha, Mord aus Lust und Leidenschaft«, spekulierte Jacob und ließ klatschend die Hände auf seine Schenkel fallen. »Jetzt wird's interessant.«

Der Kriminalbeamte bedachte seinen Vater mit einem maßregelnden Blick, dann fuhr er mit seiner Befragung fort. »Wohnten die beiden denn zusammen?«

»Nein, Irene lebte alleine. Sie hat sich nach ihrer Scheidung eine kleine Eigentumswohnung auf dem Bännjerrück gekauft.«

»Hast du eine Ahnung, ob ihr Exmann noch hier in der Stadt lebt?«

»Ich glaube, Betty hat mal bei einem Betriebsausflug erwähnt, dass er bereits vor vielen Jahren ins Ausland gezogen sei.«

»Hat sie Kinder?«

»Nee, davon ist mir nichts bekannt.«

»Weißt du, ob ihre Eltern oder Geschwister hier in der Gegend wohnen?«

»Keine Ahnung, Wolf. Aber ich kann ja Betty nachher fragen, vielleicht weiß sie etwas Näheres über Irenes Familienverhältnisse.« Heiner blickte auf seine Armbanduhr. »Eigentlich müsste sie innerhalb der nächsten halben Stunde von ihrer Exkursion nach Mölschbach zurückkehren.«

»Gut, dann mach das mal und frag sie ein bisschen nach Frau Graupeter aus. Und wenn du etwas erfährst, rufst du mich bitte gleich an.«

»Mach ich.«

Tannenberg schnäuzte sich trompetenartig die Nase. »Mal etwas anderes, Heiner. Von einem deiner Kollegen habe ich erfahren, dass auch du und Betty an der Theaterprobe am letzten Schultag vor den Sommerferien teilgenommen habt. Stimmt das?«

»Ja.«

»Gut. Dann erzähl mir doch einfach mal aus deiner Sicht, wie diese Probe abgelaufen ist. Und vor allem, versuche dich möglichst genau an das zu erinnern, was Frau Graupeter während dieser Theaterprobe gesagt und getan hat.«

Während sich Wolfram Tannenberg ein großes Stück des Grießknödels und eine gekochte Zwetschge auf die Gabel lud, schloss Heiner die Augen und versuchte, sich die Ereignisse der mehr als sechs Wochen zurückliegenden Theaterprobe möglichst detailgetreu in Erinnerung zu rufen.

Nach einer ausgedehnten Bedenkzeit schilderte er chronologisch den Ablauf der Theaterprobe, den lautstarken Diskurs zwischen Irene Graupeter und der Konrektorin sowie den überstürzten Bühnenabgang seiner inzwischen verstorbenen Lehrerkollegin. Seine Ausführungen deckten sich weitgehend mit dem, was Tannenberg bereits erfahren hatte.

»Und nach dieser Theaterprobe? Hast du Frau Graupeter da noch einmal gesehen?«

Heiner schüttelte stumm den Kopf.

»Bist du gleich anschließend nach Hause?«

»Ja.«

»Gemeinsam mit Betty?«

»Ja. – Vielmehr, nein.«

»Na, was denn nun?«

»Du bringst mich mit deiner komischen Fragerei ganz durcheinander.«

»Das ist Absicht, Heiner. Das gehört doch zu seinem Beruf«, belehrte Jacob. »Verwirrungsstrategie. So nennt man das doch bei der Kripo, nicht wahr, Wolfram?«

»Vater«, knurrte der genervte Ermittler.

»Also, nun mal schön der Reihe nach«, sagte Heiner. »Nachdem unser Regisseur – er heißt Clemens Ruby.«

»Hast du schon erwähnt«, nickte Tannenberg.

»Echt?« Heiner schüttelte den Kopf. »Nachdem Clemens die Probe abgebrochen hatte, sind Betty und ich raus auf den Parkplatz gegangen und haben noch ein paar Minuten mit den anderen geredet.«

»Worüber?«

»Natürlich über Irenes hysterische Reaktion«, erwiderte Heiner. »Danach sind wir nicht direkt nach Hause gefahren, sondern haben in einem Restaurant noch zu Mittag gegessen.«

»Habt ihr gemeinsam mit den anderen Schauspielern die Cafeteria verlassen?«

Wieder dachte Heiner angestrengt nach. »Also, wenn

ich mich richtig entsinne, sind wir alle zusammen raus.« Er stockte und legte seinen Zeigefinger auf Mund und Nasenspitze. »Nein, das stimmt nicht ganz«, korrigierte er sich. »Clemens habe ich draußen auf dem Parkplatz nicht gesehen. Da wir die Ersten waren, die raus sind, muss er wohl im Gebäude geblieben sein. Wir standen, wie schon gesagt, noch ein paar Minuten mit den anderen zusammen. Aber während dieser Zeit ist Clemens nicht aufgetaucht.« Er hob eine Hand und kratzte sich grübelnd an der Stirn. »Nein, also ich hab ihn nach der abgebrochenen Theaterprobe nicht mehr gesehen.«

»Da bist du dir ganz sicher?«

»Ja, das bin ich«, beteuerte Heiner. »Aber unter Umständen hat ihn der Rest ja noch gesehen. Denn als wir weggefahren sind, standen meine anderen Kollegen ja noch beisammen.«

»Na, da hast du doch schon mal deinen ersten Tatverdächtigen«, mischte sich Jacob ein. Aufgeregt knetete er seine Hände. »Den solltest du dir …«

»Vater, halt dich bitte zurück!«, knurrte der Leiter des K 1und wandte sich erneut an seinen Bruder. »Und was ist mit der Konrektorin, die mit Irene Graupeter diese heftige Auseinandersetzung hatte? Wo war die in der Zeit?«

Heiner stützte die Ellenbogen auf den Tisch, beschirmte mit den Handflächen die Augen und rieb sich mit den Fingerkuppen die Stirn. »Stimmt, die habe ich ja ganz vergessen. Also, Mechthild hat gemeinsam mit uns die Cafeteria verlassen, daran erinnere ich mich genau.«

Er machte eine entschuldigende Geste. »Allerdings kann ich dir die Frage, wohin sie tatsächlich gegangen ist und wann sie das Institutsgebäude verlassen hat, beim besten Willen nicht beantworten.«

»Macht nichts, das krieg ich schon noch raus.«

»Aber welches Motiv könnte denn hinter dem Mord an einer Lehrerin stecken?«, murmelte Jacob vor sich hin.

Keine schlechte Frage, mein lieber Sherlock Holmes, lobte Tannenberg im Stillen und machte sich an die Zerteilung seines dritten Grießknödels.

4

»Oh nein, Flocke«, stöhnte Tannenberg auf, als er eine Stunde später das K 1 betrat.

»Was ist denn, Chef?«, fragte die korpulente Mittfünfzigerin verdutzt.

Seine Sekretärin trug ein weit geschnittenes, geblümtes Kleid, das ihre Körperfülle verbergen sollte. Doch die unter den kurzen Ärmeln hervorquellenden Speckwülste brachten die Wahrheit für alle sichtbar ans Tageslicht.

Wolfram Tannenberg stemmte die Hände in die Hüften und setzte eine leidende Miene auf. »Das kannst du mir wirklich nicht antun, Flocke.«

»Ich verstehe nicht.«

Mit zusammengekniffenen Lippen schüttelte der Kommissariatsleiter den Kopf. »Entschuldige, wenn ich dir das so offen sage, aber das ist wirklich total daneben.«

Petra Flockerzie zog das Kinn an den Hals und scannte mit hektischen Blicken ihren Körper, das Kleid und die Schuhe ab. »Ja, was meinen Sie denn um Gottes willen?«, fragte sie mit bebender Stimme.

»Piercing in deinem Alter.«

Die feiste Sekretärin schürzte die Lippen. »Ich – und Piercing? Wie kommen Sie denn auf so was Verrücktes?«

Tannenberg deutete auf sein rechtes Ohr.

Petra Flockerzie ging ein Licht auf. »Ach, jetzt weiß ich endlich, was Sie meinen, Chef«, stieß sie erleichtert aus.

Sie griff an ihr linkes Ohr und lachte schallend auf. Vorsichtig tippte sie mit einer Fingerkuppe an die Ohrmuschel. »Nein, Chef, das sind doch keine Piercings.«

»Was denn dann?«

»Das sind aufgeklebte Metallpunkte.«

»Dem Himmel sei Dank«, seufzte Tannenberg. »Ich hatte schon Angst, du willst dich jetzt überall durchlöchern lassen.«

»Gott bewahre, Chef. Nein, nein, diese Plättchen haben rein gar nichts mit irgendwelchem kosmetischen Schnickschnack zu tun. Es geht um etwas ganz anderes.«

Wolfram Tannenberg ließ sich auf die Schreibtischkante niedersinken und verschränkte die Arme. »Und worum geht es?«

Der gute Geist des K 1 streichelte behutsam die chromfarbenen Plättchen. »Mithilfe dieser kleinen Metallpunkte werde ich abnehmen«, behauptete sie. »Und zwar ohne jegliche Diät-Quälerei. Diese kleinen Wunderdinger stimulieren die Fettverbrennung, erzeugen ein Sättigungsgefühl und unterdrücken den Heißhunger auf Süßes.«

»Zauberplättchen«, spottete ihr Vorgesetzter.

»Ja, Chef, so könnte man sie sicherlich nennen.« Mit verklärtem Blick lehnte sie sich in ihrem Drehstuhl zurück. »Ist das nicht herrlich, Chef? Man kann einfach und mühelos abnehmen, ohne jede Anstrengung. Man muss nie mehr Kalorien zählen, nie mehr diese ekligen Diätjoghurts löffeln und nie mehr trockenes Knäckebrot knabbern.«

»Dann drücke ich dir die Daumen, dass diese Zauberplättchen auch halten, was sie versprechen«, entgegnete der Kommissariatsleiter, während ein Schmunzeln seine Lippen umspielte.. »Sind meine Kollegen schon da?«

»Nein, Chef. Bis zur Dienstbesprechung um 14 Uhr sind es ja auch noch ein paar Minütchen.«

»Stimmt. Na, dann braue ich mir noch schnell einen Espresso«, sagte der Ermittler und schlurfte zur Espressomaschine. »Willst du auch einen?«

»Nein, danke, Chef, ich hab meine Ration für heute bereits intus.«

»Alles klar«, gab ihr Vorgesetzter zurück und drückte auf den Startknopf.

In das markante Geräusch des arbeitenden Mahlwerks hinein rief Petra Flockerzie: »Glauben Sie eigentlich an Zufälle, Chef?«

Tannenberg blies die Backen auf und produzierte Töne wie ein tuckernder Rasenmähermotor. »Weiß nicht. Warum fragst du?«

»Weil ich den Tipp mit dieser wunderbaren Abspeckmethode von einer sehr netten Lehrerin erhalten habe.« Ihr schweißglänzendes, teigiges Gesicht verdüsterte sich. »Und jetzt diese schreckliche Sache mit der ermordeten Lehrerin.«

»Mach dir mal keine Gedanken, meine Liebe. Da es sich ja sicherlich nicht um ein und dieselbe Frau handeln dürfte, werden wir dich wohl kaum in den Kreis der dringend Tatverdächtigen aufnehmen müssen«, versuchte Tannenberg einen humoristischen Volltreffer zu landen.

Doch seine Sekretärin verzog keine Miene.

Ihr Vorgesetzter schüttete ein wenig Zucker in seinen Espresso, rührte um und nippte an der kleinen weißen Tasse. »Zumal noch nicht einmal definitiv feststeht, ob die Frau tatsächlich ermordet wurde. Theoretisch könnte es sich auch um einen tragischen Unfall gehandelt haben.«

Petra Flockerzie atmete schwer. »Kann eine solche Tat denn eigentlich überhaupt Mord sein? Ich meine, es gibt schließlich keine Mordwaffe, wenn ich bis jetzt alles richtig mitbekommen habe.«

»Ja, das ist richtig, Flocke. Eine Tatwaffe im klassischen Sinne existiert in diesem Fall wohl nicht.«

»Ist eine derartige Tatausführung dann nicht automatisch Totschlag? Oder vielleicht auch nur unterlassene Hilfeleistung?«

»Nein, Flocke, genau das ist nämlich der springende Punkt.«

»Was?«

»Na ja, das Fehlen eines Mordwerkzeugs.«

»Ich verstehe nicht, was Sie meinen, Chef. Wie kann man denn einen Mord begehen, ohne ein Mordwerkzeug zu verwenden? Selbst wenn ein Täter sein Opfer über die Balkonbrüstung stößt, benutzt er ein Mordwerkzeug, nämlich seine Hände.«

»Das ist selbstverständlich richtig, Flocke. Aber pass jetzt mal genau auf, was ich dir sage. Laut Strafgesetzbuch unterscheidet sich Mord von Totschlag unter anderem dadurch, dass mindestens eines der folgenden Mordmerkmale im Rahmen der Tötung verwirklicht sein muss: niedrige Beweggründe oder eine besonders verwerfliche Begehungsweise, wozu die Begriffe ›Heimtücke‹ und ›Grausamkeit‹ zählen. Und das sind meines Erachtens die Zentralbegriffe bei diesem Tötungsdelikt.«

»Sie meinen also, dass hier eine ›besonders verwerfliche Begehungsweise‹ vorliegt?«

»Ja, natürlich, Flocke. Denn wie es zurzeit den Anschein hat, wurde die Tür von außen zugeschlossen, als sich Irene Graupeter nichts ahnend in der Toilette aufhielt. Na, wenn das nicht heimtückisch und grausam ist.«

»Das ist wirklich wahr, Chef. Verdursten muss unheimlich grausam sein. Ich glaube, das ist der schlimmste Tod, den man sich überhaupt vorstellen kann.«

Tannenberg nickte und verzog sich mit hängendem Kopf in sein Dienstzimmer. Die Worte seiner Sekretärin hatten die verschütteten Erinnerungen an seinen ehemaligen Schulfreund Gerhard Scholtes urplötzlich wieder zum Leben erweckt.

Scholtes war Anfang der 80er-Jahre mit mehreren Freunden zu einer Sahara-Durchquerung aufgebrochen. Um ein Haar hätten auch die Tannenberg-Brüder an diesem waghalsigen Unternehmen teilgenommen. Nur den beharrlichen Interventionen ihrer besorgten Eltern war es damals zu verdanken, dass die beiden zähneknirschend einen Rückzieher gemacht hatten.

Dabei handelte es sich um die beste Entscheidung ihres Lebens, wie sich schon sehr bald herausstellen sollte.

Denn zwei Wochen, nachdem sich die Brüder schweren Herzens von den Abenteuerurlaubern verabschiedet hatten, verschwanden alle Teilnehmer der Wüstendurchquerung spurlos. Offenbar war die Gruppe mitten in der Sahara in einen Sandsturm geraten und hatte völlig die Orientierung verloren. Die sofort eingeleiteten Suchexpeditionen blieben zunächst erfolglos.

Erst einige Wochen später wurden die Autos der Gruppe zufällig von einer Karawane entdeckt. Es stellte sich heraus, dass die vermissten Freunde in ihrer Verzweiflung sogar das Kühlwasser der Geländewagen getrunken hatten.

»Was für ein Wahnsinn«, sagte Tannenberg zu sich selbst. »Welch ein Glück, dass wir damals zu Hause geblieben sind.«

Kurz darauf klingelte das Telefon. Heiner hatte seine mittlerweile aus Mölschbach zurückgekehrte Frau über Irene Graupeters Tod unterrichtet. Nachdem Betty einigermaßen ihren Schock überwunden hatte, holte er die von seinem Bruder aufgetragenen Erkundigungen bei ihr ein.

Nach Betty Tannenbergs Angaben hatte die kinderlose Lehrerin offenbar allein gelebt. Von irgendwelchen Liaisons wusste sie nichts zu berichten. Geschwister hatte Irene nach Bettys Kenntnisstand keine, der Vater war angeblich schon lange verstorben und ihre an Alzheimer erkrankte Mutter lebte seit einigen Jahren am östlichen

Stadtrand von Kaiserslautern im Alex-Müller-Seniorenheim.

Die relevanten personenbezogenen Informationen wurden etwa eine Viertelstunde später von Sabrina Schauß bestätigt. Sie hatte eine Datenrecherche durchgeführt und zudem einige Nachbarn der Toten befragt. Die Hausbewohner der Leipziger Straße 125 beschrieben Irene Graupeter durchweg als freundliche und hilfsbereite Zeitgenossin. Sie habe sehr zurückgezogen gelebt, irgendwelche Konflikte habe es mit ihr nie gegeben.

Auf die naheliegende Frage, wieso die Lehrerin von ihren Nachbarn bislang nicht vermisst worden war, gab es eine einfache Antwort: Irene Graupeter hatte ihnen erzählt, dass sie gleich nach Ferienbeginn nach Italien zu einer mehrwöchigen Bildungsreise aufbrechen würde.

Inzwischen hatten sich alle Mitarbeiter des K 1 sowie der Rechtsmediziner in Tannenbergs geräumigem Dienstzimmer eingefunden. Zuerst fasste der Kommissariatsleiter den aktuellen Ermittlungsstand in wenigen Sätzen zusammen, wobei er auch die ihm von Mertel telefonisch übermittelten, allerdings noch äußerst dürftigen Erkenntnisse der Spurensicherung präsentierte. Laut diesen Informationen waren trotz intensiver Suche bislang weder der Dienstschlüssel noch das Handy der toten Lehrerin gefunden worden.

Anschließend erteilte Tannenberg dem Pathologen das Wort. Dr. Rainer Schönthaler konnte nach der Obduktion die Ergebnisse seiner oberflächlichen Tatort-Leichenschau bestätigen: Irene Graupeters Tod war auf ein durch Flüssigkeitsmangel hervorgerufenes multiples Organversagen zurückzuführen. Auch der geschätzte Todeszeitpunkt wurde durch die weiteren Untersuchungen erhärtet: Die Lehrerin starb etwa eine Woche nach Beginn der Sommerferien.

Tannenberg bedankte sich artig und trottete zur Tafel. Als er mit roter Kreide die Worte ›Rekonstruktion des Tatablaufs‹ auf die Wandtafel schrieb, läutete das Telefon erneut.

»Es war noch mal mein Bruder«, erklärte er, nachdem er das Gespräch beendet hatte. »Wie ihr ja alle wisst, arbeiten Heiner und seine Frau an der Friedensschule und außerdem als Dozenten am Friedenspädagogischen Institut. Die beiden haben am letzten Schultag ebenfalls an dieser Theaterprobe teilgenommen. Heiner hat mir gerade mitgeteilt, Irene Graupeter habe kurz vor dem Verlassen der Cafeteria coram publico verkündet, dass sie, bevor sie nach Hause gehen werde, noch zur Toilette wolle. Diese wichtige Info hat er eben erst von Betty bekommen.«

»Co… was?«, fragte Armin Geiger verständnislos nach.

»Co-ram pub-li-co«, wiederholte sein Vorgesetzter, wobei er die Wörter in ihre Silben zerlegte. »Das bedeutet so viel wie ›für alle hörbar‹. Also auch für dich, wenn du zu diesem Zeitpunkt in der Cafeteria gewesen wärst.«

»War ich aber nicht«, grummelte der Kriminalhauptmeister.

»Zum Glück für dich.«

»Wieso?«

»Na ja, sonst müssten wir dich auf die Liste der Tatverdächtigen setzen.« Tannenberg stieß Luft durch die Nase, winkte ab und ergänzte in spöttischem Ton: »Komm, vergiss es einfach. Du weißt doch, dass du dein kleines Gehirn nicht überanstrengen sollst.«

»Übrigens, du Schnarchnase«, stichelte Kommissar Schauß, der sich nie eine Gelegenheit entgehen ließ, dem ungeliebten Kollegen eine verbale Breitseite zu verpassen. Wegen der sexistischen Anspielungen, mit denen Geiger schon mehrmals seine Frau Sabrina belästigt hatte, war

Schauß ihm gegenüber sogar schon einmal handgreiflich geworden. »Wenn du dein Resthirn nicht immer nur mit Pornoheften zumüllen, sondern mal ab und zu in ein normales Buch schauen würdest, wüsstest du das.«

Obwohl Tannenberg mit Geiger selbst auf Kriegsfuß stand und vor ein paar Wochen dessen Versetzung in ein anderes Kommissariat beantragt hatte, wollte er den von ihm gerade initiierten Konflikt nicht weiter eskalieren lassen.

»Schluss jetzt, meine Herrschaften!«, befahl er in scharfem Ton. »Wir haben zurzeit wirklich Wichtigeres zu tun als uns zu streiten.« Er fuhr sich mit den Fingern durch sein scheitelloses Haar. »Aus der ›coram publico‹-Verkündigung folgt natürlich logischerweise, dass jeder, der bei dieser Theaterprobe anwesend war, wusste, dass Irene Graupeter aufs Klo gehen würde.«

»Das hast du vorhin schon einmal gesagt, Wolf«, übte Dr. Schönthaler unverhohlene Kritik. »Meinst du etwa, wir sind alle bereits so senil und vergesslich wie du?«

Damit erntete er einen bitterbösen Blick seines besten Freundes. »Weitaus bedeutsamer ist doch wohl die daraus resultierende Erkenntnis, dass jeder der damals in der Cafeteria anwesenden Theaterleute grundsätzlich tatverdächtig ist. Zumal jeder dieser Hobby-Schauspieler wusste, dass im Keller das Wasser abgestellt war.« Der Pathologe reckte den Zeigefinger empor und zog die Augenbrauen nach oben. »Nebenbei bemerkt auch Heiner und Betty«, ergänzte er.

»Selbstverständlich auch die beiden«, erwiderte der Leiter des K 1 betont gelassen.

»Das wäre ein Ding, wenn Betty die Graupeter eingeschlossen hätte«, legte Dr. Schönthaler nach. »Mensch, Wolf, dann wärst du sie ja endlich los.«

Wolfram Tannenberg verdrehte die Augen, reagierte ansonsten jedoch nicht weiter auf diesen Einwurf. Er fasste seinen jungen Mitarbeiter scharf ins Auge und fragte: »Michael, haben die Einzelbefragungen der Lehrer in diesem Zusammenhang etwas Stichhaltiges ergeben?«

Schauß nickte, während er in seinem Notizblock herumblätterte. »Ich habe alle Aussagen der heute Morgen in der Schule anwesenden Theatergruppen-Mitglieder in ein Schaubild hineingepackt.«

Der wie meist nur mit einem T-Shirt und Jeans bekleidete, durchtrainierte Kommissar erhob sich von seinem Stuhl und schritt zur Tafel. »Deinen Bruder und deine Schwägerin habe ich allerdings noch nicht …«

»Brauchst du auch nicht«, würgte ihn sein Vorgesetzter ab. »Darum kümmere ich mich.«

»Gut«, erwiderte der junge Kommissar. Michael Schauß malte einen großen Kreis auf die Tafel, in den er mehrere Familiennamen hineinschrieb. Er räusperte sich und erläuterte seine Skizze: »Wenn wir voraussetzen, dass sich die Tat tatsächlich unmittelbar nach der Theaterprobe ereignet hat, und wir zudem davon ausgehen, dass die von mir befragten Lehrer alle die Wahrheit gesagt haben«, erklärte er ausschweifend, »bleiben lediglich zwei Personen übrig, die von den anderen unbemerkt Gelegenheit gehabt hätten, Graupeter zu der im Keller gelegenen Toilette zu folgen, mit Graupeters in der Tür steckendem Schlüssel die Tür zu verriegeln und den Schlüssel einzustecken. Denn alle anderen Schauspieler haben gemeinsam die Cafeteria verlassen. Sie sind hinaus auf den Parkplatz und haben dort noch ein paar Minuten miteinander gesprochen.«

»Wer sind die beiden?«, wollte Dr. Schönthaler wissen.

Tannenbergs diensteifriger Mitarbeiter zeichnete einen weiteren, kleineren Kreis auf die Tafel. Dann schrieb er von einem kreischenden Geräusch begleitet ›Busch‹ und ›Ruby‹ in den weißen Kreidering hinein.

»Ihren eigenen Angaben zufolge ist die Frau Konrektorin selbstverständlich nicht in den Keller und hat ihre Kollegin eingesperrt. Blöd ist diese Frau ja nicht«, erklärte Schauß, während er sich mit dem Finger an die Stirn tippte.

»Nur extrem unsympathisch«, ergänzte Tannenberg. »Diese Dame hast du besonders ins Herz geschlossen, nicht wahr?«

Schauß nickte. »Ehrlich gesagt, hätte ich wahrlich nichts dagegen, wenn sie die Täterin wäre.« Er räusperte sich. »Na ja, jedenfalls ist diese Frau Busch angeblich von der Cafeteria aus auf direktem Weg zum Gemeinschaftsbüro der Dozenten gegangen.«

»Wo sie natürlich niemand gesehen hat.«

»So ist es.«

»Und dieser Ruby?«, hakte Dr. Schönthaler interessiert nach.

»Selbstverständlich hat auch er sich nicht selbst ans Messer geliefert und mir gegenüber gestanden, Irene Graupeter in der Toilette eingeschlossen zu haben. Er behauptet stattdessen, noch einige Zeit in der Cafeteria geblieben zu sein und dort aufgeräumt zu haben. Nach den Erinnerungen der anderen Lehrer sind Busch und Ruby schätzungsweise drei, vier Minuten später auf dem Parkplatz erschienen.«

»Gemeinsam?«, klinkte sich Tannenberg wieder ein.

»Nein, sie kamen im Abstand von etwa einer halben Minute. Beide behaupten, den jeweils anderen während dieser Zeit nicht gesehen zu haben.«

»Vielleicht macht ihr alle ja gerade einen gravierenden Denkfehler«, posaunte Geiger keck hinaus. Als er die feindseligen Mienen seiner Kollegen bemerkte, schob er geschwind nach: »Es könnte doch auch gut sein, dass eine ganz andere Person die arme Frau in dieser Einzeltoilette eingeschlossen hat. Vielleicht jemand, der kein Dozent an diesem Institut ist. Und zwar hat diese andere Person das getan, nachdem die anderen weg waren. Jeder hätte schließlich ungesehen in den Keller hineingehen und wieder herauskommen können.«

Aus seinem aufleuchtenden Gesicht konnte man deutlich herauslesen, dass ihn gerade eine weitere Idee ereilt hatte: »Zum Beispiel der Hausmeister«, spekulierte Geiger.

Ohne auf diesen Beitrag einzugehen, fragte Tannenberg Michael Schauß: »Wie viel Zeit wird wohl zwischen dem überstürzten Abgang der Graupeter und dem Zeitpunkt vergangen sein, bis der letzte Lehrer das Institutsgelände verlassen hat?«

Schauß stülpte die Unterlippe vor und legte den Kopf schief. »Vielleicht zehn Minuten«, sagte er etwas zögerlich. »Na, wohl eher noch ein paar Minuten mehr.«

Tannenberg zog das Kinn an den Hals und ließ ein spöttisches Lachen verlauten. »Na, mein lieber Geiger, wie lange sitzt du denn normalerweise auf dem Klo?«

Der Kriminalhauptmeister leckte sich nervös die Lippen, doch er kam nicht mehr dazu, seine Gedanken in Worte zu fassen.

»No further details, please – hat unser Englischlehrer immer gesagt«, erklärte der Leiter des K 1 mit anschwellender Stimme. »Falls du's wieder nicht verstehen solltest, Geiger, auf Deutsch: Verschon uns bitte mit näheren Einzelheiten deines unappetitlichen Verdauungsvorgangs.«

Während Armin Geiger krebsrot anlief, blickte sich sein Vorgesetzter in der Runde um. Er war geradezu eingekreist von schadenfroh grinsenden Gesichtern.

»So, nun aber wieder mit dem gebührenden Ernst, den unsere Ermittlungsarbeit erfordert«, sagte Tannenberg. »Ich kann mir nicht vorstellen, dass der Täter so lange gewartet hat, bis alle Theaterspieler weg waren. Schließlich hätte er befürchten müssen, dass Frau Graupeter bereits die Toilette verlassen hat und er deshalb seinen Tatvorsatz nicht mehr hätte verwirklichen können. Allerdings sollten wir die Anregung unseres geschätzten Kollegen Geiger aufgreifen und den Hausmeister zur Liste der Tatverdächtigen hinzufügen.«

»Wieso denn das auf einmal?«, fragte Sabrina Schauß erstaunt.

»Weil ich irgendwie das Gefühl nicht loswerde, dass man diesem Kerl nicht über den Weg trauen darf. Der hält in diesem Institut garantiert überall seine Augen und Ohren auf. Ich vermute mal tollkühn, dass er nicht die ganze Zeit über in seinem Büro war, wie er behauptet hat. Vielleicht hat er ja die Theaterprobe belauscht …«

»Und den Streit sowie Graupeters Abgang live mitbekommen«, vollendete der Rechtsmediziner, der als leidenschaftlicher Hobbydetektiv seinen besten Freund mit wilden Spekulationen schon des Öfteren schier in den Wahnsinn getrieben hatte.

Als Schauß den Namen des Hausmeisters in einen Kreis hineinmalte, klatschte Dr. Schönthaler in die Hände und fuhr mit seinen Mutmaßungen fort: »Nehmen wir als weitere Arbeitshypothese einmal an, dieser Altmeier hat tatsächlich gesehen, wer den Schlüssel von außen umgedreht hat. Und nun erpresst er den Täter.«

»Oder die Täterin«, ergänzte Sabrina Schauß.

»Richtig«, stimmte der Rechtsmediziner zu. »Dann aber befände sich dieser Hausmeister in Lebensgefahr.«

»Um eurem wilden Fabulieren noch eins draufzusetzen«, mischte sich Michael Schauß ein, »warum ist dieser Altmeier denn nicht gleich unser Täter?«

»Ja, warum eigentlich nicht?«, fragte Tannenberg.

»Nein, das glaube ich nicht, denn ich sehe weit und breit kein nachvollziehbares Tatmotiv«, wandte Sabrina ein. »Warum um alles in der Welt sollte denn ein Hausmeister eine Lehrerin umbringen?«

»Wie wär's denn zum Beispiel mit Rache?«, entgegnete der Kommissariatsleiter.

»Rache?«, wiederholte die attraktive Kommissarin mit gerümpfter Nase. »Aber wofür denn?«

»Zum Beispiel für jahrelange Ausbeutung oder Mobbing, um einen alten pfälzischen Ausdruck zu gebrauchen.«

In Tannenbergs Sakko vibrierte es. Er zog sein Handy aus der Innentasche. ›Drecksschnüffler ruft an‹, blinkte auf dem Display.

»Ja, Karl, was gibt's denn?«, fragte er, während er seinen Kollegen den Rücken zuwandte. Nickend hörte er dem Kriminaltechniker eine Weile zu. Dann legte er auf, ließ das Handy wieder verschwinden und drehte sich um.

»Na, was glaubt ihr denn, was unsere lieben Kollegen von der Spurensicherung gerade entdeckt haben?«, warf Tannenberg in die Runde seiner versammelten Kollegen. Die Frage schwebte einige Sekunden durch den Raum.

»Los, sag schon«, drängte Dr. Schönthaler, der sich nicht gerne auf die Folter spannen ließ, auch von seinem besten Freund nicht.

»Die Spusi hat im Maschendrahtzaun ein Loch entdeckt, das offenbar recht frische Schnittstellen aufweist. Außerdem ist es so groß, dass selbst ein erwachsener Mann mühelos hindurchpasst. Es befindet sich direkt gegenüber der betreffenden Kellertür. Dieses Zaunloch ist anscheinend so gut hinter dichtem Buschwerk versteckt, dass unsere Jungs es erst jetzt entdeckt haben.«

Nach einer kleinen Pause fügte Tannenberg hinzu: »Von diesem Zaunloch aus sind es querfeldein höchstens 200 Meter bis zu einem an der L 503 gelegenen Waldparkplatz.«

»Vielleicht steckt ja auch der Vater von diesem renitenten Schüler hinter dem heimtückischen Mordanschlag auf Frau Graupeter«, gab der Rechtsmediziner eine weitere Hypothese zum Besten.

»Wer, Rainer?«

»Erinnerst du dich denn nicht mehr an das, was uns der Hausmeister heute Morgen erzählt hat?«, versetzte Dr. Schönthaler.

Tannenberg brummte. »Du meinst diesen Vater, der sich angeblich kurz vor den Ferien im Institut mit Irene Graupeter herumgezofft hat?«

»Genau den meine ich.«

»Mitschke heißt dieser Krawallo«, erklärte der leitende Kriminalbeamte, nachdem er in seinem Notizbuch nachgeschlagen hatte. »Und sein Sohn heißt Kevin.«

»Kevin ist kein Name, sondern ein Schimpfwort«, warf Geiger ein.

»In deinem Proll-Bekanntenkreis vielleicht«, frotzelte Michael Schauß.

Mit energischer Geste und aggressivem Blick erstickte Tannenberg die drohende Eskalation im Keim.

»Vielleicht hat ja auch dieser Junge seiner verhassten Lehrerin aufgelauert«, spekulierte unterdessen der Rechtsmediziner, »und die günstige Gelegenheit am Schopfe gepackt.«

»Und sich auf diese Weise an ihr gerächt? Ein Schüler als Mörder? Also, das ist mir nun wirklich zu weit hergeholt«, wandte Sabrina skeptisch ein.

»Nein, nicht als Mörder«, berichtigte ihr Ehemann und brachte eine weitere Variante ins Spiel: »Wenn tatsächlich dieser Kevin den Schlüssel umgedreht und abgezogen hat, dann wahrscheinlich nicht, um sie zu töten, sondern nur, um ihr einen gehörigen Schrecken einzujagen. Denn aller Wahrscheinlichkeit nach hat der Junge nichts davon gewusst, dass das Wasser im Keller zu diesem Zeitpunkt bereits abgestellt war.«

»Im Gegensatz zu den Institutsmitarbeitern, die alle einen Tag vor den Sommerferien während einer Konferenz davon in Kenntnis gesetzt wurden«, ergänzte Tannenberg.

»Nein, nicht alle, Wolf«, korrigierte Michael Schauß. »Denn wie ich vorhin erfahren habe, hat Irene Graupeter an dieser Konferenz nicht teilgenommen. Sie hat an diesem Tag in Mainz eine Fortbildungsveranstaltung besucht.«

Tannenberg klatschte sich an die Stirn. »Klar! Das erklärt auch, weshalb sie die Toilette im Keller überhaupt benutzt hat. Sie wusste gar nicht, dass dort das Wasser abgestellt war.«

»Ich habe übrigens den Hausmeister gefragt, ob er vielleicht eine Erklärung dafür parat hat, weshalb die Lehrerin in den Keller ging und nicht eine Toilette im Erdgeschoss aufgesucht hat. Aber er konnte sich keinen Reim darauf machen.«

»Na ja, möglicherweise wollte sie nach dem Streit einfach nur ihren Kollegen nicht mehr über den Weg laufen«, vermutete Sabrina.

»Ja, ich denke, das ist durchaus vorstellbar«, pflichtete ihr der Leiter des K 1 bei. Nachdenklich saugte er die Lippen ein. »Schließlich gelangt man durch diese Außentür ebenfalls zum Parkplatz.«

»Oder durch das Zaunloch in den Wald. Ohne dass man am Parkplatz vorbei muss«, ergänzte die Kommissarin.

»Richtig«, pflichtete ihr Wolfram Tannenberg bei. Er ging zum Fenster und schaute kurz hinunter zum Pfaffplatz. Dann wandte er sich um und setzte sich auf die Fensterbank. »Aber noch mal zurück zu der Hypothese mit diesem Schüler«, sagte er. »Wenn es tatsächlich so gewesen sein sollte, wie unser allwissender Leichenschnippler eben spekuliert hat, wäre der Täter vielleicht gar nicht durch das Zaunloch auf das Institutsgelände gelangt, sondern hat es auf diese Weise unerkannt verlassen.«

»Du glaubst, der Junge …«

»Oder vielleicht sein Vater«, warf Michael Schauß dazwischen.

»… hat das Loch aus diesem Grund in den Zaun geschnitten?«, vollendete Dr. Schönthaler den begonnenen Satz. Seinem Gesichtsausdruck nach zu urteilen, konnte er dieser Hypothese offenbar nicht viel abgewinnen.

Tannenberg lupfte die Schultern. »Das weiß ich natürlich nicht.« Er blies die Backen auf und kratzte sich am Kinn. »Es könnte sich dabei natürlich auch um ein Schlupfloch handeln, das die Studenten als Abkürzung zur Uni benutzen.«

»Oder vielleicht auch zur Flucht aus dem Friedenspädagogischen Institut?«, versetzte der Rechtsmediziner. »Nein, so etwas ist völlig undenkbar, mein unbedarfter Freund. Soviel ich weiß, sehnt sich jeder Student und jeder fortbildungsbesessene Lehrer nach solch einem Hort der Geborgenheit, des Friedens und des täglich praktizierten Humanismus.«

Ein paar Sekunden lang herrschte absolute Stille in Tannenbergs Büro. Man hörte lediglich das Ticken der Wanduhr.

»Wieso hat denn eigentlich niemand die Schreie der armen Frau gehört?«, fragte Sabrina mit ernster Miene.

»Wahrscheinlich deshalb«, erwiderte Tannenberg. Er schlenderte zur gegenüberliegenden Wand und malte den Umriss des Institutsgebäudes sowie den Parkplatz und die

Zufahrtstraße auf die Tafel. Die Position der Kellertoilette markierte er mit einem dicken roten Kreuz.

»Wie ihr seht, befindet sich diese Außentür des Gebäudes vom Parkplatz aus gesehen genau auf der anderen Seite«, erläuterte er seine Skizze. »Möglicherweise haben die dicken Betonwände verhindert, dass Graupeters Kollegen ihre Schreie hören konnten.«

»Oder sie hat eben doch länger auf der Toilette zugebracht«, warf Geiger trotzig ein. Er presste die Zahnreihen aufeinander und verschränkte die Arme vor der Brust. »Und als sie dann um Hilfe gerufen hat, waren ihre Kollegen bereits über alle Berge.«

»Aber was ist mit dem Hausmeister?«, gab Tannenberg zurück. »Der hätte die Schreie doch irgendwann hören müssen.«

»Wieso? Vielleicht war er ja gar nicht bis 15 Uhr in seinem Büro, wie er dir erzählt hat«, meinte Dr. Schönthaler. »Vielleicht hat er sich sofort nach den Theaterspielern aus dem Staub gemacht. Kreative Arbeitszeitverkürzung nennt man so etwas, glaube ich.«

»Vielleicht hat Frau Graupeter aber auch absichtlich so lange dort unten ausgeharrt, bis sie sicher sein konnte, dass ihre Kollegen tatsächlich verschwunden waren«, spekulierte Sabrina Schauß.

Tannenberg legte nachdenklich die Hand auf den Mund.

Derweil schnipste der Rechtsmediziner mit den Fingern. »Mir kommt da gerade noch eine andere Idee: Es könnte doch auch sein, dass die Lehrer draußen auf dem Parkplatz sehr wohl die verzweifelten Hilferufe ihrer Kollegin gehört – aber absichtlich nichts unternommen haben.«

»Ein kollektiver Mord? Und das ausgerechnet am Friedenspädagogischen Institut?«, lachte Tannenberg schallend auf. »Du hast sie doch nicht mehr alle.«

5

Nachdem Wolfram Tannenberg die nun anstehende Ermittlungsarbeit unter den Kriminalbeamten des K 1 aufgeteilt hatte, telefonierte er mit dem Direktor des Palatinum-Gymnasiums und bat um einen baldigen Gesprächstermin. Der Schulleiter hatte gerade Zeit, also machte sich der Kommissariatsleiter sogleich zu Fuß auf den Weg zu der im Stadtzentrum gelegenen Schule.

Der Frühherbst zeigte sich von seiner angenehmsten Seite. Bei Nachmittagstemperaturen um die 25 Grad waren die Straßencafés gut besucht. Man hatte den Eindruck, dass die von einem verregneten Sommer frustrierten Menschen geradezu nach einigen warmen Sonnentagen lechzten.

In der Grünanlage zwischen Burgstraße und Fruchthallstraße, wo der Fackelwoogbrunnen seine Fontänen kerzengerade in die Höhe jagte, waren alle Sitzbänke belegt. Zwei mit Wasserspritzpistolen bewaffnete kleine Jungen saßen auf der wulstigen Sandsteineinfassung des Brunnens und versuchten Tauben nass zu spritzen. Ein paar Meter daneben hatte es sich ein junges Pärchen auf einer Decke bequem gemacht.

Als Tannenberg diesen Ort passierte, huschte ein verschmitztes Lächeln über sein Gesicht. Er erinnerte sich nämlich gerade daran, dass er irgendwann in der 12. Klasse nach einer ausgedehnten Inspektion der im Musikerviertel der Stadt gelegenen Studentenkneipen gemeinsam mit seinem besten Freund Rainer Schönthaler in diesem Brunnen gebadet hatte – und zwar splitterfasernackt! Die beiden Zechkumpane hatten sich damals mit ihrer Spontanaktion eine Anzeige wegen Erregung öffentlichen Ärgernisses eingehandelt.

Die alarmierten Polizeibeamten hatten die volltrunkenen Obersekundaner zu ihrer Wache in der Gaustraße gebracht, sie dort in eine Ausnüchterungszelle gesteckt und anschließend die Eltern der Schüler verständigt. Diese durften sie allerdings erst am nächsten Morgen abholen – gemeinsam mit dem Direktor des Rittersberg-Gymnasiums. Der aber entließ die verkaterten, reumütigen Gestalten in Absprache mit den peinlich berührten Eltern nicht etwa nach Hause zur Rekonvaleszenz, sondern nahm sie mit in die Schule.

Dort wurden ihnen im Lehrerzimmer zunächst einmal anständig die Leviten gelesen, dann mussten sie den Unterricht besuchen, wo sie gleich in mehreren Fächern abgehört wurden. Und zu guter Letzt mussten sie als Strafe für ihr schulschädigendes Verhalten, wie der Direktor ihre nächtliche Eskapade wörtlich bezeichnet hatte, das gesamte Pausenhofgelände von Unrat säubern.

Diese ebenso kreativen wie wirkungsvollen pädagogischen Maßnahmen waren ihnen bis heute schmerzlich in Erinnerung geblieben. Sicherlich auch deshalb, weil die Presse davon Wind bekommen und diesem Vorfall sogar einen Artikel auf der Titelseite der Lokalzeitung gewidmet hatte.

Das war aber nur die eine Seite der Medaille, denn diese hochnotpeinliche Angelegenheit hatte damals auch durchaus positive Konsequenzen für mich gehabt, dachte Tannenberg, während ein süffisantes Lächeln seine Lippen umspielte. Schließlich wurde ich dadurch bei der Damenwelt mit einem Schlag bekannt wie der berühmte bunte Hund. Er seufzte tief. Ja, ja, die Mädels. Die gab's damals ja auch schon. Wenn auch leider nicht an unserer Schule.

Er blieb stehen und blickte gedankenversunken hinüber auf die andere Straßenseite, wo sich die prächtige Sandsteinfassade des Burggymnasiums wie eine mittelalterliche Trutzburg aus dem Einheitsgrau der anderen Gebäude abhob.

Aber da hinter diesen dicken Mauern gab es Mädels. Und zwar ganz schön viele tolle Mädels. Kein Wunder, das Burggymnasium war ja damals noch eine reine Mädchenschule, genau wie der Rittersberg eine reine Jungenschule war, fuhr er im Stillen fort. Nein, stimmt nicht, korrigierte er sich, denn als wir in der Obersekunda waren, hatte man an den Kaiserslauterer Gymnasien die Koedukation vor zwei, drei Jahren eingeführt. Aber natürlich haben uns diese vorpubertären Küken nicht interessiert. Wir haben Jagd auf eine andere Altersklasse gemacht.

Wolfram Tannenberg atmete tief durch. Wie oft haben wir uns mit Rainers klapprigem 2 CV direkt vor das Eingangsportal der Schule gestellt, die Musikanlage aufgedreht und auf die Mädels gewartet? Dann haben wir sie zum Bahnhof gefahren oder sind mit ihnen zum Baden in die Waschmühle beziehungsweise ins alte Hallenbad am Stadtpark gebraust. Schließlich musste man ja irgendwo die Figur der angeschmachteten Dame etwas genauer unter die Lupe nehmen. Man wollte ja nicht die sprichwörtliche Katze im Sack kaufen.

Ach Gott, was waren das doch damals für schöne, unbeschwerte Zeiten. Keine Sorgen, keine Verpflichtungen, einfach nur fröhlich in den Tag hineingelebt … Und mitgenommen, was immer es mitzunehmen gab. Wie haben Crosby, Stills, Nash & Young damals so treffend gesungen: ›If you can't be with the one you love, love the one you're with‹. Diese Jungs haben gewusst, was Sache ist.

Tannenberg sang den Text so laut vor sich hin, dass sich mehrere junge Mädchen erstaunt zu ihm umdrehten.

»Ja, selbst ich war einmal jung«, sagte er – und verschwand sogleich verschämt in einer Seitengasse.

Er wartete, bis die Schülerinnen aus seinem Sichtfeld verschwunden waren, dann machte er kehrt und schlenderte zum Stiftsplatz, wo sich das Palatinum-Gymnasium befand. Als er das schmiedeeiserne Eingangsportal erreichte, öffnete es sich wie von Zauberhand geführt. Zwei engelsgleiche Gestalten erschienen im Türrahmen und lächelten ihn an. Die größere der beiden Oberstufenschülerinnen machte ihm höflich den Weg frei und hielt ihm die Tür auf.

»Vielen Dank, das ist aber sehr nett von Ihnen«, flötete der Kriminalbeamte.

»Keine Ursache, es ist doch selbstverständlich, dass wir einen älteren Herrn zuvorkommend behandeln.«

Von Tannenbergs verdutztem Blick verfolgt eilten die Mädchen kichernd zu einem schwarzen Golf GTI und fielen dort zwei modisch gestylten jungen Männern in die Arme.

Allzu viel hat sich an diesem uralten Spiel wohl nicht geändert, dachte der Kriminalbeamte, nur fahren die Jungs heutzutage keine Enten mehr.

Eine freundliche Sekretärin geleitete Tannenberg zum Direktor des Palatinum-Gymnasiums. Der 63-jährige Schulleiter, der ihn in seinem Dienstzimmer empfing, war über einen Meter neunzig groß und von kräftiger Gestalt. Tief liegende, braune Augen, eine große Nase, schmale Lippen und ein kantiges Kinn verliehen ihm ein wenig das Aussehen eines antiken Philosophen. Dr. Schwebius trug einen dunklen Anzug und eine helle Seidenkrawatte, die farblich exakt zu seinem schlohweißen, vollen Haar passte.

»Für eine Schule ist der alte Knabe ziemlich overdressed, wie man heute so schön auf Neudeutsch sagt. Das denken Sie doch sicher gerade, nicht wahr, mein lieber Herr Hauptkommissar?«, fragte der Oberstudiendirektor und streckte dem Besucher zur Begrüßung eine Hand entgegen. Der Leiter des K 1 packte sie und drückte sie fest. Dr. Schwebius hielt dem schraubstockartigen Griff tapfer stand.

»Nein, nein, das habe ich eben nicht gedacht«, log sein Gegenüber, obwohl der Schulleiter ziemlich exakt Tannenbergs Gedankengang erraten hatte. Er wich dem forschenden Blick aus und schaute hinunter auf den Schulhof, wo der Hausmeister gerade das erste Herbstlaub zusammenfegte.

»Aber nehmen Sie doch bitte Platz«, sagte der Schulleiter.

Tannenberg setzte sich und schlug die Beine übereinander.

Dr. Schwebius lachte herzhaft. »Keine Sorge, Herr Hauptkommissar, ich laufe hier nicht immer so herum. Ich muss nur nachher zu einem offiziellen Empfang der Stadt Kaiserslautern aufbrechen, zu dem mich der Herr Oberbürgermeister eingeladen hat. Besuch einer internationalen Experten-Delegation. Na ja, und da muss man sich eben notgedrungen ein wenig verkleiden.«

»Ein offizieller Empfang beim OB?«, fragte Tannenberg. »Davon hab ich heute Morgen gar nichts in der Zeitung gelesen.«

»Doch, doch, im überregionalen Teil war etwas über diesen Dilettanten-Auflauf zu lesen.«

Als der Direktor des Palatinum-Gymnasiums Tannenbergs verblüfftes Mienenspiel bemerkte, erläuterte er: »Nachher geben sich im Casimirsaal einige dieser selbst ernannten OECD-Bildungsexperten die Ehre. Das sind diejenigen, die für diese überflüssigen PISA-Studien verantwortlich zeichnen. PISA ist Ihnen ja sicherlich ein Begriff.«

Wolfram Tannenberg nickte.

Dr. Schwebius machte eine wegwerfende Handbewegung. »Das müssen Sie sich wirklich einmal vorstellen: Da kommen irgendwelche aufgeblasenen Bürokraten aus bildungsfernen Bananenrepubliken hierher zu uns, besuchen ein paar Tage lang einige wenige Schulen und diffamieren anschließend unser gesamtes Bildungssystem als nicht mehr zeitgemäß, unsozial und ineffizient.«

Die Augen des berufserfahrenen Pädagogen verengten sich zu schmalen Schlitzen. »Und wie reagieren unsere eigenen Bildungspolitiker auf derartige Unverschämtheiten?« Ohne eine Antwort abzuwarten, legte er nach, während seine Faust auf die Tischplatte herabdonnerte. »Die blasen genau ins selbe Horn!«

Abschätzig verzog er den Mund und stieß einen Grunzlaut aus. »Haben Sie mitbekommen, was diese neue grünrote Regierung gerade in Baden-Württemberg veranstaltet?« Noch bevor sein Gegenüber etwas erwidern konnte, ergänzte er: »Die wollen das bewährte dreigliedrige Schulsystem abschaffen und flächendeckend durch Gesamtschulen beziehungsweise, wie sie neuerdings heißen, ›Gemeinschaftsschulen‹ ersetzen.«

»Alter Wein in neuen Schläuchen«, konnte sich Tannenberg nicht verkneifen.

Dr. Schwebius lachte kurz auf, dann verfinsterte sich seine Miene sofort wieder. »Und das, obwohl Baden-Württemberg und Bayern seit ewigen Zeiten bundesweit die besten Schulen haben, die die leistungsfähigsten Schüler hervorbringen.«

»Das ist ja allseits bekannt«, meinte der Chef-Ermittler.

»Nur interessiert es offenbar niemanden!« Dr. Schwebius konnte kaum mehr an sich halten. Inzwischen waren seine Halsschlagadern derart dick angeschwollen, dass es aussah, als ob Regenwürmer von seinem Hemdkragen hinauf zu den Ohren kriechen würden.

Mit dem Kinn wies er in Richtung des Rathausplatzes, wo Pfalzgraf Johann Casimir zwischen 1570 und 1580 ein Renaissanceschloss errichten ließ. Von diesem ehemaligen

Prachtbau waren allerdings nur noch Ruinen vorhanden. Bei Ausgrabungen in den 30er-Jahren des letzten Jahrhunderts waren Reste der ursprünglichen Schlossanlage entdeckt worden, die im Jahre 1935 mit einem Dach versehen und ›Casimirsaal‹ getauft wurden.

»Nachher geben sich im Casimirsaal auch wieder einige dieser unfähigen Ministerial-Lackaffen die Ehre«, polterte er weiter. »Diese Leute waren entweder nie in der Schulpraxis, wie zum Beispiel die Staatssekretärin im Bildungsministerium, unsere allseits geschätzte Frau Anung-Loos. Oder sie waren als Lehrer unfähig und in ihrem Job völlig überfordert.«

Tannenberg grinste.

»Aus Panik sind sie dann aus den Schulen ins Bildungsministerium oder an die Universitäten geflüchtet. Und dort richten diese weltfremden Theoretiker einen gigantischen Flurschaden an, kann ich Ihnen sagen. Denn das, was diese arroganten Bürokratenhengste«, er reckte den Zeigefinger empor, »und -stuten beschließen, ist in der Praxis meistens überhaupt nicht umsetzbar.«

Der Kriminalbeamte dachte an ähnliche Zustände im höheren Polizeidienst.

»Kennen Sie das sogenannte ›Peter's Principle‹, Herr Hauptkommissar?«, fragte Dr. Schwebius. Wieder hatte Tannenberg keine Chance, zu antworten. »Es bezeichnet die Tatsache, dass gerade im Öffentlichen Dienst, allen voran in der Bildungsbürokratie, alle aufstiegswilligen Beamten so lange befördert werden, bis sie auf der Stufe der völligen Inkompetenz angelangt sind.«

Wolfram Tannenberg lachte herzhaft. »Ja, sicher kenne ich das Peter-Prinzip. Davon kann ich in meinem Beruf auch ein Lied singen. Schließlich arbeite ich ja ebenfalls bei einer Landesbehörde.«

»Schön. Dann wissen Sie, was ich meine«, erwiderte der Schulleiter. »Diese unfähigen Bildungsbürokraten fallen uns Praktikern permanent in den Rücken und machen uns mit ihren abstrusen Verordnungen das tägliche Leben in der Schulpraxis immer schwerer«, schimpfte Dr. Schwebius.

»Aber am allermeisten ärgert mich dabei, dass gerade diese Karrieristen selbst die größten Profiteure desjenigen Bildungssystems waren, das sie nun so vehement diffamieren und bekämpfen. Schauen Sie sich doch nur einmal die Biografie dieser Anung-Loos, dieser Einheitsschul-Päpstin an: Die Frau stammt aus einfachsten Verhältnissen. Trotzdem hat sie Abitur gemacht und mithilfe der Bafög-Regelung studiert. Und jetzt ist sie Staatssekretärin. Na, wenn das kein sozialer Aufstieg ist!«

»Da haben Sie recht«, kommentierte Tannenberg.

»Oder schauen Sie sich diese Frau Professor Claudia Ratz-Zapp an, die Leiterin dieses Friedenspädagogischen Lehrer-Indoktrinationsinstituts.« Er machte eine wegwerfende Geste. »Genau das gleiche Lied!«

Der Kriminalbeamte konnte ein neuerliches Grinsen nur schwer unterdrücken.

Dr. Schwebius machte eine beschwörende Geste. »Ich frage Sie, Herr Hauptkommissar: Wo haben diese selbst ernannten pädagogischen Koryphäen denn die Qualifikationen erworben, mit denen sie sich gegen ihre Konkurrenten durchsetzen konnten? Wem haben sie diese Schlüssel-Qualifikationen denn zu verdanken, mit denen sie es immerhin zu Staatssekretären, Ministern und Universitätsprofessoren gebracht haben?«

Er ließ einen Augenblick seine emphatisch vorgetragenen Worte im Raum verhallen, dann schob er nach: »Irgendwelchen Gesamtschulen etwa? Mitnichten! Alle diese Herrschaften haben ein Gymnasium besucht. Eine Schulform, die gerade den Kindern aus einkommensschwächeren Familien auch heute noch weitgehend kostenfrei eine qualitativ hochwertige Bildung ermöglicht. Eine fundierte Allgemeinbildung, die in vielen anderen OECD-Staaten nur auf teuren Privatschulen erworben werden kann. Nicht bei uns, sondern dort, in diesen Ländern, sind die Zukunftschancen der Kinder maßgeblich vom Geldbeutel der Eltern abhängig.«

Der Schulleiter schenkte sich ein Glas Mineralwasser ein und leerte es in einem Zug. Anschließend räusperte er sich ausgiebig. »Bitte entschuldigen Sie mein engagiertes Plädoyer für unser bewährtes Schulsystem, Herr Hauptkommissar. Aber bei diesem Thema platzt mir einfach immer der Kragen.«

Demonstrativ lockerte er den Knoten seiner Krawatte. Mit einem Mal wurde sein Ton bedeutend sachlicher und emotionsloser. »Sie sind ja nicht hierher gekommen, um meine verschrobenen bildungspolitischen Ansichten anzuhören.«

»Doch, eigentlich schon.«

Verblüfft schob der Schulleiter seine Augenbrauen zusammen. Über seiner Nasenwurzel zeichneten sich zwei tiefe, senkrechte Furchen ab.

»Nebenbei bemerkt, mein lieber Herr Dr. Schwebius, sind Ihre Ansichten meiner Meinung nach ganz und gar nicht verschroben«, sagte der Leiter des K 1. »Ich sehe diese Sache nämlich ganz genauso wie Sie.«

»Das freut mich zu hören.«

»Schließlich haben mein Bruder und ich unserem alten Bildungssystem viel zu verdanken. Wir stammen nämlich auch nicht gerade aus einem bildungsnahen, materiell begüterten Elternhaus.«

»Ich doch auch nicht«, flüsterte der Schulleiter hinter vorgehaltener Hand. »Übrigens sind in allen Ländern, die ein flächendeckendes Einheitsschulsystem eingeführt haben, die teuren Privatschulen wie Pilze aus dem Boden geschossen. Wenn es erst einmal zu solch einer gravierenden Veränderung in der Schullandschaft gekommen ist, kann von annähernder Chancengleichheit wirklich nicht mehr die Rede sein.«

Beschwörend reckte er die Arme in Richtung der Zimmerdecke und ergänzte: »Das schreit doch zum Himmel: Diese verblendeten, intoleranten Einheitsschuldogmatiker wollen unser bewährtes Bildungssystem zerstören, um es durch Gesamtschulen zu ersetzen – um angeblich die Bildungschancen in unserem Land gerechter zu verteilen.«

»Von wegen«, stieß Tannenberg ins gleiche Horn. »Genau das Gegenteil wäre der Fall.«

»So ist es. Denn wenn wir solch einen Wahnsinn zuließen, würden diese destruktiven Eiferer genau das erreichen, was sie angeblich verhindern wollen: Dann gäbe es tatsächlich gute Bildung nur noch für die Wohlhabenden in unserem Land. Ist solch ein Verhalten nicht geradezu grotesk?«

»Das könnte man durchaus so sehen«, erwiderte Tannenberg.

»Schön, dass wir uns dahingehend einig sind. Diese militanten Gleichmacher-Apostel behaupten ja immer, die Gesamtschule sei *die* Schule für *alle* Kinder. Mit diesem Zwangsbeglückungsbegriff haben sie tatsächlich recht, denn eines steht fest – und ist übrigens durch eine Vielzahl seriöser Untersuchungen wissenschaftlich bestätigt worden: An Gesamtschulen werden *alle* Kinder nicht optimal gefördert, weder die leistungsschwächeren noch die leistungsstärkeren. Und das soll ein Fortschritt sein? Und das soll ein wirksames Medikament gegen die vielfältigen Probleme in unserem Schul- und Bildungsbereich sein? Dass ich nicht lache!«

Der Direktor des Palatinum-Gymnasiums stieß abschätzig Luft durch die Nase aus. Dann wiegte er entschieden den Kopf hin und her und untermalte seine Worte mit einer fahrigen Handbewegung.

»Entschuldigen Sie, dass ich schon wieder zu diesem leidigen Thema abschweife«, sagte er. »Ich halte Sie mit meinem Geschwätz nur von Ihrer Arbeit ab. Sie haben Ihre Zeit ja auch nicht gestohlen.«

»Nein, nein, Herr Dr. Schwebius, machen Sie sich darüber mal keine Gedanken«, entgegnete Tannenberg und Grübchen zeigten sich auf seinen Wangen. »Wir sind direkt beim Thema.«

»So?«, kam es verwundert zurück.

»Ja, denn wie ich bereits vorhin am Telefon erwähnte, habe ich Sie um ein Gespräch gebeten, weil heute Morgen im Friedenspädagogischen Institut eine Lehrerin tot aufgefunden wurde.«

Dr. Schwebius seufzte. »Ja, ich hab schon davon gehört. Traurige Sache.« Er kniff die Lippen zusammen und fuhr sich mit der Hand über den Arm, als wolle er einen Krümel von seinem Sakko wischen. »Seit Ihrem Anruf fragte ich mich allerdings, wie ausgerechnet ich Ihnen in dieser schrecklichen Angelegenheit behilflich sein könnte.«

»Der Grund dafür ist einfach: Sie sind dringend tatverdächtig.«

Dr. Schwebius' freundlicher Gesichtsausdruck verdüsterte sich wie auf Knopfdruck.

Tannenberg war sofort klar, dass er mit dieser flapsigen Bemerkung zu weit gegangen war. Er hob beschwichtigend die Hände und fügte schnell hinzu: »Nicht für uns, Herr Dr. Schwebius, nein, natürlich nicht für die Kriminalpolizei.«

»Für wen denn dann?«, grollte es wie Donnerhall von

der anderen Seite des Schreibtischs herüber. Man sah dem altgedienten Pädagogen deutlich an, dass er für derartige Scherze keinerlei Verständnis aufbrachte.

»Unsere Ermittlungen am FPI haben ergeben, dass einige der dort als Dozenten beschäftigten Lehrer der Friedensschule Sie als ›Erzfeind‹ oder auch ›Todfeind der Einheitsschule‹ bezeichnen.«

»Aber ist das nicht geradezu eine Ehre für mich, Herr Hauptkommissar?«, fragte Dr. Schwebius mit einem spitzbübischen Schmunzeln. Er fuhr sich mit gespreizten Fingern durch sein seitengescheiteltes, volles Haar. »Aber daraus wollen Sie mir nun doch hoffentlich kein Mordmotiv stricken, oder?«

Tannenberg lächelte, ohne dabei die Zähne zu zeigen. »Um Gottes willen, nein. Ich bin nur hierher gekommen, um mich nach Ihrer Meinung über die Friedensschule und das FPI zu erkundigen. Und die habe ich inzwischen ja auch schon erfahren.«

»Und zwar ziemlich ausführlich, nicht wahr?«

»Ja, Herr Dr. Schwebius. Und das war auch gut so. Mich interessiert aber noch etwas anderes: Wissen Sie, von wem dieses Theaterstück stammt, das die Lehrer der Friedensschule gerade zähneknirschend einstudieren?«

»Nein, das weiß ich leider nicht«, entgegnete der Schulleiter mit einer Mimik, aus der Tannenberg nicht herauszulesen vermochte, ob sein Gegenüber die Wahrheit sagte.

»Angeblich wurde es anonym der Presse zugespielt«, fügte der Direktor des Palatinum-Gymnasiums hinzu. »Und die hat es postwendend dazu benutzt, meinen Lehrerkollegen an der Friedensschule die Pistole auf die Brust zu setzen. Gemäß dem Motto: ›Wenn ihr so tolerant seid, wie ihr immer vorgebt, müsst ihr dieses für euch extrem provokante Theaterstück aufführen. Falls ihr dies ablehnen solltet, leistet ihr damit euren ideologischen Offenbarungseid.‹«

»Aber ganz ungelegen kommt Ihnen dieses Possenspiel nicht, oder?«, konnte sich der Leiter der Kaiserslauterer Mordkommission nicht verkneifen.

Das amüsierte Mienenspiel des Schulleiters beantwortete die Frage hinlänglich.

»Kannten Sie Frau Graupeter eigentlich persönlich?«, fuhr Tannenberg mit seiner Befragung fort.

Der Direktor stützte sein Kinn auf die Hand und legte den Kopf schief. »Nur vom Sehen. Ich kann mich nicht daran erinnern, dass ich je ein Wort mit ihr gewechselt hätte. Von meinem Eindruck her war sie eher ein Mensch, der sich lieber im Hintergrund gehalten hat. Bei Podiumsdiskussionen waren jedenfalls immer ein gewisser Herr Ruby und die Konrektorin der Friedensschule die Frontleute. Beide sind Funktionäre dieser linken Lehrergewerkschaft.«

»Der GSP.«

»Wie ich sehe, sind Sie bereits bestens informiert«, lobte der Schulleiter. Er schaute hinüber zur Tür, als wolle er sich vergewissern, ob diese auch tatsächlich geschlossen war. Dann schob er seinen Oberkörper zu Tannenberg hin und sagte in verschwörerischem Ton: »Unter uns gesagt, Herr Hauptkommissar: Diese Konrektorin Busch ist das bösartigste und aggressivste Kampfweib, das ich kenne. Und der Ruby ist auch nicht viel friedlicher. Die zwei hätten im Einheitsschulsystem der DDR garantiert eine Mordskarriere gemacht.«

»Darf ich aus Ihren Bemerkungen schließen, dass Sie mit diesen Herrschaften nicht unbedingt gemeinsam in Urlaub fahren würden?«

Dr. Schwebius lachte derart herzhaft, dass sein Kopf wie bei einer Marionette wild hin und her pendelte. »Lieber würde ich mich erschießen.« Er hielt sich eine Hand vor den Mund und riss die Augen auf. »Oh, das war wohl eben nicht gerade sonderlich pietätvoll.«

»Macht nichts, Herr Dr. Schwebius, es bleibt ja unter uns.«

Mit einem zischenden Geräusch ließ der Pädagoge seine Atemluft entweichen. »Zum Glück. Wenn meine Schüler manchmal wüssten, was ihr Direktor ab und an für einen ausgemachten Blödsinn von sich gibt«, er wedelte mit den Händen, als habe er sich gerade verbrannt, »oh ha, das wäre ausgesprochen peinlich für mich.«

Dr. Schwebius kicherte. Dann lehnte er sich in seinem Ledersessel zurück und lächelte verschmitzt. »Ist eigentlich inzwischen der geniale Spitzname von Frau Busch zu Ihnen vorgedrungen?«

»Nein«, erwiderte Tannenberg mit erwartungsvollem Gesichtsausdruck.

»Meine bildungspolitischen Freunde und ich nennen sie liebevoll ›Margot‹.«

»Margot?«

»Ja, denn vieles an ihr erinnert uns an die gute alte Margot Honecker. Sie wissen, die Frau von Erich.«

»Der in Neunkirchen geborene Staatsratsvorsitzende, der den sozialistischen Arbeiter- und Bauernstaat an die Wand gefahren hat.«

»Genau der. Na ja, der gute Erich stammt eben aus dem Saarland und …« Den Rest ließ Dr. Schwebius unausgesprochen.

»Mehr muss man zu seiner Herkunft nicht sagen«, ergänzte sein Gegenüber.

»So ist es«, stimmte der Schulleiter zu. »Wussten Sie, dass eben dieser Honecker im Jahre 1961 als Sicherheitssekretär des Zentralkomitees der sozialistischen Einheitspartei den Bau der Berliner Mauer organisiert hat?«

»Nein, das war mir bislang nicht bekannt.«

»Sehen Sie, Herr Hauptkommissar, so einfach funktioniert moderne Schulbildung: Sie kommen ohne Bildungsvorsatz an ein Gymnasium – und schwupp«, Dr. Schwebius klatschte in die Hände, »schon haben Sie etwas gelernt.«

»Und das Schönste daran«, sagte der Kriminalbeamte, »es hat noch nicht einmal wehgetan.«

»Bitte geben Sie diese Erfahrung unbedingt weiter, vor allem an die Kinder und Jugendlichen in Ihrem Bekanntenkreis.«

»Das werde ich gerne tun.«

»Die Schüler und ihre verunsicherten Eltern wurden nämlich am letzten Samstag in der *Pfälzischen Allgemeinen Zeitung* mit einem Leitartikel konfrontiert, der die Überschrift ›Notengebung ist Körperverletzung‹ trug.«

»Ja, ich habe diesen Blödsinn auch gelesen.«

»Wenn es nach diesen verantwortungslosen Dummschwätzern ginge, würden wir nicht nur die Notengebung, sondern dazu am besten auch gleich noch unsere Leistungsgesellschaft mit abschaffen.«

»Und dann hätten wir ziemlich schnell DDR-Verhältnisse.«

»Apropos DDR«, sagte der Schulleiter des Palatinum-Gymnasiums. »Noch mal zurück zur DDR-Geschichte. Vielleicht ist Ihnen Folgendes ja auch noch nicht bekannt: Die pädagogische Lichtgestalt Margot Honecker war von 1963 bis zur Wende 1989 Volksbildungsministerin der DDR. 1964 erließ sie das ›Gesetz über das *einheitliche* sozialistische Bildungssystem‹ und ordnete 1978 für *alle* – wieder dieser schöne Zwangsbeglückungsbegriff – Schüler der 9. und 10. Klassen die Durchführung eines Wehrunterrichts an, wozu unter anderem auch die Ausbildung an Kleinkalibergewehren gehörte. Aktive Friedenserziehung eben.«

»Interessant«, bemerkte der Kriminalbeamte.

»Apropos interessant, lieber Herr Hauptkommissar. Ich hätte da noch etwas für Sie, das Sie möglicherweise ziemlich in Erstaunen versetzen wird.«

Von Tannenbergs neugierigen Blicken begleitet, zog Dr. Schwebius eine Schreibtischschublade auf, entnahm ihr ein schmales Büchlein und reichte es seinem Gesprächspartner. Der nahm es entgegen und las murmelnd den Titel vor: »›Das Schuljahr 1972 – Chronik des Palatinum-Gymnasiums in Kaiserslautern‹.«

»Schlagen Sie bitte die Chronik an der mit einem Klebezettel markierten Stelle auf.«

Tannenberg tat, wie ihm geheißen. »Unsere Abiturientinnen«, las er vor.

»Schauen Sie mal, ob Ihnen einer der unter dem Foto verzeichneten Namen irgendwie bekannt vorkommt.«

Der Leiter des K 1 warf nur einen kurzen Blick auf die zumeist mit Miniröcken bekleideten jungen Frauen. »Irene Graupeter – ich fass es nicht«, stieß er hervor. »Die hat an Ihrer Schule Abitur gemacht?«

»Ja. Und nicht nur sie.«

Mehr brauchte Dr. Schwebius nicht zu sagen, denn sein Gegenüber war bereits fündig geworden: »Claudia Ratz.«

»Ja, so hieß die werte Frau Professorin, bevor sie den bedauernswerten Herrn Zapp geheiratet hat.« Der Schulleiter feuerte ein verschwörerisches Augenzwinkern ab. »Der hat jedoch schon lange die Kurve gekratzt.«

Wolfram Tannenberg rieb sich ungläubig die Augen. »Die beiden kennen sich also schon seit ihrer Schulzeit.«

»Nicht nur die«, wiederholte der Direktor fast buchstabengetreu seine vorherigen Worte. »Dagmar Anung-Loos ist auch darunter. Und Margot.« Er grinste über das ganze Gesicht. »Pardon! Ich meine natürlich Mechthild, Mechthild Busch, die damals allerdings noch ihren Mädchennamen ›Dauenhauer‹ trug.«

»Das ist ja wirklich unglaublich: Die Einheitsschulaktivistinnen waren Schülerinnen Ihrer Schule.«

»Wobei ich jedoch zu meiner Ehrenrettung erwähnen möchte, dass ich damals noch nicht Leiter dieses Gymnasiums war, sondern mich mitten im Lehramtsstudium befand.«

6

Nach dem aufschlussreichen Gespräch mit dem Schulleiter des Palatinum-Gymnasiums verließ Wolfram Tannenberg die altehrwürdige Kaiserslauterer Schule und machte sich auf den Weg in die Fußgängerzone. Während er in seinen Jugenderinnerungen schwelgte, schlenderte er zuerst über den Stiftsplatz, dann überquerte er an der Volksbank die Ost-West-Achse, passierte die Martinskirche und bog in die Rittersberggasse ein. Vor seiner alten Schule setzte er sich auf eine Bank und verweilte dort ein paar Minuten.

Da oben im zweiten Stock war früher unser Klassenzimmer, erinnerte er sich. Man kann es wirklich kaum glauben, aber wir waren damals tatsächlich 52 Jungen in der 5 a. Wie haben es unsere Lehrer nur geschafft, uns Rabauken in den Griff zu kriegen und uns dabei auch noch etwas beizubringen? Und das alles ohne diese modernen Unterrichtsmethoden, ohne diesen überflüssigen Reform-Firlefanz, ohne dieses affige Schulmanagement/Qualitätssicherungsgedöns.

Vielleicht sollte man die Zeit einfach 50 Jahre zurückdrehen und dann einen Neustart durchführen. Man stelle sich einmal vor, diese unzähligen sogenannten Bildungsreformen mit ihren überflüssigen Gesamtschulgründungen, der mutwilligen Zerstörung der Hauptschulkultur und so weiter und so fort hätten nicht stattgefunden. 50 Jahre ohne schulpolitisches Chaos – was für eine Traumvorstellung!

Was wäre passiert, wenn vernünftige und verantwortungsvolle Bildungspolitiker das gegliederte Schulsystem nicht zerstört, sondern moderat weiterentwickelt hätten? Ganz einfach: Wir hätten zig Milliarden Steuergelder eingespart, die man unter anderem für eine optimale Unterrichtsversorgung hätte verwenden können.

Ohne diesen Innovationswahnsinn, ohne diesen blinden Aktionismus wären Millionen Kinder nicht als Versuchskaninchen für Einheitsschulexperimente und anderen Unsinn missbraucht und ihrer Zukunftschancen beraubt worden.

Wütend kickte Tannenberg einen kleinen Sandstein in Richtung des Metallzauns, der das Schulgelände einfriedete. Ein schrilles Geräusch signalisierte weit hörbar, dass er einen Volltreffer gelandet hatte. Peinlich berührt erhob er sich von der Sitzbank und verschwand in Richtung Martin-Luther-Straße.

Als er wenig später das Pfalztheater passierte, warf er einen Blick in Richtung des Casimirsaals. Der arme, arme Dr. Schwebius, dachte er mitfühlend, hoffentlich hält er diese Labersäcke aus, ohne verrückt zu werden.

Anschließend überquerte der Kriminalbeamte zuerst die Fruchthallstraße und dann den Schillerplatz. Hinter der in einem alten Fachwerkhaus untergebrachten, urgemütlichen Bier- und Weinstube ›Spinnrädl‹ schwenkte er in die Marktstraße ein.

Die Turmuhr der Stiftskirche zeigte 16.35 Uhr. Mithin hatte er bis zu seinem nächsten Termin noch knapp eine halbe Stunde Zeit. Zeit genug für die Lektüre seiner Lieblingszeitung. In dem winzigen Zeitschriftenlädchen gegenüber der Stiftskirche kaufte er die *FAZ*. Wie stets, wenn er dort auftauchte, kam er nicht umhin, mit dem Inhaber, einem ehemaligen FCK-Profi, kurz die aktuelle Situation des Kaiserslauterer Traditionsvereins zu erörtern.

Optimal zum Zeitungsgenuss passte natürlich eine gemütliche Sitzgelegenheit und eine kulinarische Köstlichkeit, nämlich ein Amarenabecher, den sich Tannenberg im nahegelegenen Eiscafé Dolomiten genehmigte.

Zuerst schmökerte er ein wenig in der Tageszeitung, doch nach dem Wirtschaftsteil legte er sie zur Seite und blätterte in der alten Schulchronik des Palatinum-Gymnasiums herum, die ihm Dr. Schwebius freundlicherweise ausgeliehen hatte.

Sowohl der Einband als auch die inneren Blätter des Jahresberichtes waren bereits stark vergilbt. Der Leiter des K 1 betrachtete einen Linolschnitt. Mit einem Mal erinnerte er sich an eine schlimme Verletzung, die er sich als Sextaner bei dem damals im Kunstunterricht obligatorischen Bearbeiten einer Linoleumplatte zugezogen hatte. Reflexartig schaute er hinunter auf seine linke Hand, wo seitdem eine gezackte Narbe den Handrücken zierte. Urplötzlich verspürte er exakt an dieser Stelle einen stechenden Schmerz.

Du spinnst doch, beschimpfte er sich im Stillen. Aber diese Erkenntnis drang offensichtlich nicht bis zu seiner rechten Hand durch, denn die massierte weiterhin die auffällige Narbe.

Einer der abgedruckten Jahrbuchartikel beschäftigte sich mit den Auswirkungen der beiden Kurzschuljahre, mit denen sich Lehrer und Schüler Mitte der 60er-Jahre hatten herumplagen müssen.

Die hatte ich ja völlig vergessen, sinnierte er. Aber es stimmt tatsächlich: Wir alle hatten damals bis zum Abitur nur 12 Jahre Unterricht gehabt. Wir wurden nach den Osterferien eingeschult und haben Anfang Mai Abitur gemacht. Das waren genau 12 Jahre. Und trotzdem ist etwas Anständiges aus uns geworden. Na ja, zumindest aus den anderen Jungs ist etwas Anständiges geworden, korrigierte er sich in Gedanken, während ein dezentes Lächeln seine Lippen umspielte.

Vor seinem geistigen Auge tauchte das Klassenfoto der 5 a auf, das zu Hause bei ihm über dem Schreibtisch hing.

52 Jungs – unvorstellbar heutzutage! Da würden sich diese Weicheier-Pädagogen an der Friedensschule doch sofort die Kugel geben.

Exemplarisch studierte er die statistischen Angaben zum sozialen Herkunftsmilieu der 7 b des Palatinum-Gymnasiums.

Von wegen elitäre Bildungsanstalt für das begüterte Bildungsbürgertum der Stadt, höhnte er in Gedanken.

Er fuhr mit dem Finger über die Berufsbezeichnungen der Familienväter hinweg und ordnete diese in Gruppen ein. Erstaunt bilanzierte er, dass lediglich 6 der 43 Mädchen aus einer akademischen Familie stammten. Der Rest der Klasse setzte sich bunt gemischt aus Kindern von Angestellten, kleineren Beamten, Handwerkern und Arbeitern zusammen. Bei zwei Mädchen war als Beruf des Erziehungsberechtigten ›Hausfrau, Ehemann verstorben‹ angegeben.

Also stammten lediglich 2 von 43 Schülerinnen dieser Klasse aus einer unvollständigen Familie, resümierte Tannenberg.

Was waren das damals doch für paradiesische Zustände. Jedenfalls für uns Kinder. Selbstverständlich hat in diesen Familien auch nicht immer eitel Sonnenschein geherrscht, das ist doch sonnenklar. Bei uns zu Hause ja auch nicht, da gab's schließlich öfter mal anständig Zoff.

Aber trotzdem waren die Bedingungen für die Kinder und Jugendlichen in den 60er- und 70er-Jahren weitaus günstiger als gegenwärtig, wo ein stetig wachsender Anteil von Alleinerziehenden zu beklagen ist und die Kinder deshalb in Ganztagskindergärten und -schulen untergebracht werden müssen.

In meiner Schulzeit konnten wir uns nach dem Unterricht zu Hause auf ein frisch gekochtes, gesundes Mittagessen stürzen. Wegen des Halbtagsunterrichts hatten wir die Nachmittage immer zur freien Verfügung. Heiner und ich sind nach den Hausaufgaben entweder zum Fußballspielen auf den Bolzplatz gegangen oder haben uns beim Höhlenbauen und Klettern im Wald ausgetobt. Und heutzutage stopfen die Kids Fast Food und Süßigkeiten in sich hinein und sitzen den ganzen Tag faul vor ihren PCs und Glotzkästen herum!

Im Rückblick betrachtet war unsere Schulzeit von familiärer Stabilität, Geborgenheit und elterlicher Förderung geprägt. Wie oft hat Mutter Heiner und mich englische Vokabeln abgehört. Ein versonnenes Lächeln huschte über sein Gesicht. Obwohl sie die Worte nicht richtig aussprechen konnte. Und wie oft hat sich Vater abends und am Wochenende mit uns hingesetzt und Mathe gepaukt.

Mann, jetzt hör endlich mal auf mit deinem selbstbeweihräuchernden, verklärten Vergangenheitstrip, polterte seine innere Stimme, wie immer ungefragt, dazwischen. Erinnerst du dich denn nicht mehr daran, wie sehr ihr unter diesen alten autoritären Lehrerknochen gelitten habt?

Ja, das haben wir manchmal, stimmte Tannenberg im Stillen zu. Na und? Im Nachhinein war vielleicht gerade der Zwang, uns mit diesen verknöcherten, manchmal auch ziemlich ungerechten Typen arrangieren zu müssen, entscheidend für unsere Lebenstüchtigkeit. Außerdem haben uns damals auch viele junge, engagierte Lehrer unterrichtet. Er seufzte tief. Nur gab's eben leider keine Mädchen am Rittersberg. Deshalb sind wir ja auch immer im Konvoi zu den Mädchenschulen der Stadt gepilgert.

Gedankenversunken befeuchtete er eine Fingerkuppe mit Spucke und schlug das nächste Blatt um.

Lea!, zischte plötzlich eine grelle Leuchtrakete durch seinen Kopf. Lea hat ja auch das Palatinum-Gymnasium besucht. Allerdings nur bis einschließlich 10. Klasse, dann ist sie ans Burggymnasium gewechselt, weil es dort in der Oberstufe einen neusprachlichen Zweig gab.

1972, da muss Lea in der … in der …, nervös knabberte er an seinem Daumen herum, … in der Obertertia gewesen sein. Mit flinken Fingern blätterte er weiter und wurde fündig.

»Lea Maria Kullmann, geboren am 22. Juni 1957, Vater technischer Zeichner«, brabbelte er so laut vor sich hin, dass eine Frau am Nebentisch neugierig zu ihm herüberschaute. Er räusperte sich und kratzte sich verlegen am Hals.

Meine liebe, liebe Lea, dachte er in einen traurigen Stoßseufzer hinein, jetzt sitze ich ohne dich in den ›Dollos‹. Er wiegte sanft den Kopf hin und her. Wie oft haben wir uns hier nach der Schule zum Eisessen getroffen.

Weißt du noch, sagte er in Gedanken zu seiner vor 15 Jahren verstorbenen Ehefrau, wie lange ich damals gebraucht habe, um dir endlich einen Kuss zu geben? Ach Gott, was waren wir beide schüchtern. Das mit dem ersten richtigen Kuss hat gut und gerne zwei, wenn nicht sogar drei Monate gedauert.

Wolfram Tannenberg stützte sein Kinn auf die Innenhand und sog die Unterlippe ein. Ich war ja so was von unglaublich stolz, dass du ausgerechnet mit mir gegangen bist, so saumäßig stolz war ich. Seine Mundpartie zuckte. Ich hab dich unheimlich lieb gehabt, Lea. Er schluckte hart, schniefte.

Nächtelang konnte ich damals nicht schlafen. Und wenn ich dich dann am Morgen an der Bushaltestelle am Rathaus abgeholt habe, ist mein Herz vor Glück fast zersprungen. Er wischte sich eine Träne aus den Augenwinkeln. Dann schnäuzte er sich so dezent wie möglich.

Er wurde auf eine junge, gepiercte und tätowierte Mutter aufmerksam, die genau in seiner Blickrichtung ein paar Meter von ihm entfernt an einer Hauswand einen Kinderwagen abstellte. Nachdem sie ihre Zigarettenkippe achtlos weggeschnipst hatte, nahm sie ihr circa ein Jahr altes Kind auf den Arm und verschwand mit ihm in einem Fast-Food-Tempel.

Keine zwei Minuten später kehrte sie zurück. Sie setzte ihr Baby wieder in den Kinderwagen und fing an, es mit Pommes frites regelrecht vollzustopfen. Ab und an durfte das Kleine von ihrer eiskalten Cola trinken. Sie selbst verleibte sich in Rekordtempo einen Hamburger ein. Noch kauend zündete sie sich eine neue Zigarette an und blies den Rauch rücksichtslos auf das Pommes verschlingende Kleinkind.

Das erfüllt ja fast den Tatbestand der Körperverletzung, grollte es unter Tannenbergs Schädeldecke. So ein ungesundes Zeug. Und dann auch noch Cola zum Runterspülen. Kein Wunder, dass die Kinder immer fetter und zappeliger werden. Koffein für so ein kleines Würmchen. Das ist doch ein Skandal!

Er schnaubte empört, überlegte kurz, ob er sich die junge Mutter zur Brust nehmen sollte. Dann verwarf er den Gedanken. Völlig sinnlos, sagte er sich. Beruhigen konnte er sich allerdings noch nicht. Jetzt Cola und später stellt man sie dann mit Ritalin ruhig, schimpfte er weiter. Was ist das heutzutage nur für eine verrückte Welt? Eine Welt, in der Ärzte und Eltern kleine Kinder mit Drogen vollstopften, nur damit sie Ruhe vor ihnen haben. Was für ein Armutszeugnis für unsere Gesellschaft!

Grollend riss er den Blick von den beiden Fast-Food-Junkies los und schaute hinüber zu einem Sandsteinbrunnen, vor dem gerade eine amerikanische Besuchergruppe andächtig den Worten einer Reiseführerin lauschte.

Die Ablenkung hatte die schmerzlichen Erinnerungen an Lea zwar eine Weile verscheucht, doch sie hatten sich wie eine große Klette in seinem Gehirn festgesetzt und drängten sich nun mit Vehemenz zurück in sein Bewusstsein.

Wir hatten uns so sehr eigene Kinder gewünscht, führte Tannenberg den imaginären Dialog mit seiner verstorbenen Ehefrau fort. Aber es hat einfach nicht sein sollen: Erst hat es jahrelang nicht geklappt, und dann … Er konnte diesen Satz nicht zu Ende denken. Wehmut umklammerte sein Herz wie eine eiserne Faust und er schloss die Augen.

Sein Gehirn nutzte die Chance und projizierte ihm eine schier unerträgliche Filmsequenz auf seine innere Leinwand: Neben der Weinstube ›Spinnrädl‹ tauchte eine aparte, junge Frau auf, die mit ausgebreiteten Armen zu ihm eilte. Dieses unglaublich strahlende, fröhliche Lächeln …

Er riss die Augen auf, knetete mit den Fingern die Stirnpartie, als wolle er sich diese schmerzauslösenden Bilder aus seinem pulsierenden Hirn quetschen. Lea, Lea, Lea, dröhnte es ohne Unterlass.

Und was ist mit Johanna, du sentimentaler alter Esel, kreischte seine innere Stimme ohne Vorwarnung dazwischen. Lea ist schon lange tot. Hanne dagegen lebt. Sie ist das blühende Leben.

Du hast ja mal wieder recht, stimmte Tannenberg dem Quälgeist in seinem Kopf zu. Ich hab Hanne wirklich unheimlich gern. Trotzdem wird Lea immer ihren besonderen Platz in meinem Herzen behalten. So ist es nun mal – basta!

Kann sie doch auch, gab die Stimme in seinem Kopf zurück. Mal was anderes: Wie wär's denn eigentlich mit einem eigenen Kind?

Ein eigenes Kind? Tannenbergs verklärter Blick arbeitete sich Stein um Stein die prächtige Sandsteinfassade der Stiftskirche empor. Jetzt noch – in meinem Alter? Ein Kind als Senioren-Tamagotchi?

Aber warum denn eigentlich nicht? Hanne hat in letzter Zeit schon öfter eine Andeutung in dieser Richtung gemacht. Ich hab das aber nie ernst genommen. Er zog die Stirn in Falten und schüttelte dabei kaum merklich den Kopf. Ich bin nun wirklich viel zu alt für späte Vaterfreuden.

Nein, nein, das ist totaler Quatsch! Rechtlich wäre ich zwar der Vater unseres Kindes. Er grunzte amüsiert. Aber praktisch wäre ich dann doch wohl eher der Opa dieses armen kleinen Wurms. Ein alter Sack, der vielleicht schon nächstes Jahr die Pfifferlinge von unten anschauen muss, wenn's schlecht läuft.

Tannenberg seufzte wehmütig. Die Tochter meiner Nichte wäre dann älter als mein eigenes Kind. Blödsinn! – Oder vielleicht doch nicht? So ein süßer kleiner Fratz, das hätte schon was. Hanne als Mutter? Hanne wäre sicherlich eine ganz tolle Mutter. Na ja, mal sehen, welche Überraschungen die Zukunft noch für mich bereithält.

Der Glockenschlag der Stiftskirche riss Tannenberg aus seinen Tagträumereien. Also dann, auf, auf zum nächsten Verdächtigen, feuerte er sich selbst an und schraubte sich ächzend in die Höhe.

Und mit dem kaputten Knie soll ich mit einem kleinen Knirps Fußball spielen und ihm auf dem Bolzplatz hinterherrennen?

Zwei Minuten später stand er in der Steinstraße vor einem dreigeschossigen Wohn- und Geschäftshaus. Das Türschild mit der Aufschrift ›Peter Mitschke – Versicherungen und Unternehmensberatung‹ bestätigte ihm, dass er hier genau richtig war.

»Herr Tannenberg?«, empfing ihn eine aufgedonnerte Wasserstoffblondine, die in einem winzigen Büro saß und den Besucher mit großen Augen anstarrte.

»Ja, der bin ich«, bestätigte der Chef der Kaiserslauterer

Mordkommission. Demonstrativ blickte er auf seine Armbanduhr. »Seit exakt drei Minuten habe ich einen Termin mit Herrn Mitschke.«

»Der Chef ist gleich für Sie da«, flötete die pfälzische Pamela-Anderson-Version. »Er führt gerade noch ein wichtiges Telefongespräch mit einem unserer Premiumkunden. Aber es wird bestimmt nicht mehr lange dauern. Optimaler Kundenservice ist eines unserer Markenzeichen. Und dazu gehört natürlich auch die Pünktlichkeit.«

Just in diesem Augenblick öffnete sich Mitschkes Tür und ein etwa 1,70 Meter großer, drahtig wirkender Mann stellte sich Tannenberg als Niederlassungsleiter der Pfalz-Versicherung vor. Mit einer theatralischen Geste bat er den Kriminalbeamten in sein Zimmer.

»Darf ich Ihnen etwas zu trinken anbieten?«, fragte er höflich.

Tannenberg lehnte dankend ab. Der sieht ziemlich genau so aus, wie ich ihn mir vorgestellt habe, dachte der Kriminalbeamte zufrieden, während er sich hinsetzte. Dabei ließ er den gebräunten, mit einem eingeschalteten Dauerlächeln ausgestatteten Agenturleiter nicht aus den Augen. Ein typischer Versicherungsvertreter eben. Somit hat sich wieder einmal mein von Vorurteilen und Klischees dominiertes Kategorienschema bestätigt, grinste er in sich hinein. Aber ist dieser aufgeblasene Fatzke auch ein Totschläger oder gar Mörder?

»Herr Mitschke, ich möchte Sie nicht lange aufhalten«, legte Tannenberg los. »Deshalb komme ich am besten gleich zur Sache.«

»Das ist mir auch immer am liebsten, Herr Hauptkommissar: Ohne Umschweife direkt zu des Pudels Kern vorstoßen und ihn dann am Schopfe packen«, posaunte Mitschke hinaus.

Tannenberg wunderte sich zwar über diese merkwürdige Metapher, verkniff sich aber eine entsprechende Bemerkung. »Es geht um den bislang ungeklärten Tod einer Lehrerin der Friedensschule, die nach meinem bisherigen Kenntnisstand auch Ihren Sohn Kevin unterrichtet hat«, sagte er stattdessen.

»Ja, das stimmt«, bestätigte der offensichtlich bestens gelaunte Versicherungsmakler und zündete sich eine Zigarette an. »Ich hab schon davon gehört, dass es die Graupeter erwischt hat. Das geht ja wie ein Lauffeuer durch die Stadt. Beim Mittagessen in …«

»In diesem Zusammenhang«, hakte sich der Leiter des K 1 in den Satz ein, »interessiert mich ein gewisser Vorfall, der sich angeblich unmittelbar vor den Ferien im Friedenspädagogischen Institut auf dem Letzberg ereignet hat. Und zwar …«

»Ach, Sie meinen garantiert meinen Auftritt bei dieser alten Schreckschraube«, fiel ihm nun Peter Mitschke seinerseits ins Wort. Er pumpte den Oberkörper auf, hob das Kinn an und zog hektisch an seiner Zigarette. »Dieser Auftritt war mehr als überfällig, das kann ich Ihnen versichern.«

»Warum haben Sie eigentlich das Gespräch mit Frau Graupeter gesucht?«

»Weil die Graupeter, diese blöde Kuh, behauptet hat, mein Sohn habe einen Klassenkameraden bestohlen«, schimpfte Mitschke. Wütend drückte er seine Zigarette im Aschenbecher aus, obwohl er sie noch nicht einmal zur Hälfte aufgeraucht hatte.

»Hat sie Ihnen für diese gravierende Unterstellung einen Zeugen präsentiert?«

Sein Gegenüber schnappte nach Luft, fummelte mit zittriger Hand an der Marlboro-Packung herum, zog einen weiteren Glimmstängel aus der Schachtel und zündete die Zigarette an. »Nein, das ist ja gerade der Hammer!«, schimpfte er in den ausströmenden Qualm hinein.

»Was sagt Ihr Sohn eigentlich zu diesem Vorwurf?«

Peter Mitschke verengte die Augen zu schmalen Schlitzen. »Der streitet selbstverständlich ab, dass er ein Handy gestohlen hat«, blaffte er. »Und zwar deshalb, weil er mit diesem Diebstahl garantiert nicht das Geringste zu tun hat.«

»Können Sie sich dessen wirklich sicher sein?«

»Natürlich kann ich das!«, blökte der erboste Versicherungsagent. Er klatschte sich an die Stirn. »Warum sollte er so etwas Unsinniges tun? Das würde doch überhaupt keinen Sinn ergeben. Schließlich hab ich ihm vor ein paar Wochen zum Geburtstag das neueste I-Phone geschenkt.«

Seine Augen leuchteten auf. »Ein Super-Ding ist das, kann ich Ihnen flüstern. Das ist eins mit allem Pipapo dran. Warum um alles in der Welt sollte er denn einem Klassenkameraden dessen billiges Popel-Handy klauen?«

Na, da haben wir doch mal wieder einen klassischen Fall von Wohlstandsverwahrlosung, dachte Tannenberg bei sich. Keine Zeit für das pubertierende Früchtchen und das schlechte Gewissen mit teuren Geschenken zuschütten.

»Damit steht Aussage gegen Aussage«, resümierte der Kriminalbeamte.

»Ja, leider ist das so«, nickte Mitschke, »denn mein völlig zu Unrecht beschuldigter Sohn kann leider keinen Zeugen benennen, der bestätigen kann, dass Kevin nicht dieses Handy gestohlen hat.«

Tannenberg schmunzelte. »Logisch«, zischte er.

»Wobei mir Kevin hoch und heilig geschworen hat, dass er noch nie einen Diebstahl begangen hat.« Mitschke zog an seiner Zigarette und blies den Qualm als dünne Rauchsäule an die Decke. »Ich vermute ja stark, dass etwas ganz anderes hinter dieser bösartigen Verdächtigung steckt«, sagte er mit gesenkter Stimme.

»Etwa ein Racheakt von Frau Graupeter?«, spekulierte Tannenberg und ärgerte sich sogleich darüber, dass er damit dem Befragten eine Erklärungsmöglichkeit geliefert hatte.

Während der Versicherungsagent energisch den Kopf schüttelte, drückte er seine Zigarette in dem überquellenden Ascher aus. »Nein, nein, nichts dergleichen.«

»Ja, was denn dann?«

Peter Mitschke fing Tannenbergs fragenden Blick auf und verkündete mit emporgezogenen Augenbrauen: »Ich vermute, dass die Graupeter mit dieser haltlosen Unterstellung davon ablenken wollte, dass sie selbst das Handy geklaut hat.«

»Was?«, stieß Tannenberg überrascht aus. »Eine Lehrerin, die ihren eigenen Schüler beklaut? Das wollen Sie doch nicht ernsthaft behaupten, oder?«

»Doch, Herr Kommissar, genau das will ich. Auch wenn es sich zugegebenermaßen ziemlich verrückt anhört. Aber unter den Eltern der Friedensschule kursieren seit Längerem Gerüchte dahingehend, dass die Graupeter eine Kleptomanin ist.« Er räusperte sich und ergänzte: »Besser gesagt, war.«

»Frau Graupeter – eine Kleptomanin?«

»Ja, ja, Sie haben richtig gehört. Schon mehrfach haben Schüler«, Mitschke reckte bedeutungsvoll den Finger empor, »und auch einige Lehrer dieser sogenannten Friedensschule kleinere Geldbeträge vermisst. Aber nie wurde jemand bei einem dieser Diebstähle erwischt. Das ist doch komisch, oder? Ich jedenfalls vermute nach wie vor, dass die Graupeter dahintergesteckt hat. Bitte glauben Sie mir, Herr Kommissar, wenn ich behaupte, dass an dieser Schule nichts unmöglich ist.«

Diesen Eindruck habe ich inzwischen allerdings auch

gewonnen, dachte der Kriminalbeamte, hielt diesen Gedanken aber unter Verschluss.

»Übrigens, Herr Kommissar, falls Sie sich wegen unserer Alibis für die Tatzeit hierher bemüht haben sollten, den Weg hätten Sie sich sparen können. Mein Sohn und ich besitzen nämlich ein wasserdichtes Alibi für den im Radio angegebenen Tatzeitpunkt. In den Lokalnachrichten wurde gemeldet, dass die Graupeter am letzten Schultag vor den Sommerferien bis 13 Uhr an einer Theaterprobe teilgenommen habe und anschließend nicht mehr gesehen wurde. Stimmt das?«, wollte der Versicherungskaufmann wissen.

Tannenberg nickte.

»Zu diesem Zeitpunkt haben mein Sohn Kevin und ich nachweislich auf dem Saarbrücker Flughafen eingecheckt. Ich habe Kevin am letzten Schultag unmittelbar nach der vierten Stunde an der Friedensschule abgeholt. Wir sind direkt zum Flughafen gefahren. Eine Woche Ibiza, diesen Entspannungsurlaub hatten wir nach dem ganzen Stress mit der Graupeter wirklich dringend nötig.«

»Das kann ich gut nachvollziehen«, meinte Tannenberg. »Ich könnte auch mal wieder einen Erholungsurlaub gebrauchen.«

Mitschkes Augen leuchteten auf. Er richtete seinen Oberkörper kerzengerade auf und fixierte sein Gegenüber mit einem stechenden Blick. »Besitzen Sie eigentlich schon eine Auslandskrankenversicherung, Herr Kommissar? Wie ist es denn überhaupt versicherungsmäßig um Sie bestellt?«, konfrontierte ihn der Agenturinhaber mit den typischen Fragen seines Berufsstandes. »Haben Sie bereits alle Risiken des Lebens ausreichend abgesichert?«

»Ja, alle«, erwiderte Tannenberg und fügte grinsend hinzu: »Alle, außer Mord.«

Nach dieser Befragung entschloss sich der Leiter der Kaiserslauterer Mordkommission spontan zu einem Abstecher in das in unmittelbarer Nähe der Pfalzgalerie gelegene Institut für pfälzische Geschichte und Volkskunde, in dem seine Lebensgefährtin als Historikerin arbeitete.

»Na, das ist aber eine schöne Überraschung, mein lieber Wolf«, freute sich Johanna von Hoheneck, als Tannenberg nach höflichem Anklopfen ihr Büro betrat.

Die knapp 40-jährige Frau saß an ihrem Schreibtisch. Bis eben hatte sie an einem wissenschaftlichen Text gearbeitet. Sie entfernte die Hände von der Tastatur ihres Laptops, legte eine Strähne ihres strohblonden, schulterlangen Haares hinters Ohr und strahlte ihren Lebensgefährten wie ein verliebtes Schulmädchen an.

»Du warst ja schon ewig nicht mehr hier«, sagte sie, während sie ihre Lesebrille abnahm. Mit den Daumen strich sie über die Nasenflügel. »Ich kann eine kleine Pause gut gebrauchen. Dieser Artikel ist ziemlich anstrengend.«

Tannenberg grinste breit. »Ja, mein Schatz, ich war wirklich schon lange nicht mehr im Institut. Streng genommen war ich eigentlich nur ein einziges Mal hier an deinem Arbeitsplatz.«

Er ging zu ihr hin, stellte sich hinter sie, legte seine Hände auf ihre Schultern, massierte ein wenig die verspannte Rückenmuskulatur und drückte ihr als krönenden Abschluss einen zärtlichen Kuss hinters Ohr.

»Ach, hat das gutgetan«, schnurrte Johanna von Hoheneck wie ein verschmustes Kätzchen. »Mir läuft es immer noch heiß und kalt den Rücken hinunter.« Zum Beweis hob sie ihren mit Gänsehaut überzogenen Arm und streckte ihn nach hinten. Tannenberg griff ihn und küsste ihre Hand. Hanne drehte sich um. »Was ist denn mit dir los? So kenne ich dich ja gar nicht.«

»Auch in einem alten Vulkan schwelt noch manches Feuer.«

»Wow, jetzt wirst du auch noch poetisch.« Die Historikerin richtete sich auf, gab ihm einen Kuss und befühlte anschließend seine Stirn. »Hast du etwa Fieber, Wolf?« Ihre Miene verdüsterte sich. »Oder hat dich etwa ein schlechtes Gewissen hierher getrieben? Kommst du etwa gerade von deiner Geliebten?«

»Von meiner Geliebten?«, wiederholte Tannenberg prustend. »Quatsch, du bist das einzige weibliche Lebewesen, das ich liebe.« Er hob seine Hand wie zum Schwur. »Das gelobe ich freimütig, bei allem, was mir heilig ist.«

Johanna von Hoheneck schmunzelte. »Und was ist mit deiner Mutter und was ist mit Kurt?«, fragte sie in hoher Stimmlage.

»Na gut, dann schließe ich die beiden eben auch noch mit in meinen Liebesschwur ein«, grinste ihr Lebensgefährte und umarmte sie.

Während er sie liebevoll an sich drückte, schweifte sein Blick durch den von oben bis unten mit Büchern und Aktenordnern vollgestopften Archiv- und Büroraum. Seine Augen hakten sich an einem runden Holztisch fest, der an der gegenüberliegenden Wand vor einer großen Pfalzkarte stand.

Plötzlich tauchte vor seinem geistigen Auge eine Szene auf, die er schon längst vergessen glaubte. Er löste sich von Johanna, schob sie sanft zur Seite und wies mit dem Kinn auf den Besuchertisch. »Da drüben saßen wir damals. Erinnerst du dich?«

»Natürlich erinnere ich mich daran«, antwortete Hanne in einem Ton, als habe ihr Freund gerade gefragt, ob sie ihren eigenen Namen noch kenne. »Den Tag werde ich wohl nie vergessen.«

»Ich auch nicht«, seufzte der Kriminalbeamte.

»Es war der Tag, an dem du dich so unheimlich rührend um mich gekümmert hast.«

»Das war ja auch mehr als angebracht gewesen, nach dem Aufstand, den Alexander Fritsche, dieser durchgeknallte Stalker …«

»… und spätere Emma-Entführer …«, ergänzte Johanna.

Tannenberg nickte und vollendete den begonnenen Satz: »… hier unten an der Eingangstür aufgeführt hat. Auch dieses Bild werde ich wohl nie in meinem Leben vergessen können: Steht doch dieser Psychopath da unten mit einer Axt in der Hand und droht damit, die Tür einzuschlagen …«

»… wenn ich nicht mit ihm rede«, fiel ihm Hanne ins Wort.

Wolfram Tannenberg wedelte mit dem Finger. »Nein, nein, Hanne, er wollte nicht nur mit dir reden, er wollte dich zwingen, ihn zu lieben«, berichtigte der Kriminalbeamte. »Was für ein Irrer!«

»Trotz allem hatte sein Auftritt auch etwas Gutes, denn ohne ihn hätten wir uns wahrscheinlich nie kennengelernt.«

»Und das wäre durchaus bedauerlich gewesen«, entgegnete ihr Freund mit einem Grinsen, das fast von einem Ohr zum anderen reichte.

»Das kann man wohl sagen«, bestätigte Johanna von Hoheneck und schmiegte sich an ihn.

Tannenberg streichelte sanft über ihre Haare. Über ihre Schulter hinweg inspizierte er neugierig den Flachbildschirm. »Woran arbeitest du denn gerade?«, flüsterte er.

»An einem Artikel über die Küchler-Chronik.«

Wolfram Tannenberg legte die Stirn in Falten. »Die Küchler-Chronik? Sag mal, war das nicht das Buch, das genau am selben Tag, an dem der Fritsche hier seine irre Show abgezogen hat, dieser, dieser …«

»Klemens«, half Hanne aus. »Ja, als wir beide da drüben am Tisch saßen, kam Winfried Klemens in mein Büro hereingeschneit und hat mich nach der Küchler-Chronik gefragt.« Ein schalkhaftes Lächeln huschte über ihr Gesicht. »Aber ich hab sie ihm nicht gegeben, obwohl sie in meinem Schreibtisch lag.«

Der Leiter der Kaiserslauterer Mordkommission presste die Kiefer aufeinander und schüttelte den Kopf. »Ich begreife noch immer nicht, dass dieser ehemalige Richter mehrere brutale Morde begangen und seine Opfer an der Jammerhalde abgelegt hat. Nie im Leben hätte ich ihm solche barbarischen Taten zugetraut.«

»Ich auch nicht«, stimmte Hanne zu. »Aber wie hat Goethe so treffend formuliert: Das Beste, was wir von der Geschichte haben, ist der Enthusiasmus, den sie erregt.«

»Menschen zu ermorden ist aber eine merkwürdige Form von Enthusiasmus, findest du nicht auch?«

»Doch, natürlich«, pflichtete ihm seine Lebensgefährtin bei. »Sag mal, gibt es in deinem neuen Fall eigentlich schon eine heiße Spur?«

»Nein, leider nicht«, musste Tannenberg eingestehen. »Wir tappen mit unseren Ermittlungen leider immer noch ziemlich im Dunkeln.«

»War es denn überhaupt ein Mord?«

»Ich fürchte ja«, seufzte der Chef-Ermittler und löste sich von Johanna. Er ging zu ihrem Schreibtisch und nahm den Telefonhörer auf. »Darf ich mal?«, fragte er eher pro forma. »Mein Handyakku ist nämlich leer«, schob er schnell erläuternd nach, während sein Zeigefinger bereits die Nummer seiner Dienststelle in die Tastatur hämmerte.

Enttäuscht verzog Johanna das Gesicht. »Ach, jetzt weiß ich auch, weshalb du zu mir gekommen bist«, sagte sie mit vorwurfsvollem Unterton. »Nicht wegen mir, sondern nur, weil du telefonieren wolltest – oder musstest.«

»Nein, Hanne. Dass der Akku leer ist, habe ich erst unten an der Institutstür bemerkt.« Tannenberg setzte einen herzerweichenden Dackelblick auf. »Das schwöre ich beim Leben meiner Eltern.«

»Dann glaube ich …« Johanna von Hoheneck stockte, denn ihr Lebensgefährte hatte den gewünschten Gesprächspartner an der Strippe.

Im Telegrammstil informierte der Kommissariatsleiter zunächst Sabrina Schauß über die Inhalte seiner Gespräche mit Dr. Schwebius und Peter Mitschke, dann hörte er sich geduldig an, was seine Mitarbeiterin zu berichten hatte.

Die Spurensicherung hatte unter Hochdruck gearbeitet und die beiden einzigen verwertbaren Fingerabdrücke, die am Griff der WC-Außentür gesichert werden konnten, mit denjenigen der Toten verglichen.

Die eine Fingerspur stammte zweifelsfrei von Irene Graupeter, die andere war dem Hausmeister des Friedenspädagogischen Instituts zuzuordnen. Da der Türgriff folglich nicht abgewischt worden war, lag die Vermutung nahe, dass der Täter Graupeters Schlüssel herumgedreht und abgezogen hatte, ohne dabei den Türgriff zu berühren.

An der Außentür des Gebäudes fanden sich lediglich die Fingerspuren des Hausmeisters. Also hatte der Täter entweder das Kellergeschoss nicht durch diese Tür verlassen oder aber er hatte das Schloss entriegelt und die Tür nach innen gezogen, ohne dabei seine Fingerabdrücke auf dem Türgriff zu hinterlassen. Ein entsprechender, von den Mitarbeitern der Kriminaltechnik durchgeführter Test hatte ergeben, dass dies problemlos möglich war.

Trotz erneuter intensiver Suche konnten weder die Institutsschlüssel noch das Handy der ermordeten Lehrerin aufgefunden werden.

Die Kriminalbeamten des K1 hatten am Nachmittag die Befragungen der externen Dozenten und der Institutsmitarbeiter fortgeführt. Dabei hatten sie jedoch kaum neue Erkenntnisse gewinnen können. Abschließend bat Tannenberg seine junge Kollegin, im Polizeicomputer nach Einträgen bezüglich der ermordeten Pädagogin zu suchen. Sabrina wurde umgehend fündig. Danach war Irene Graupeter im Frühsommer dieses Jahres wegen eines Ladendiebstahls zu einer Geldstrafe verurteilt worden.

Am selben Abend fand in der Cafeteria des Friedenspädagogischen Instituts ein Ortstermin statt. Tannenberg hatte ihn noch vor seinem Besuch des Palatinum-Gymnasiums anberaumt. Alle Laienschauspieler, die am letzten Schultag vor den Sommerferien an der besagten Theaterprobe teilgenommen hatten, waren erschienen – mit Ausnahme von Irene Graupeter, die natürlich aus naheliegenden Gründen dem Treffen nicht beiwohnen konnte. Es herrschte eine sehr bedrückte Stimmung. Die Trauer war allgegenwärtig, die tiefe Bestürzung über den grauenvollen Tod einer langjährigen Kollegin zeigte sich in allen Gesichtern.

Aus den Angaben der befragten Lehrer hatte Michael Schauß ein zeitliches Ablaufschema der Theaterprobe entwickelt, das es nun in die Tat umzusetzen galt. Seine Ehefrau Sabrina spielte in diesem tragischen Szenario die ermordete Lehrerin. Der Sinn der minutiösen Rekonstruktion der damaligen Ereignisse bestand vor allem darin, die beteiligten Personen noch einmal mit den Geschehnissen zu konfrontieren und dabei das Verhalten der einzelnen Laienschauspieler zu beobachten.

Im Stillen hoffte Tannenberg, dass der Täter diesem emotionalen Druck nicht standhalten und sich spontan seiner Untaten bekennen würde. Ein frommer Wunsch, der natürlich nur eintreten konnte, wenn tatsächlich der Täter in den Reihen der Theatergruppe der Friedensschule zu suchen war.

Leider verlief die aufwendige Rekonstruktion ohne den geringsten Hinweis auf den möglichen Täter beziehungsweise die Täterin. Stellenweise gewann der Kommissariatsleiter sogar den Eindruck, dass die Dramaturgie dieses Ortstermins von den Betroffenen vorher eingeübt worden war.

So brillierte Mechthild Busch in der Rolle des kühlen Vamps und Clemens Ruby in der des exaltierten Künstlers. Die anderen Mitglieder der Theatergruppe fungierten mehr oder weniger als leblose Statisten.

Du mit deiner albernen Verschwörungstheorie, dachte Tannenberg, als er gemeinsam mit den Lehrern auf dem Parkplatz stand und die Konrektorin dabei beobachtete, wie sie etwa fünf Minuten nach den anderen Schauspielern mit ausdrucksloser Miene die Treppenstufen hinunterstieg.

So kommen wir nicht weiter. Ich muss mir dringend irgendetwas Pfiffiges einfallen lassen, feuerte sich Tannenberg selbst an.

7

Kurz vor einem Morgengrauen, das wieder einmal seinem Namen alle Ehre machte, wurde Wolfram Tannenberg von einer Inspiration heimgesucht. Da ihm seine Nachtruhe ziemlich heilig war, versuchte er zunächst, diese Eingebung zu ignorieren und weiterzuschlafen.

Doch seine innere Stimme gab weder Ruhe noch nahm sie irgendwelche Rücksicht auf die hämmernden Kopfschmerzen, die er einem übermäßigen Mirabellenschnaps- und Weizenbierkonsum zu verdanken hatte.

Trotzig, wie er nun einmal von Natur aus war, wälzte er sich zunächst noch eine Weile unruhig im Bett herum. Aber wie meist, wenn sich der unerbittliche Quälgeist in seinem Kopf zu Wort meldete, blieb ihm auch diesmal nichts anderes übrig, als ihm zu gehorchen. Also musste er sich wohl oder übel geschlagen geben.

Gähnend öffnete er die Augen und begrüßte den neuen Tag mit einem mürrischen Knurren.

Um Johanna nicht zu wecken, kroch er leise aus dem Bett und schlich auf Zehenspitzen ins Bad. Dort öffnete er das Medikamentenschränkchen und warf sich zwei Aspirin ein. Die Morgentoilette reduzierte er auf eine zeitsparende Prozedur, die noch nicht einmal den Namen ›Katzenwäsche‹ verdiente, denn Tannenberg verschob einfach den obligaten Duschvorgang nach hinten und sprühte sich als Überbrückungslösung eine Extraportion Deo in die Achselhöhlen.

Anschließend durchwühlte er den Berg ungeordneter CDs, die unter seiner Stereoanlage ein normalerweise recht unbeachtetes Dasein fristeten. Trotz des Chaos fand er unerwartet schnell die beiden CDs, die ihm seine innere

Stimme für die frühmorgendliche Exkursion vorgeschrieben hatte.

Die Tabletten zeigten inzwischen Wirkung, wodurch sich seine miese Laune schlagartig verbesserte. Er schlurfte in die Küche und schüttete gut einen halben Liter Mineralwasser in sich hinein. Danach schlüpfte er in Schuhe und Lederjacke und trippelte vorsichtig die Holztreppe hinunter.

Obwohl er sich alle erdenkliche Mühe gab, möglichst wenig Lärm zu erzeugen, reagierten die alten hölzernen Treppenstufen auf nahezu jede Gewichtsverlagerung mit einem knarzenden Geräusch. Jeder Quietschton ging ihm durch Mark und Bein.

Doch alle Anstrengungen nutzten nichts, denn als er das Podest vor der Abschlusstür der elterlichen Parterrewohnung erreichte, stand Margot bereits im Türrahmen. Sie hatte die Hände in die Hüften gestützt und musterte ihn mit sorgenvoller Miene.

»Muss mein armer, armer Wolfi heute Morgen schon so zeitig weg?«, fragte die alte Dame. »Du hast doch bestimmt noch nicht gefrühstückt.«

»Nein, Mutter«, flüsterte ihr jüngster Sohn. »Mach ich aber nachher. Versprochen. Um diese Uhrzeit habe ich sowieso noch keinen Hunger.«

»Kein Wunder, bei dem, was du und Rainer gestern Abend wieder alles getrunken habt«, sagte sie kopfschüttelnd. »Rainer ist doch Arzt, der sollte eigentlich wissen, dass zu viel Alkohol nicht gesund ist.«

»Erstens, Mutter, ist Weizenbier kein Alkohol, sondern ein pfälzisches Grundnahrungsmittel, und zweitens ist Rainer kein Arzt, sondern ein Leichenschnippler.«

Entsetzt legte Margot die Hand vor den Mund. Tannenberg nutzte die Gelegenheit, drückte ihr einen Kuss auf die Stirn und huschte an ihr vorbei ins Freie. Er eilte in die Garage, öffnete das Verdeck seines alten BMW-Cabrios, setzte sich ins Auto und schob seine Supertramp-CD in das Abspielgerät.

Aber erst als er in die Richard-Wagner-Straße abbog, drückte er auf Play und drehte die Lautstärke hoch. Auf der Fahrt in Richtung Bahnhof kamen ihm Schüler entgegen, die lustlos in die Innenstadt zu ihren Schulen schlenderten. Aus vollem Hals schmetterte er ihnen die passenden Textpassagen entgegen: »I can see you in the morning when you go to school. Don't forget your books, you know you've got to learn the golden rule.«

Er wählte das Lied noch einmal an und grölte abermals den ›School‹-Text mit. Dazu trommelte er wie ein ekstatischer Schlagzeuger auf dem Lenkrad herum. Auf der Fahrt durch die Logenstraße und wenig später durch die Trippstadterstraße kommentierten einige der Fußgänger das unerwünschte Open-Air-Konzert mit einem verständnislosen Kopfschütteln, andere wiederum bedachten ihn mit einem Scheibenwischergruß. Ein älterer Mann, der kurz vor der Eisenbahnunterführung gerade seinen Hund ausführte, drohte ihm gar zornig mit seinem Spazierstock.

Wolfram Tannenberg ließ sich von alldem nicht beeindrucken und sang unverdrossen weiter. An der Ampel auf Höhe der Kaiserslauterer Universität wechselte er die CD. Nun dröhnte ›The Wall‹ von Pink Floyd aus den Boxen. »We don't need no education, we don't need no thought control. No dark sarcasm in the classroom. Teachers leave them kids alone. Hey! Teachers! Leave them kids alone!«, grölte er wie ein Betrunkener auf dem Nachhauseweg.

Auf seiner Autofahrt zu der auf der Sickinger Höhe zwischen Landstuhl und Pirmasens gelegenen Friedensschule unternahm Tannenberg einen Abstecher zum Friedenspädagogischen Institut, wo er auf dem Mitarbeiterparkplatz auf den Hausmeister traf.

»Guten Morgen, Herr Altmeier, ich hätte da noch ein paar Fragen an Sie«, schmetterte ihm der Kriminalbeamte vom Auto aus entgegen.

»Stellen Sie erst mal Ihr schickes Cabrio ab«, meinte der Hausmeister des FPIs und eskortierte den feuerroten 3er-BMW in die Parkbucht. Liebevoll tätschelte er den rechten Kotflügel. »Das waren noch tolle Autos«, schwärmte er. »Ohne diesen blödsinnigen elektronischen Schnickschnack, den heutzutage alle Hersteller in ihre Autos hineinstopfen.« Er zog die Schultern hoch und machte eine fragende Geste. »Und was ist, wenn's nicht funktioniert?«, sagte er, ohne eine Reaktion zu erwarten. »Dann geht nix mehr, dann ist finito. Während so eine alte Kiste schön robust ist. Da kann man auch noch selbst was reparieren, gell?«

»Jo«, gab Tannenberg knapp zurück. »Könnten wir in Ihr Büro gehen?«

»Aber klar doch, Herr Kommissar. Dann folgen Sie mir mal in mein Reich«, erwiderte Altmeier und ging voraus.

Als sie die Hausmeisterwerkstatt erreichten, steckte er sich eine neue Zigarette in den Mund und zündete sie an. Danach setzte er sich hinter seinen Schreibtisch und blies den Rauch zur Fensterfront hin.

»Wie kann ich Ihnen denn nun helfen?«, fragte er, während er Tannenberg mit einer Geste zum Platznehmen aufforderte.

Ohne zu antworten schaute sich der Chef-Ermittler in dem nach kaltem Rauch riechenden Raum um, dann ging er zum Fenster und öffnete es sperrangelweit. »Sie haben ja sicherlich nichts gegen einen kleinen Frischluftschub einzuwenden, oder?«, fragte er in einem Ton, der keinerlei Widerspruch duldete.

Nachdem er demonstrativ seine Lungen mit einigen tiefen Zügen Frischluft versorgt hatte, setzte sich der Leiter der Kaiserslauterer Mordkommission zu Altmeier an einen ausladenden Tisch, auf dem sich eine aufgeschlagene *Bild-Zeitung*, eine Thermoskanne, eine Tasse, Raucherutensilien und diverse Schlüssel befanden. Der Tisch war auf drei Seiten von mehreren Werkbänken und Schubladenschränken umrahmt, auf denen sich diverse Maschinen, Schraubstöcke und Werkzeuge befanden.

»Die gehören zur neuen Schließanlage, die ich demnächst einbauen muss«, verkündete Altmeier, der Tannenbergs Blick zu den aufgereihten Schlüsseln gefolgt war. »Das hat aber nichts mit der Graupeter zu tun«, fügte der Hausmeister erläuternd hinzu. »Die Schlösser müssen alle paar Jahre ausgetauscht werden, weil diese schlampigen Lehrer andauernd ihre Schlüssel verlieren.«

In Gedanken an seine Schwägerin Betty, die auf der Suche nach ihren Schulschlüsseln vor ein paar Monaten die beiden Häuser der Familie Tannenberg förmlich auf den Kopf gestellt hatte, nickte Wolfram Tannenberg.

Mit schmerzverzerrtem Gesicht dehnte Altmeier seinen Oberkörper.

»Rheuma?«, fragte Tannenberg.

Altmeier nickte und zuckte resigniert mit den Schultern. »Ja, das ist eben dieser verdammte Zahn der Zeit, der immer mehr an meinen Knochen nagt. Man wird halt auch nicht jünger und im Alter kriegt man eben immer mehr Wehwehchen, die einen quälen.« Er legte eine kleine Pause ein, in der er einen Schluck Kaffee trank.

Tannenberg seufzte. »Davon kann ich auch ein Lied singen«, stimmte er in das Wehklagen alter Männer ein.

»Aber nachdem ich die Graupeter entdeckt hatte, war ich körperlich auf einmal topfit. Wie aus dem Nichts waren meine chronischen Schmerzen plötzlich wie weggeblasen. Komisch, oder?«, riss ihn der Hausmeister aus seinem depressiven Schub.

»Nein, ganz und gar nicht, Herr Altmeier. Spontanheilung durch Leichenfund, das hat's in der Medizingeschichte schon öfter gegeben«, sagte Tannenberg von einem herzhaften Lachen begleitet.

Altmeiers Miene erhellte sich schadenfroh. »Ich bin ja so extrem gespannt darauf, was Sie hier so alles herausfinden werden, Herr Kommissar. Das ist ja besser als der beste Fernsehkrimi. Vor allem sitze ich nicht zu Hause auf der Couch vor dem Glotzkasten herum, sondern bin live dabei.«

»Na ja, so spektakulär ist die reale kriminalpolizeiliche Arbeit nun auch wieder nicht«, meinte Tannenberg. Er erhob sich, ging zum Fenster und verschloss es. »Aber in der Glotze würde der Kommissar jetzt garantiert eine provokante Vermutung äußern.«

»Und welche?«, wollte der neugierige Hausmeister wissen.

»Er würde Ihnen bestimmt folgende Frage stellen«, Tannenberg nahm eine theatralische Pose ein, »Herr Altmeier, seien Sie mal ehrlich: Sind Sie möglicherweise nur deshalb heute Morgen zur Arbeit erschienen, um sich nicht verdächtig zu machen? Dieser Fernsehkommissar weiß nämlich aus Erfahrung, dass sich viele Mörder aus dem Staub machen, weil sie Angst vor der Konfrontation mit dem Tatort haben.«

Ein paar Sekunden lang reagierte der Hausmeister geschockt. Doch nach diesen Schrecksekunden schoss ihm rote Farbe ins Antlitz und er zog das Kinn zum Hals. »Sie glauben doch wohl nicht im Ernst, dass ich irgendetwas mit dem Tod der Graupeter zu tun habe.« Er forschte im

Gesicht seines Gegenübers nach einer Reaktion. Doch die stellte sich nicht ein. »Oder etwa doch?«, schob er verunsichert nach.

»Wer weiß, wer weiß«, orakelte der Chef-Ermittler.

Altmeier hatte den Schreck schnell verdaut. »In den Fernsehkrimis wird doch immer behauptet, dass viele Täter an den Ort ihrer Schandtaten zurückkehren würden. Was stimmt denn nun?«, fragte er keck.

Tannenberg ignorierte den Einwurf. »Jedenfalls beißt die Maus keinen Faden daran ab, dass wir Ihre Fingerabdrücke sowohl an der Außentür als auch an der Toilettentür entdeckt haben.«

»Na, das ist ja nun wirklich kein Wunder, Herr Kommissar«, entgegnete Altmeier überheblich. »Ich hab schließlich gestern beide Türen aufgeschlossen. Sonst hätte ich die Graupeter ja gar nicht entdecken können.«

Wolfram Tannenberg machte eine beschwichtigende Handbewegung. »Schon gut, Herr Altmeier. Mal was anderes: Was glauben Sie wohl, wie viele Lehrer der Friedensschule sich heute Morgen krankmelden werden?«

Der Hausmeister blies unschlüssig die Backen auf und ließ zischend seinen Atem entweichen. »Keine Ahnung, aber sicher noch mehr als sonst.«

»Soll ich Ihnen eröffnen, was ich vermute?« Ohne eine Reaktion abzuwarten, beantwortete Tannenberg selbst diese rhetorische Frage: »Kein einziges Mitglied der Theatergruppe wird sich heute früh krankmelden.«

»Trotz der Graupeter-Sache?«

»Gerade wegen der Graupeter-Sache.«

»Und wieso?«

»Aus der gleichen Motivation heraus, die Ihnen der Fernseh-Kommissar gerade unterstellt hat. Die Lehrer, die etwas mit dem Tod von Frau Graupeter zu tun haben oder darüber mehr wissen, als sie uns bislang verraten haben, denken bestimmt, dass sie sich erst recht verdächtig machen, wenn sie nicht in die Schule kommen.«

Der Hausmeister deutete mit dem Finger in Richtung Tannenbergs Brust. »Weil die Kripo meinen könnte, der Mörder ist einer von denen, die sich aus Angst nicht mehr hierher ans FPI trauen. Und zwar aus Angst davor, die seelische Belastung nicht zu ertragen und sich deshalb zu verraten.«

»Respekt, mein lieber Herr Altmeier. Sie sind wirklich ein schlaues Kerlchen. An Ihnen ist ein hervorragender Kriminalbeamter verloren gegangen«, flötete Tannenberg, allerdings nicht ohne Hintergedanken. Während der Hausmeister geschmeichelt lächelte, schob er nach: »Dürfte ich Sie um einen Generalschlüssel bitten?«

»Also, das kann ich beim besten Willen nicht machen«, lehnte Altmeier spontan ab. »Wenn die Ratz-Zapp davon erfährt, macht sie mir die Hölle heiß.«

»Doch, doch, das können Sie schon machen«, beharrte der Ermittler. »Die werte Frau Institutsleiterin braucht ja gar nichts davon zu erfahren. Und falls sie unser kleines Geheimnis doch irgendwie spitzkriegen und sich querstellen sollte, drohe ich ihr einfach mit einer richterlichen Durchsuchungsanordnung für ihr tolles Friedenspädagogisches Institut. Das hat schon bei ganz anderen Herrschaften Wunder gewirkt.«

»Mit solchen fiesen Tricks arbeitet die Polizei?«

»Offiziell natürlich nicht. Aber einem Quasi-Kollegen wie Ihnen kann ich solch ein streng zu hütendes Geheimnis ja sicherlich guten Gewissens anvertrauen, nicht wahr?«

»Klar, können Sie das«, erwiderte Werner Altmeier mit stolzgeschwellter Brust. Dann ging er zu einem grauen Metallspind und hantierte an einem mächtigen Bügelschloss herum. »Die Generalschlüssel habe ich natürlich nicht hier auf dem Tisch herumliegen«, erklärte er über seine Schulter hinweg. Als würde er Tannenberg eine wertvolle Reliquie überreichen, händigte Altmeier seinem Besucher den gewünschten Generalschlüssel aus. »Was wollen Sie denn eigentlich damit?«

Tannenberg stemmte die Ellbogen auf die Tischplatte und flüsterte: »Wenn ich Zeit dazu habe, werde ich mich hier in diesem feinen Friedenspädagogischen Institut mal ein bisschen genauer umschauen.« Er kniff verschwörerisch ein Auge zusammen. »Außerhalb der Dienstzeit versteht sich.«

Altmeier nickte und tippte sich mit einem Zeigefinger an die Stirn. »Kapiert, Herr Kommissar. Geheime Polizeiarbeit, gell?«

Der Kriminalbeamte verabschiedete sich und lief zu seinem Auto. Er hatte sich gerade hinter das Lenkrad gequetscht, als in seinem Rücken eine tiefe Stimme erklang. »Das ist doch die gute alte Tanne, wenn mich nicht alles täuscht.«

Wolfram Tannenberg riss den Kopf herum. Ein stromschlagartiger Schmerz fuhr ihm ins Genick. Während er die Nackenmuskulatur knetete, begutachtete er den herbeieilenden Mann, der ungefähr seiner Altersklasse entsprach.

»Dich hab ich ja schon ewig nicht mehr gesehen«, rief Eckart König freudig aus.

»Ich … ich dich auch nicht«, stammelte der Leiter des K 1.

Dieses Gesicht kommt mir irgendwie bekannt vor, aber ich weiß nicht, wo ich es hinstecken soll, dachte er.

»Was? Der Herr Schulpsychologe und der Herr Hauptkommissar kennen sich?«, rief Altmeier verdutzt, der schmauchend auf der Treppe stand.

»Sicher kennen wir uns«, versetzte König, ohne den

Blick von Tannenberg zu nehmen. »Wir waren beide am Rittersberg-Gymnasium und haben gemeinsam beim TSG und in der Schulmannschaft Handball gespielt. Allerdings immer nur ein Jahr lang in der gleichen Jugend, weil ich ein oder zwei Jährchen älter bin als du. Aber nachdem ich Abi gemacht hatte und du zum TUS Dansenberg gewechselt bist, haben wir uns praktisch aus den Augen verloren. Und das, obwohl wir immer noch in derselben Stadt wohnen. Schade eigentlich, wirklich sehr schade.«

Tannenberg schälte sich in Zeitlupe aus seinem Auto und drückte vorsichtig sein Kinn zum Brustbein.

»Hast du's mit dem Kreuz?«, fragte der etwa 1,80 Meter große, kräftige Mann. Er seufzte mitfühlend. »Ich auch, aber eher im Ischiasbereich. Das sind die Spätfolgen unserer jugendlichen Sporteskapaden.« Er reichte dem Chef-Ermittler die Hand. »Jedenfalls schön, dich endlich mal wiederzusehen, Tanne.«

»Ja, ich freue mich auch, dich wiederzusehen«, sagte der Ermittler mit einem schiefen Lächeln.

Merkwürdig, dass es eben nicht sofort in meinem Kopf geklingelt hat, als ich diesen Typ gesehen habe, dachte Tannenberg. Er versuchte, Erinnerungen in seinem Gedächtnis abzurufen, aber da tat sich nicht viel.

Wahrscheinlich liegt es daran, dass ich den Kerl eigentlich nie sonderlich mochte. Der war schon damals irgendwie verrückt – kein Wunder, dass der ausgerechnet Psychologe geworden ist. Er sieht auch noch genauso schleimig aus wie früher. Und er hat einiges an Gewicht zugelegt – dafür hat er einen Teil seiner Haare verloren, stellte er nicht ohne Genugtuung fest.

»So, meine Herren, ich muss jetzt los«, erklärte Tannenberg. »Wie komme ich denn von hier aus am schnellsten zur Sickinger Höhe?«

»Willst du etwa zur Friedensschule?«, fragte König.

»Ja.«

»Ich auch. Dann fährst du einfach am besten hinter mir her«, schlug der Schulpsychologe der Friedensschule vor.

»Musst du auch dorthin?«

»Ja, sicher, das ist schließlich mein Arbeitsplatz.«

»Wenn er nicht hier eine Fortbildungsveranstaltung durchführt«, bemerkte Altmeier. »So wie am letzten Tag vor den Ferien.«

»Ach, du warst also an dem Tag auch hier im Institut?«

Eckart König nickte.

»Und wann?«

»Ich bin irgendwann am Nachmittag hier angekommen.«

»Und wo warst du vorher?«

»An der Friedensschule.«

»Interessant«, meinte Tannenberg. »Was machst du eigentlich schon in aller Herrgottsfrühe hier am Institut?«

»Ich wollte in meinem Büro in aller Ruhe eine Veranstaltung vorbereiten«, sagte König. »In diesen heiligen Hallen hier geht es nämlich bedeutend leiser zu als in der Friedensschule, denn dort pulsiert weithin hörbar die moderne Pädagogik.« Er räusperte sich. »Aber jetzt zeig ich dir erst mal den Weg zu unserer Schule. Meine Vorbereitungen kann ich auch dort machen.« Ein breites Grinsen. »Für solche Anlässe bewahre ich schließlich Ohropax in meiner Schreibtischschublade auf.«

Die Autofahrt führte über Stelzenberg zum Gelterswoog und von dort aus über Queidersbach hinauf zur Sickinger Höhe. Als der Leiter des K 1 um 7.20 Uhr an der Friedensschule eintraf, hatte der erste Schulbus gerade etwa zwei Dutzend Jungen und Mädchen der unteren Klassenstufen abgesetzt. Als Tannenberg sein BMW-Cabrio neben einem top gepflegten Mercedes abstellte, strömten die Schüler zum Hauptportal, über dem die Inschrift ›Pax vobiscum‹ in großen schwarzen Lettern prangte.

›Friede sei mit euch‹ übersetzte Tannenberg. Welch ein frommer Wunsch – der leider mit der menschlichen Spezies kaum etwas zu tun hat. Man muss sich nur abends die Tagesschau angucken, dachte er bei sich.

Tannenberg wartete, bis der Schulpsychologe bei ihm eintraf, dann folgten die beiden den Schülern in das triste Gebäude. Die Kinder verschwanden in einem von der Eingangshalle nach links abzweigenden lang gestreckten Flur.

»Diese armen Schüler sind aber schon ziemlich früh hier«, sagte der Ermittler zu seinem Begleiter.

»Ja, das stimmt, Tanne. Den Lehrern könnte das übrigens nicht passieren. Die kommen immer erst auf den letzten Drücker hier an.«

»Und wer betreut die Schüler, wenn die Lehrer noch nicht da sind?«, wollte Tannenberg wissen.

Inzwischen hatten die ehemaligen Handballkameraden das Schulgebäude betreten. Mit dem ausgestreckten Arm wies König in Richtung einer Tür, hinter welcher der Lärmpegel immer stärker anschwoll.

»Dieser Horrorraum wird von zwei Sozialarbeiterinnen betreut«, erläuterte er. »Das musst du dir mal vorstellen, Tanne: Die armen Frauen sitzen den ganzen Tag mittendrin in diesem fürchterlichen Krach. Ich würde den Höllenlärm noch nicht mal eine Stunde lang aushalten, ohne auszuflippen. Das ist Psychofolter pur.«

»Und was machen die Sozialarbeiterinnen?«, fragte Tannenberg interessiert nach.

»Die müssen die Schüler beaufsichtigten«, erwiderte König. »Ein wahrer Horrorjob, kann ich dir flüstern.«

»Wieso?«, hakte der Kriminalbeamte sofort nach.

»Weil die beiden den ganzen Tag über in dieser Hölle sitzen und sich mit den Klassen und Kursen herumschlagen müssen, bei denen der Unterricht ausfällt. Da drinnen herrscht ein Lärmpegel wie im Fritz-Walter-Stadion.«

Tannenberg krauste die Stirn. »Das verstehe ich nicht. Müssen die Lehrer der Friedensschule denn keine Vertretungsstunden halten?«

»Doch, natürlich«, entgegnete der Psychologe. »Aber erstens kriegt die Schulleitung das mit dem Vertretungsplan anscheinend organisatorisch nicht richtig gebacken. Und zweitens drücken die für dieses unmögliche Prozedere Verantwortlichen rücksichtslos die Klassen und Kurse ab, damit sie und ihre Kollegen weiter einen ruhigen Lenz schieben können mit ihren Luxus-Minikursen. Diesen für uns Steuerzahler schweineteuren Luxus-Abschiebebahnhof gibt es an keiner anderen Schule, an keiner! Wenn die Öffentlichkeit wüsste, was hier tagtäglich abgeht … Aber es würde eh keiner glauben.«

Eckart König grunzte wie ein alter Keiler im Kaiserslauterer Wildpark. »Gestern zum Beispiel hat die Schulleitung wegen des Lehrer-Betriebsausflugs ab 11.15 Uhr den gesamten Unterricht ausfallen lassen – und das an einer Ganztagsschule, die ihre Schüler eigentlich bis 16 Uhr unterrichten sollte. Trotzdem mussten sich die Sozialarbeiterinnen in den ersten zwei Stunden mit über 100 Kindern in diesem Luxus-Abschiebebahnhof herumärgern.

Nur weil die feinen Herrschaften keine Vertretungen machen wollten, obwohl sie nach der vierten Stunde keinen Unterricht halten mussten. Wieso konnten die als Ausgleich für die ausgefallenen Stunden keine Vertretungen schieben, damit wenigstens an diesem verkürzten Schultag kein Unterricht ausgefallen wäre?«

Wolfram Tannenberg reagierte auf Königs fragenden Blick mit einem Schulterzucken.

»Die Sozialarbeiterinnen haben schon tausendmal bei der Schulleitung Veränderungen an dieser Abschiebepraxis angemahnt. Zum Beispiel haben sie gefordert, dass, wenn man ihnen schon die Schüler schickt, man diese wenigstens mit Arbeitsaufträgen versorgt, die sie dann im Aufenthaltsraum erledigen müssen. Aber die Schulleitung stellt sich taub. Die machen es einfach nicht. Und warum?«

Tannenberg hob wieder die Schultern.

»Weil es ihnen zu viel Arbeit verursachen würde. Massenweise fällt Unterricht aus, die Schüler verwahrlosen – aber das ist denen alles schlichtweg egal! Ist das nicht ein Skandal?«

»Das kann man durchaus so sehen«, stimmte der Kriminalbeamte zu. »Von meinem Bruder weiß ich, dass er häufig Kurse mit nur 10 bis 15 Schülern hat. Die könnte man doch zusammenlegen, wenn der andere Lehrer nicht da ist. Das ist doch zum Beispiel an Grundschulen tägliche Praxis.«

»Können schon, Tanne, aber wollen tun die nicht. Die möchten eben ihre kleinen Luxuskurse behalten. Ob die Sozialarbeiterinnen dabei vor die Hunde gehen, ist denen doch egal. Genauso wenig interessiert es sie, ob diese Abschieberei den Schülern schadet. Die sehen nur ihren eigenen Vorteil. Außerdem erscheinen einige Lehrer nicht zu ihren Vertretungen, weil sie angeblich nicht rechtzeitig etwas davon mitbekommen haben. Oder sie werden urplötzlich krank, nachdem sie auf den Vertretungsplan des nächsten Tages geschaut haben. Oder sie gehen in ihrer Vertretungsstunde mit den Schülern Fußball- oder Tischtennis spielen. Und was passiert diesen ›Unterrichtsverweigerern‹? Nix passiert!«

Tannenberg grinste. »Friedensschullehrer sind anscheinend wahre Vorbilder an Arbeitseifer.«

Er dachte an seinen Bruder, der ihm gegenüber des Öfteren mit seinen Maßnahmen zur optimalen Arbeitszeitgestaltung, wie er es nannte, geprahlt hatte. Zum Beispiel nahm er sich für die Korrektur von Leistungskursarbeiten stets ein paar Tage ›korrekturfrei‹, oder er legte kleinere Operationen oder angebliche Ischias- und Magen-Darm-Probleme so geschickt vor die Ferien, dass sich wie durch ein Wunder der erste Ferientag unmittelbar an den letzten Tag der Krankschreibung anschloss.

»Die armen Sozialarbeiterinnen können einem wirklich leidtun«, bemerkte König voller Mitgefühl. »Der Stress mit diesen lauten, unverschämten Krawall-Schülern ist wirklich nicht zu ertragen.« Er stieß Luft durch die Nase aus. »Wenn's nach mir ginge, würde ich hier ganz andere Saiten aufziehen.«

»Weißt du zufällig, wie lange die Sozialarbeiterinnen am letzten Schultag vor den Ferien gearbeitet haben?«

»Ja, das weiß ich«, kam es postwendend zurück. »Die haben überhaupt nicht gearbeitet.«

»Wieso denn das?«, fragte Tannenberg.

»Ganz einfach: Die beiden waren die ganze Woche krankgeschrieben. Kein Wunder, bei dem unbefriedigenden, schlecht bezahlten Stressjob.« Der Schulpsychologe senkte seine Stimme und flüsterte: »Wie mir eine von ihnen im Vertrauen erzählt hat, schmeißen sie schon bald die Brocken hin. Weil sie die Schnauze gestrichen voll haben. Hier passieren Dinge, die sind so was von unglaublich, kann ich dir sagen.«

Tannenbergs Augen leuchteten auf. »Erzähl mal.«

»Vor Kurzem hat eine der Sozialarbeiterinnen einem dieser unverschämten Rotzlöffel eine Strafe verpasst.« Eckart

König wedelte mit dem Zeigefinger. »Nein, nein, sie hat ihn nicht etwa am Kragen gepackt und mal anständig durchgerüttelt – was am sinnvollsten gewesen wäre. Nein, sie hat diesem ungezogenen Bengel zwei Wochen Aufenthaltsraum-Verbot erteilt. Und weißt du, was die Klassenleiterin getan hat?«

Die Frage schwebte wie ein großes Fragezeichen in Richtung des Aufenthaltsraumes. Tannenberg schüttelte den Kopf.

»Die ist ihr in den Rücken gefallen und hat diese sinnvolle pädagogische Maßnahme aufgehoben. Ohne ihrer Kollegin irgendeinen Ton darüber zu sagen. Der Schüler hat natürlich anschließend ein triumphales Schaulaufen veranstaltet. Seine Kumpels haben ihn wie einen Popstar gefeiert. Und die arme Kollegin stand da wie der absolute Depp.«

König presste die Zahnreihen so fest aufeinander, dass sich an seinen Wangen kleine Beulen bildeten. »Und warum hat dieses unfähige Weichei die Strafe aufgehoben? Na, was glaubst du wohl?«, legte er nach.

Keine Reaktion.

»Weil sie Angst vor den Eltern dieses verzogenen Früchtchens hat.« Der Schulpsychologe machte eine wegwerfende Handbewegung. »Ich kann es nur noch einmal wiederholen: Was an dieser Schule tagtäglich abgeht, ist ein absoluter Skandal! Die Sozialarbeiterinnen sind Mitarbeiter zweiter Klasse. Sie haben kein Stimmrecht in irgendeiner Konferenz. Das heißt, die Lehrer können über Inhalte in ihrem Arbeitsbereich entscheiden – und sie dürfen noch nicht einmal mitstimmen. Stell dir das mal umgekehrt vor: Die Sozialarbeiterinnen würden über Arbeitsinhalte der Lehrer bestimmen, ohne dass diese ein Mitspracherecht hätten – unvorstellbar, oder?«

»Tja, so sind eben die demokratischen Verhältnisse an einer sozial-integrativen Friedensschule«, höhnte Tannenberg. Mit Blick auf die buntbemalte Tür des Aufenthaltsraumes ergänzte er: »Die Sozialarbeiterinnen suchen sich also einen anderen Job? Könnte man ja nach dem, was du mir erzählt hast, auch durchaus verstehen.«

»Ja, soviel ich weiß, hat eine von ihnen schon etwas Konkretes in Aussicht. Die andere sucht noch«, raunte König in verschwörerischem Ton. »Das wären dann schon die fünfte und sechste Sozialarbeiterin – und das in nur drei Jahren.«

»Na, wenn das keine hohe Fluktuation ist. Das sind ja fast Verhältnisse wie bei den FCK-Spielern«, kommentierte Tannenberg.

Offensichtlich war gerade ein weiterer Schulbus eingetroffen, denn eine Heerschar lärmender Schüler strömte an ihnen vorbei in Richtung des Aufenthaltsraums.

»Jetzt geht's da drin erst richtig rund«, prognostizierte der Schulpsychologe mit bekümmerter Miene. »Hoffentlich haben es die beiden bald geschafft.«

»Das hört sich ja wirklich schlimm an.«

»Es *ist* noch schlimmer, als es sich anhört.«

Wolfram Tannenberg ging bereits dieser durch dicke Wände gedämpfte Radau mächtig auf die Nerven. Wie kann man solch einen Lärm nur aushalten, ohne durchzudrehen?, dachte er bei sich.

»Komm, Eckart, ich glaube, wir sollten uns schleunigst in dein Büro verdrücken«, schlug der Leiter des K 1 vor. »Ich hätte da nämlich einen interessanten Plan, den ich gerne mit dir besprechen möchte.«

Eckart Königs Augen blitzten regelrecht auf vor Neugierde. »Klar, dann folge mir mal in mein Refugium«, meinte der Schulpsychologe und ging voraus.

Nachdem sie zahlreiche Treppenstufen erklommen hatten, mussten sie erst einmal durchschnaufen.

»Früher waren wir schon ein bisschen fitter, nicht wahr, Tanne?«, fragte König.

»Jo«, war alles, was Tannenberg spontan dazu einfiel.

Der Schulpsychologe schloss sein Büro auf und setzte sich an seinen mit Büchern, Handakten und psychologischen Testmaterialien überfrachteten Schreibtisch. »Wie kann ich dir denn bei deinem Plan helfen?«, fragte er, während er seinen Begleiter mit einer Geste zum Platznehmen aufforderte.

Wolfram Tannenberg stemmte die Ellbogen auf den Schreibtisch und flüsterte: »Ich habe mich dazu entschlossen, mir ein oder zwei Tage lang diese interessante Schule von innen anzuschauen.«

»Eine Undercover-Aktion?«, stieß König aus und vergaß für einen Moment den Mund zu schließen.

»Nein, so kann man es wohl nicht mehr nennen, denn die Lehrer kennen mich ja bereits«, erklärte sein Gegenüber, als er sich auf einem Stuhl niederließ. »Folglich kann ich mich hier nicht mehr inkognito bewegen. Nein, man könnte mein Vorhaben eher als Hospitation bezeichnen.«

»Hospitation klingt auch nicht schlecht«, bemerkte der Psychologe nickend.

»Glaubst du, in diesem Gebäude ließe sich ein Zimmer für mich finden, das ich während dieser Zeit belegen könnte?«

Der Psychologe deutete mit seinem Daumen auf die Wand in seinem Rücken. »Klar, Tanne, direkt hinter mir befindet sich ein ungenutzter Raum. Da war früher einmal das Schularchiv drin.«

»Na, das hört sich ja schon richtig gut an«, freute sich Tannenberg. »Mehr als einen Schreibtisch und einen Stuhl brauche ich auch nicht.«

»Steht alles schon drin«, erklärte König. »Als ob diese Schule auf deine«, er malte Gänsefüßchen in die Luft, »›Hospitation‹ gewartet hätte.«

Tannenberg schmunzelte. »Danke dir, Eckart.«

»Gern geschehen.«

»Dann schau ich mir dieses Zimmer doch am besten gleich mal an«, schlug der Chef-Ermittler vor und stemmte sich in die Höhe.

Zum selben Zeitpunkt studierte die Pädagogik-Professorin Dr. Claudia Ratz-Zapp die Lokalzeitung. Sie saß in ihrem sonnendurchfluteten Wintergarten in einem Korbsessel und frühstückte in aller Selenruhe. Nach der Zeitungslektüre wollte sie ihr Vorlesungsmanuskript mit dem Titel ›Schulkritik in der kapitalistischen Gesellschaft: Bedingungen, Funktionen und Herausforderungen emanzipatorischen pädagogischen Handelns am Beispiel der Schulform »Gesamtschule«‹ auf die Kernaussagen reduzieren, um es für einen Vortrag bei einem Kongress verwenden zu können.

Diese Routineveranstaltung führte sie seit mehr als 20 Jahren jeweils im Wintersemester durch. Das Manuskript war über diese beiden Dekaden hinweg inhaltlich kaum verändert worden. Warum auch? Schließlich war die darin enthaltene zentrale Forderung unverändert geblieben: Radikale Zerschlagung des dreigliedrigen Schulsystems und dessen Substitution durch ein flächendeckendes Netz von Gesamtschulen.

Claudia Ratz-Zapp betrachtete Vorlesungen eh nur als Klotz am Bein. Die Beamtenbesoldung nach C 4 wurde ja sowieso gezahlt, egal, wie viel Engagement sie an der Universität beziehungsweise am Friedenspädagogischen Institut zeigte.

Da war es doch nur allzu verständlich, dass man neben dem minimalen Deputat an Lehrveranstaltungen, dem man nolens volens nachkommen musste, nach zusätzlichen Einnahmequellen Ausschau hielt: Großzügig dotierte Vortragsveranstaltungen, Buchveröffentlichungen, Beratungshonorare, hochschulexterne Seminare, Aufsichtsratsmandate und so weiter und so fort.

Claudia Ratz-Zapps Terminkalender war prall gefüllt mit diesen einträglichen Nebentätigkeiten, die in ihrem Falle bei Weitem den zeitlichen Aufwand für ihre universitären Verpflichtungen überstiegen.

Sie verfügte über hervorragende Kontakte zum Bildungsministerium, allen voran zu ihrer Busenfreundin, der Staatssekretärin Dagmar Anung-Loos, der sie wahrlich viel zu verdanken hatte. Unter anderem die Einrichtung des speziell auf sie maßgeschneiderten Lehrstuhls ›Kritische Erziehungswissenschaft‹ im sozialwissenschaftlichen Fachbereich der Universität Kaiserslautern.

Aufgrund dieser Seilschaft verwunderte es natürlich nicht, dass trotz einer bundesweiten Ausschreibung, auf die über 200 Bewerbungen eingegangen waren, ausgerechnet Claudia Ratz-Zapp den Ruf auf diesen Lehrstuhl erhalten hatte.

Die dankbare C4-Professorin revanchierte sich selbstverständlich für diese Wohltat und fungierte fortan als Chefideologin der Gewerkschaft sozialistischer Pädagogen. Darüber hinaus übernahm sie wenige Monate später den Landesvorsitz der FGE, der Fördergemeinschaft Gesamtschule, im Bezirksverband Rheinland-Pfalz/Saarland.

Während sie den Leitartikel über den gestrigen Leichenfund im Friedenspädagogischen Institut las, führte sie die Tasse mit grünem Tee zu ihren farblosen Lippen. Doch statt an der Keramiktasse zu nippen, setzte sie diese wieder ab.

Sie legte die Handflächen aufeinander und schob ihre Nasenspitze zwischen die Zeigefinger. Eine Weile verharrte sie regungslos in dieser Stellung, dann fuhr sie mit der Zeitungslektüre fort. Nachdenklich schaute sie hinaus in ihren

Garten, wo der Morgentau den von einem Gärtner gepflegten sattgrünen Rasenteppich benetzt hatte.

Ob Gregor irgendetwas mit Irenes Tod zu tun hat?, fragte sie sich.

Sie legte die Stirn in Falten und trank einen großen Schluck Sencha Matsu.

Zeitlich käme das durchaus hin, sinnierte sie weiter. Es ist ziemlich genau drei Wochen her, dass dieser Mistkerl hier bei uns aufgetaucht ist. Das muss man sich einmal vorstellen: Kreuzt dieser Loser nach über 30 Jahren auf und erpresst uns. So eine elende Kanaille!

Mit gefletschten Zähnen ballte sie die Faust und drohte dem Erpresser in Gedanken. Eins lass dir gesagt sein, mein lieber Gregor: Von dir lassen wir uns unser schönes Leben und unsere tollen Karrieren nicht kaputt machen, von dir nicht! Dafür haben wir schließlich alle viel zu hart und viel zu lange arbeiten müssen!

Die geforderte Kohle sollst du von mir aus haben, aber danach ist endgültig Schluss. Falls du uns doch nicht in Ruhe lassen solltest, wirst du es bitter bereuen. Das garantiere ich dir. Ich habe immer noch sehr gute Connections zu gewissen Kreisen. Du weißt, wen ich meine. Und du weißt auch sehr gut, was diese Leute von Verrätern und Erpressern halten.

Aber warum hast du ausgerechnet Irene umgebracht? Sie hat sich doch als Erste dazu bereit erklärt, die von jedem von uns geforderten 50.000 Euro zu zahlen. Obwohl es ihr bestimmt nicht leicht gefallen ist, diese Summe aufzubringen. Na ja, wer weiß, vielleicht hat sie einen überraschenden Rückzieher gemacht. Würde zu ihrem sprunghaften, chaotischen Wesen passen.

Ach, vielleicht war es doch nur ein Unglücksfall, und deine Erpressung und Irenes Tod haben überhaupt nichts miteinander zu tun. Das wäre sicherlich für alle Beteiligten das Beste. Ich hoffe nur, dass du dich mit dem Geld auch tatsächlich zufrieden gibst und nicht noch mehr Schweigegeld von uns kassieren willst.

Mit spitzen Fingern legte sie die nach ihrer Ansicht extrem provinzielle *Pfälzische Allgemeine Zeitung* in die Altpapierbox und wandte sich der Lektüre der seit der ersten Ausgabe von ihr abonnierten TAZ zu.

8

Du hast ziemlich an Gewicht zugelegt, alter Junge, dachte der Kriminalbeamte mit einem verstohlenen Blick auf den Wohlstandsbauch seines ehemaligen Mannschaftskameraden. Die beiden saßen sich inzwischen in Tannenbergs ›Hospitationsstützpunkt‹ am Schreibtisch gegenüber.

Eckart König besaß offenbar telepathische Fähigkeiten, denn er knüpfte direkt an Tannenbergs Gedankengang an: »Schau mich mal nicht so skeptisch an. Wir alle werden älter, auch du, mein Lieber. Obwohl du dich im Gegensatz zu mir noch ganz gut gehalten hast«, sagte der Schulpsychologe und streichelte seinen unübersehbaren Bierbauch.

»Danke für die Blumen.«

»Deiner schlanken Figur nach zu urteilen, treibst du wohl immer noch regelmäßig Sport, oder?«

»Nein, leider geht in der Hinsicht rein gar nix mehr. Bei mir sind so ziemlich alle Knochen und Knorpel kaputt, die es an einem menschlichen Körper so gibt«, erwiderte der Ermittler mit säuerlicher Miene. Demonstrativ fasste er sich zuerst ans linke Knie, dann legte er beide Hände auf seine Lendenpartie.

»Ja, ja, der viel beklagte Zahn der Zeit, er nagt und nagt – auch an uns.« König räusperte sich. »Dagegen kann man kaum etwas tun, man muss sich eben damit abfinden.«

»So ist es«, bestätigte Tannenberg. Mit einem Mal hatte er nicht mehr die geringste Lust auf weiteren Small Talk.

Wie ein Scanner tastete er das teigige Gesicht des Schulpsychologen Stück für Stück ab. Eckart König sah tatsächlich nicht gerade attraktiv aus: Breite, fleischige Nase umrahmt von speckig glänzender, blasser Gesichtshaut und einer hohen Stirnglatze, tief liegende, hellbraune Augen, die den Gesprächspartner hinter einer dicken Hornbrille mit einem durchdringenden Blick fixierten. Zu allem Überfluss trug er auch noch ein antiquiert wirkendes braunes Cordsakko und darunter einen schwarzen Rolli, dessen Kragenrand stark ausgebleicht und fusselig war.

Der sieht ja fast aus wie ein Kinderschänder, sagte der Kriminalbeamte zu sich selbst. Ausgerechnet so ein schmieriger Typ therapiert Kinder und Jugendliche. An dieser Schule ist anscheinend nichts unmöglich.

»Mensch, alter Junge, wirklich toll, dass wir uns mal über den Weg gelaufen sind«, zerschnitt Eckart Königs laute Stimme Tannenbergs Gedankengang.

Wie auf Knopfdruck verfinsterte sich urplötzlich die Mimik des Schulpsychologen und er stieß einen Stoßseufzer aus. »Auch wenn der Anlass nicht gerade ein sonderlich schöner ist«, fuhr er fort. »Ich hab natürlich inzwischen mitbekommen, was passiert ist, und dass ausgerechnet mein alter Handballkumpel Tanne die Ermittlungen leitet.«

Der Chef der Kaiserslauterer Mordkommission runzelte die Stirn. »Ich hab dich gestern bei der Dienstbesprechung gar nicht gesehen. Wo warst du denn?«

König drohte scherzhaft mit dem Zeigefinger. »Du willst doch mit dieser Frage nicht etwa das Alibi deines alten Kumpels überprüfen, oder?«

Von wegen alter Kumpel, korrigierte der Kriminalbeamte im Stillen. Was willst du mit dieser albernen Wiedersehensfreude-Show eigentlich bezwecken, du Schleimer? Hast du etwa Dreck am Stecken und versuchst mich einzulullen? »Es würde wenig Sinn machen, dein gestriges Alibi zu überprüfen, mein lieber Eckart, denn Irene Graupeter wurde nicht gestern ermordet, sondern ist schon vor einigen

Wochen verstorben. Sie ist jämmerlich verdurstet«, sagte der Kommissariatsleiter und durchbohrte dabei sein Gegenüber förmlich mit einem stechenden Blick. »Und zwar, weil ein hinterhältiger Mörder sie in der Toilette eingesperrt hat.«

»Ja, das weiß ich schon alles, Tanne. Das hab ich heute Morgen in der Zeitung gelesen. Wirklich eine schreckliche Sache.« Der Schulpsychologe rieb sich die Stirn, als wolle er damit seine Konzentrationsfähigkeit steigern.

»Und, wo warst du nun gestern?«

»Mich hat übers Wochenende eine Magen-Darm-Grippe erwischt. Ich habe zwei Tage flachgelegen. Um die Kollegen und die Schüler nicht anzustecken, bin ich sicherheitshalber gestern noch zu Hause geblieben.«

Um Ansteckung zu vermeiden, bei nächster Gelegenheit die Hände waschen!, appellierte Tannenbergs innere Stimme, die nicht selten als medizinischer Ratgeber fungierte. Brauch ich nicht, diese Erkrankung nehm ich ihm eh nicht ab, konterte er.

»Aber wo wir schon mal dabei sind: Warst du am letzten Schultag vor den Sommerferien im Friedenspädagogischen Institut?«, fragte der Kriminalist. König nickte mit zusammengepressten Lippen, woraufhin sein Gegenüber nachlegte: »Du verstehst, mein lieber Eckart, diese Fragen sind reine Routine.«

»Klar.«

»Also, was hast du am letzten Schultag nach Unterrichtsende gemacht?«

»Ich war hier an der Friedensschule und habe in meinem Sprechzimmer, das sich direkt neben dem Sekretariat befindet, noch etwa eine halbe Stunde lang gewartet, ob Schüler kommen. Weißt du, manchmal gibt es vor den Ferien Probleme wegen der Zeugnisse oder anderer …«

»Und danach?«, würgte ihn Tannenberg brüsk ab.

Der Psychologe kratzte sich so laut am Kopf, dass Tannenberg es hören konnte. »Danach bin ich in mein Büro zurückgekehrt und habe noch ein paar Minuten lang meinen Schreibtisch aufgeräumt. Anschließend habe ich meine Siebensachen zusammengepackt, die Tür zugeschlossen, das Schulgebäude verlassen und bin noch ein bisschen durch den Wald gewandert.«

»Wann war das genau?«

König legte den Kopf schief und blickte nachdenklich zur Decke empor. »Als ich aufgebrochen bin, muss es etwa 12 Uhr gewesen sein.«

»Und wann warst du zurück?«

Der Schulpsychologe blies die Backen auf. »So circa um 13 Uhr.«

»Ganz sicher?«

Eckart König lupfte die Schultern. »Kann sein, kann aber auch nicht sein. Weißt du noch genau, was du vor sechs Wochen um 13.30 Uhr gemacht hast?«

»*Ich* muss das nicht wissen. *Du* dagegen schon.«

»Soll *ich* etwa Irene auf der FPI-Toilette eingeschlossen haben?« Der Psychologe grunzte. »So ein Schwachsinn. Welchen Grund sollte ich denn dafür gehabt haben? Ich habe mich immer sehr gut mit Irene verstanden, obwohl sie zugegebenermaßen kein einfacher Mensch war.«

»Komm, Eckart, denk bitte noch mal scharf nach«, bat Tannenberg.

König brummte eine Weile nachdenklich vor sich hin, dann ging ein Ruck durch seinen Körper. »Ja, jetzt erinnere ich mich endlich«, sagte er. »Nach Schulschluss hat mich Chris …« Er stockte, weil er unsicher war, ob sein alter Sportkamerad wusste, wen er meinte. »Chris Trautmann ist der Direktor der …«

Tannenberg hob die Hand. »Ja, ich weiß.«

»Gut. Also Chris hat mich unmittelbar nach Schulschluss gebeten, aus meinen Akten alle möglichen Informationen über einen bestimmten Schüler herauszusuchen, mit dem es einige Probleme gab.«

»Kevin Mitschke«, spekulierte der Ermittler.

»Ja, genau der. Wie ich sehe, bist du bereits bestens informiert.«

»Das gehört zu meinem Job.«

»Apropos Job, Tanne. Ich habe auch einen Job zu erledigen. Deshalb werde ich mich jetzt gezwungenermaßen von dir losreißen. Ich muss mich nämlich noch auf die Trauerarbeit vorbereiten, die meine Kollegen von der göttlichen Fraktion …« Er kicherte blechern und schob erklärend nach: »Ich meine die Religionslehrer unserer Schule.« Wieder eine kurze Pause.

»Verstehe.«

»Je nach Bedarf werden die Religionslehrer und meine Wenigkeit heute Morgen in den Klassen und vielleicht auch im Lehrerzimmer versuchen, die Schüler und Kollegen bei der Verarbeitung dieses schrecklichen Todesfalls zu unterstützen.«

»Was macht ihr da genau?«

»Die bewährte Vorgehensweise bei solchen Kriseninterventionen ist wirklich kein psychologisches Hexenwerk, Tanne. Zunächst setzt man einen kleinen Startimpuls und dann lässt man die Betroffenen einfach reden, immer munter drauflosplappern. Psychotraumata lassen sich am besten behandeln, indem man die Klienten zunächst all das aussprechen lässt, was ihnen auf der Seele brennt. Bei vielen Menschen erreicht man dadurch bereits, dass es ihnen wieder bedeutend besser geht. Obwohl es im Kollegium einige hysterische Hühner gibt, die sich garantiert mordsmäßig in die Sache hineinsteigern und dann …«

»Melden sich diese sensiblen Damen denn nicht krank?«, fiel ihm Tannenberg ins Wort.

»Ja, damit ist möglicherweise zu rechnen.« König kratzte sich am Kinn. »Abgesehen von den Schauspielerinnen. Die erscheinen heute hundertprozentig alle zum Dienst«, schob er nach.

»Gut, Eckart. Dann kümmerst du dich jetzt um die Vorbereitung eurer Krisenintervention und ich überlege mir in aller Ruhe eine vernünftige Strategie.«

»Hospitationsstrategie«, sagte der Schulpsychologe. Dann erhob er sich von seinem harten Stuhl. »So machen wir das, Tanne. Dann wünsche ich dir gutes Gelingen.«

»Wünsche ich euch auch. Hoffentlich werdet ihr nicht allzu oft gebraucht«, entgegnete der Chef-Ermittler. »Ich bleibe wie gesagt wahrscheinlich nur ein oder zwei Tage in diesem wunderschön eingerichteten Zimmer hier neben dir. Dann bist du mich wieder los.«

»Schade.«

»Wenn ich weitere Informationen benötige, melde ich mich einfach bei dir. Okay?«

»Ja, klar. Ich stehe dir jederzeit gerne zur Verfügung.«

Als der Leiter der Kaiserslauterer Mordkommission endlich allein war, schaute er sich in seinem neuen Dienstdomizil um. Die einzigen Gegenstände, die sich in diesem tristen Raum befanden, waren ein alter Schreibtisch und ein ungepolsterter, hölzerner Drehstuhl.

In dem circa 15 Quadratmeter großen Raum war offenbar seit Urzeiten nicht mehr gelüftet worden. Ein trockener, staubiger Archivgeruch schnürte Tannenberg fast die Kehle zu. Er eilte zum Fenster und riss es auf. Wie ein Erstickender streckte er den Kopf hinaus und pumpte in tiefen Zügen die würzig-frische Morgenluft in seine Lungen. Als er sich wieder aufrichtete, fiel sein Blick hinunter auf den Parkplatz, wo gerade einige Jungs grölend Fußball spielten.

Das haben wir früher vor Schulbeginn auch immer gemacht, erinnerte er sich an seine Rittersberg-Zeit zurück. Bei Wind und Wetter haben wir gekickt, selbst im Winter. Und wenn es dann richtig knackig kalt war, haben wir uns mit Plastiktüten Wasser aus den Toiletten geholt und quer über den Schulhof Schlitterbahnen angelegt. Wilde Schneeballschlachten haben wir natürlich auch veranstaltet.

So etwas wäre heutzutage undenkbar auf einem Schulgelände. Wegen Sicherheitsbedenken und angeblicher Unfallgefahr sind solche schönen Freizeitbeschäftigungen inzwischen auf Schulhöfen ja leider vollständig verboten. Was für ein Blödsinn!

Wolfram Tannenberg grunzte höhnisch. Zum Ausgleich veranstalten diese angeblich so modernen Schulen dann erlebnispädagogische Projektwochen und Klassenfahrten, bei denen sie die Kinder zu schweineteuren Kletterparks oder Indoor-Spiel-und-Spaß-Fabriken karren. Was für eine bekloppte Welt!

Ein schriller, unmelodischer Dreiklang-Gong riss Tannenberg aus seinen abschweifenden Gedanken. Kurz darauf schwoll im Schulhaus der Lärm stark an. Er wartete noch ein paar Minuten, bis die tobende und johlende Schülermeute in den Klassenzimmern verschwunden war und der Unterricht begann.

Als es wieder merklich leiser war, trottete er die Treppe hinunter und stattete den einzelnen Gebäudeebenen einen Besuch ab. Mit offenen Augen und Ohren schlenderte er in jedem Stockwerk geradezu andächtig durch die Flure.

Zu seinem großen Erstaunen vernahm er hinter fast jeder Klassenzimmertür mehr oder weniger tumultartigen Lärm.

Ab und an wurde eine Tür aufgerissen und Schüler, die manchmal von Schulkameraden oder schreienden Lehrern verfolgt wurden, stürmten ins Treppenhaus, zu den Süßigkeiten-Automaten im Untergeschoss oder zu den Toiletten.

Das müssen wohl die viel gepriesenen modernen Unterrichtsmethoden sein, dachte er kopfschüttelnd. Oder ist das etwa die angekündigte Trauerarbeit?

Wolfram Tannenberg erinnerte sich daran, dass er erst vor Kurzem eine Rezension über ein Buch gelesen hatte, in welchem ein Lehrer unter anderem seinen Kollegen empfahl, in den Wald zu fahren und dort anhand eines Trainingsplans lautes Schreien zu üben. Ein nach Meinung des Autors probates Mittel, um den immer unverschämteren, lernunwilligen Schülern mit entsprechend autoritärem Gebaren entgegenzutreten.

Als er sich vor seinem geistigen Auge vorstellte, wie seine Schwägerin im Stadtwald spazieren ging und dabei eine Schreitherapie durchführte, konnte er sich eines Schmunzelns nicht erwehren.

Im Erdgeschoss des mehrstöckigen Schulgebäudes betrat er, ohne anzuklopfen, den Vorraum des Direktorats. Vor ihm am Tresen stand die knapp 60-jährige, sehr maskulin wirkende Schulsekretärin, deren Gesicht ein unübersehbarer Damenbart zierte. Die ausgesprochen herb erscheinende Frau war circa 1,75 Meter groß und von kräftiger Gestalt. Sie trug ein dunkelrotes Kostüm, das ihre langen, schwarz gefärbten Haare markant in Szene setzte.

Die Sekretärin hatte gerade in einem Reiseprospekt geblättert und reagierte so, als sei sie eben in flagranti bei einer Straftat ertappt worden. Während ihr Gesicht rot anlief, klappte sie das Heft zu und rückte es mit fahrigen Händen zurecht.

»Der Herr Direktor hat mich beauftragt, für ihn ein paar Kataloge zu besorgen«, erklärte sie in entschuldigendem Ton. »Er plant gerade eine weitere Schulpartnerschaft. Diesmal mit einer israelischen Schule«, fügte sie mit einer sanften, warmherzigen Stimme hinzu, die in diametralem Gegensatz zu ihrem rustikalen Äußeren stand.

»Und da muss er natürlich zuerst die richtige Schule finden. Eine, deren Umgebung touristisch attraktiv ist«, konnte sich der Leiter des K 1 nicht verkneifen.

Die Schulsekretärin senkte den Blick und hüstelte hinter vorgehaltener Hand.

»Ist der Herr Direktor schon da?«, flüsterte er und wies auf eine geschlossene Holztür, auf der ein Schild mit der Aufschrift ›Chris Trautmann, Oberstudiendirektor, Schulleiter der Friedensschule‹ prangte.

In ein bedauerndes Kopfschütteln hinein antwortete die Sekretärin: »Nein, leider nicht. Er kommt für gewöhnlich erst nach 9 Uhr. Und dann ist er auch nicht sofort zu sprechen.«

»Wieso denn das?«, fragte Tannenberg, dem die Verwunderung deutlich ins Gesicht geschrieben stand.

»Er meditiert dann erst noch eine Viertelstunde.«

Der Leiter des K 1 schürzte die Lippen. »Meditiert?«, fragte er mit angewidertem Gesichtsausdruck.

»Ja, der Herr Direktor baut damit seine positive emotionale Grundstimmung auf, wie er es nennt. Aber danach steht er Ihnen sicherlich gerne zur Verfügung.«

Wolfram Tannenberg verkniff sich jeglichen weiteren Kommentar. »Und Frau Busch? Ist die wenigstens schon da?«

Die Sekretärin nickte. »Ja, Frau Busch ist morgens immer eine der Ersten. Vor zwei, drei Minuten stand sie noch hier bei mir am Tresen. Vielleicht ist sie in ihr Büro gegangen oder ins Lehrerzimmer oder zur Stundenplanmacherin. Die hat ihren Stützpunkt schräg gegenüber dem Lehrerzimmer.«

»Vielen Dank für die Auskunft. Ich werde Frau Busch schon finden«, sagte der Kriminalbeamte und schob, verbunden mit einem schalkhaften Augenzwinkern, nach: »Achten Sie ja darauf, dass die israelische Schule nicht zu nahe an den palästinensischen Gebieten liegt. Das wäre zu gefährlich für die armen pfälzischen Friedenstäubchen, die der Herr Direktor doch sicherlich als Gastgeschenk mit auf seine Reise nehmen wird.« Anschließend machte sich Tannenberg auf die Suche nach der Konrektorin.

Es dauerte nicht lange, bis er sie gefunden hatte. Mechthild Busch saß in ihrem Büro am Computer und gab irgendwelche statistischen Daten ein. Zuerst informierte sie der Chef-Ermittler über seine bereits begonnene Hospitation sowie über den Raum, den er sich für diese Zeit als Operationsbasis auserkoren hatte. Danach nötigte er sie zu einem gemeinsamen Rundgang durch die Friedensschule.

»Wie viele Ihrer Kollegen haben sich denn heute Morgen krankgemeldet?«, fragte er, als sie ihr Dienstzimmer zusperrte.

Mechthild Busch bedachte ihn mit einem feindseligen Blick. »Warum wollen Sie das wissen?«

»Werte Frau Busch, damit mal eins zwischen uns beiden klar ist: *Ich* stelle hier die Fragen und *Sie* antworten. Nicht umgekehrt. Also?«

Offensichtlich kostete es die Konrektorin der Friedensschule enorme Überwindung, ihre aufgeschäumten Emotionen zu bändigen, denn während ihre hellbraunen Augen funkelnde Blitze abfeuerten, presste sie ihre Lippen so fest zusammen, dass man diese nur noch als dünne Linie wahrnehmen konnte. »Fünf Kolleginnen und Kollegen sind kurzfristig erkrankt und haben sich heute Morgen telefonisch entschuldigt«, knurrte sie mit einer Klangfärbung versetzt, die jedem Wachhund zur Ehre gereicht hätte. »Das sind unsere Mimosen. Die bleiben sonst auch bei jedem Wehwehchen zu Hause. Und zudem haben wir drei Langzeiterkrankte.«

»Befinden sich unter den Krankmeldungen auch Lehrkräfte, die Mitglieder Ihrer Theatergruppe sind?«

»Nein«, blaffte sie zurück. »Das können die sich auch gar nicht erlauben.«

»Wieso?«, fragte Tannenberg lauter als beabsichtigt.

»Weil wir heute Nachmittag eine weitere Probe angesetzt haben.«

»Was? Sie wollen selbst nach dem Tod Ihrer Kollegin tatsächlich dieses Theaterstück aufführen? Ich dachte, die Motivation dazu war bei Ihnen und den anderen Schauspielern auch schon vor diesem schrecklichen Ereignis nicht sonderlich ausgeprägt gewesen. Und nun wollen Sie dieses Stück trotzdem inszenieren?«

»Wollen ist sicherlich der falsche Begriff«, erwiderte Mechthild Busch mit gefletschten Zähnen. Sie scharrte mit dem rechten Fuß auf dem Boden, als wolle sie eine Zigarette austreten. »Wir müssen dieses verdammte Stück aufführen. Und daran hindern uns weder die Störfeuer der reaktionären Presse und der anderen Feinde der Friedensschule noch Irenes Tod noch die Kriminalpolizei.« Sie ballte ihre linke Faust und schleuderte sie auf Augenhöhe empor. »Jetzt erst recht!«

»Wer spielt denn eigentlich nach Frau Graupeters Tod ihre vakante Rolle?«, musste Tannenberg einfach fragen.

»Betty«, giftete Mechthild Busch zurück. »Hat sie Ihnen das nicht erzählt?«

Wolfram Tannenberg schüttelte den Kopf.

Die Konrektorin schnaubte verächtlich. »Meines Wissens wohnen Sie ihr doch direkt gegenüber. Und dann sagt sie

Ihnen das nicht? In Ihrer Familie scheint es mit der Kommunikation ja nicht sonderlich gut bestellt zu sein.«

Gehässige Klapperschlange, grollte es in Tannenbergs Innern. »Wie sind denn eigentlich Sie mit Ihrer ermordeten Kollegin ausgekommen?«, fragte er so emotionslos wie möglich.

»Bis auf den kleinen Konflikt vor den Ferien haben wir uns immer sehr gut verstanden. Wir verstehen uns hier übrigens alle sehr gut«, betonte sie.

»Kein Wunder: Nomen est Omen! Wer an einer Friedensschule arbeitet, darf sich gegenseitig nicht mobben oder bekriegen.«

»Auch wenn Sie es vielleicht nicht glauben mögen: Wir leben in unserer Schulgemeinde in sozialer und humaner Eintracht zusammen.«

»Schön, dass es heutzutage solche Idyllen der Friedfertigkeit noch gibt«, versetzte Tannenberg mit unüberhörbar ironischem Unterton. »Mal was anderes, Frau Busch: Mich wundert ehrlich gesagt schon ein wenig, dass Sie nicht sonderlich um Ihre Kollegin zu trauern scheinen. Offenbar haben Sie diesen brutalen Mord ganz gut weggesteckt, salopp formuliert.«

Die Konrektorin senkte die Stimme und raunte: »Unter uns, Herr Kommissar – salopp formuliert: Bei Irenes Tod handelt es sich um nichts weiter als um einen bedauernswerten Kollateralschaden im Krieg mit den Feinden der Friedensschule. Dabei geht es nämlich um weit mehr als um das Leben eines einzigen Menschen.«

Sie legte sich eine Haarsträhne hinters Ohr und ergänzte: »Eines Menschen, der im Übrigen bereits mehr als zwei Drittel seines Lebens hinter sich gebracht hatte.«

»Ach so, in dem Alter ist es natürlich nicht mehr so schlimm, wenn jemand ermordet wird«, höhnte der Kriminalbeamte.

Mechthild Busch ignorierte diesen Einwurf und fuhr unverdrossen fort: »Aber bei der Friedensschule geht es um unser aller Kind – und das ist bedeutend wichtiger als das Leben eines seiner vielen Elternteile.«

Mit Tränen in den Augen baute sie sich vor dem Kriminalbeamten auf und stemmte die Hände auf die Hüftknochen: »Stellen Sie sich das doch bitte einmal bildlich vor: Die wollen unser Kind töten, ihm das Messer in den unschuldigen Leib rammen. Das dürfen wir doch nicht zulassen, oder?«, brüllte sie mit sich überschlagender Stimme. »Das müssen wir unter allen Umständen verhindern! Egal, wie hoch der Preis dafür sein mag.«

Margot Honecker hätte die Einheitsschule der DDR auch nicht emphatischer lobpreisen und gegen Angriffe verteidigen können, dachte Tannenberg bei sich.

Plötzlich flog eine Tür direkt vor ihm so abrupt auf, dass er gerade noch einen reflexartigen Sprung zur Seite machen konnte.

»Du arroganter, blöder Hund«, schrie ein circa 40-jähriger Mann, der mit rudernden Armen und hochrotem Kopf an dem konsternierten Kriminalbeamten vorbei in Richtung Sekretariat stürmte.

Tannenberg warf einen neugierigen Blick in den kleinen Konferenzraum, in dem zwei Lehrerinnen sowie der Schulpsychologe mit versteinerten Mienen vor sich hin schwiegen.

Der Kriminalbeamte betrat den Raum. »Was war denn hier gerade los?«

»Ach, nichts Besonderes, Tanne«, entgegnete Eckart König. »Dieser blöde Relilehrer soll doch zuerst einmal seinen Job anständig machen, bevor er anderen ihre angebliche Unfähigkeit vorwirft. Weißt du, im Gegensatz zu diesem Fern-Ethiker und Anti-Gewalt-Theoretiker kümmere ich mich nämlich um die realen Konflikte.«

»Die es an dieser friedfertigen Schule doch überhaupt nicht gibt, wie mir eben die Frau Konrektorin glaubhaft versichert hat«, sagte Tannenberg mit hämischem Blick auf Mechthild Busch, die umgehend auf dem Absatz kehrtmachte und von dannen eilte.

»War das eben die Trauerarbeit, von der du vorhin gesprochen hast?«, wollte Tannenberg von König wissen.

»Nein, denn die hat merkwürdigerweise bislang noch niemand bei uns nachgefragt. Hier in diesem Raum trifft sich jeden Dienstagmorgen der Arbeitskreis des Mediatoren-Teams unserer Schule.«

»Wenn ich nicht mehr weiter weiß, gründ ich einen Arbeitskreis«, sprudelte es Tannenberg ungeprüft über die Lippen. Er überspielte seinen ketzerischen Beitrag, indem er an Königs Aussage anknüpfte. »Mediatoren-Team? Was ist das denn? So etwas gab's in unserer Schulzeit jedenfalls noch nicht.«

»So ist es«, bestätigte der Schulpsychologe. »Die Mitglieder dieses schulinternen Arbeitskreises firmieren hier an der Friedensschule unter der Bezeichnung ›Mediatoren-Team‹. Wir führen mit unseren Schülern Anti-Aggressionstrainingsprogramme und Streitschlichtungsprojekte durch. Mithilfe dieser Programme sollen die Kinder und Jugendlichen das gewaltfreie Konfliktlösen erlernen. Anders ausgedrückt: Sie sollen miteinander reden, statt sich die Köpfe einzuschlagen.«

»Verstehe. Kein schlechter Ansatz«, meinte Tannenberg. »Aber bringen diese Projekte auch etwas für die Praxis?«

»Ja sicher«, behauptete König. Dabei zwinkerte er dem Ermittler verschwörerisch zu, woraufhin sich Tannenberg entschloss, dieses Gespräch umgehend unter vier Augen fortzusetzen.

Doch dazu kam es nicht, denn just in diesem Augenblick vibrierte es in Tannenbergs Hosentasche. ›Nervensäge ruft an‹, blinkte es auf dem Display. ›Nervensäge‹ war der Spitzname seines biologischen Erzeugers, des selbst ernannten ›Sherlock Holmes aus der Beethovenstraße‹.

»Du musst sofort nach Hause kommen«, forderte Jacob eindringlich. »Ich habe hier einen an dich adressierten Brief. Der Inhalt ist hochbrisant.«

»Wie kommst du dazu, meinen Brief zu öffnen?«

»Nun hab dich mal nicht so«, beschwichtigte der Senior. »Du solltest mir lieber dankbar sein, dass ich ihn aufgemacht habe. Denn was da drinsteht, wird dich in deinem neuen Fall gewaltig weiterbringen.«

»Dann lies ihn mir eben vor.«

»Nein, das geht nicht am Telefon«, weigerte sich Jacob. »Es ist ein Gedicht«, zischte der Senior und legte auf.

Schon wieder ein Gedicht, das man mir nach Hause geschickt hat. Das muss doch wirklich nicht sein, stöhnte Wolfram Tannenberg innerlich auf.

Zu allgegenwärtig war immer noch sein erster Fall als Leiter des K 1, bei dem ihn ein psychopathischer Frauenmörder mit mehreren Pilzgedichten und anderen Überraschungen malträtiert hatte.

9

»Wolfi, du siehst wirklich nicht gut aus, so grau und abgemagert«, jammerte Margot Tannenberg mit tiefen Sorgenfalten auf der Stirn, als ihr jüngster Sohn die elterliche Wohnküche betrat.

»Mir geht's gut, Mutter«, erwiderte der Kriminalist.

Doch Margot ließ sich von diesem Statement nicht beeindrucken. Als Mutter wusste sie genau, wie es um ihr Wölfchen stand und was ihr jüngster Sohn zurzeit am dringendsten benötigte.

»Wie ich dich kenne, hast du bestimmt noch immer nicht gefrühstückt«, sagte sie. Margot zog ihn am Ärmel seiner Lederjacke zum Küchentisch, den sie eigens für ihn eingedeckt hatte. »Richtig?«, schob sie nach.

Tannenberg wusste, dass er keine Chance hatte, deshalb nickte er brav.

»Aber jetzt hast du Zeit. Und deshalb wird jetzt gefrühstückt«, sagte sie in Befehlston.

»Okay, Mutter.«

»Was du machst, ist nämlich sehr ungesund, Wolfi«, fuhr Margot mit ihren Belehrungen fort. »Ein Mann in deinem Alter muss besonders gut auf sich aufpassen. Da kriegen viele einen Herzinfarkt.«

»Weil sie nicht gefrühstückt haben?«, konnte sich Tannenberg nicht verkneifen. Er legte den Arm um Margots Schultern und zog die alte Dame zu sich heran.

»Mach dir mal keine Gedanken um meine Gesundheit«, sagte er und nahm auf der Eckbank Platz. Hungrig schnappte er sich ein Brötchen, stach mit der Messerspitze hinein und zerteilte es in zwei Hälften.

»Und was habe ich gesagt?«, triumphierte sie. »Man sieht doch auf den ersten Blick, dass du einen Bärenhunger hast.«

»Wo steckt denn eigentlich mein Vater?«, wollte Tannenberg schmatzend wissen. »Erst macht er einen Riesenaufstand und beordert mich sofort hierher – und dann ist er nicht da.«

»Ist er schon«, erwiderte Margot. »Er hat nur irgendwas im Internet gefunden, das er dir gerade ausdruckt.«

Hinter der geschlossenen Wohnzimmertür erklang plötzlich ein hochtöniges Jaulen – ein untrügliches Anzeichen dafür, dass Kurt umgehend sein Herrchen zu begrüßen wünschte.

Kurz darauf öffnete sich die Tür und der imposante Mischlingshund zwängte sich an Jacob vorbei. Mit fliegenden Ohren stürmte das Ungetüm auf Tannenberg zu. Der packte den massigen Hundekopf mit beiden Händen, drückte ihn fest in seinen Schoß und kraulte der verschmusten Hundedame den Kopf. Kurt reagierte mit einem wohligen Geräusch, das sich anhörte, als ob etwas in ihrer Kehle brodeln würde.

»Da bist du ja endlich«, grummelte der Senior anstelle einer Begrüßung.

Jacob erweckte einen ziemlich abgehetzten Eindruck. Er trug seine alten braunen Stoffhosen, die von grauen Hosenträgern in Position gehalten wurden. In seiner rechten Hand hatte er mehrere DIN-A4-Blätter, mit denen er aufgeregt herumwedelte.

»Ich hab gerade über diese Ostzonen-Schulen recherchiert, die diese Kommunisten jetzt auch bei uns überall einführen wollen«, verkündete er und drückte seinem Sohn einen Stapel Computerausdrucke in die Hand. »Das müssen wir unbedingt verhindern!«

»Was müssen wir verhindern, Vater?«

Jacob Tannenberg tippte mit der Fingerkuppe auf die Blätter. »Das, was da drinsteht.«

»Komm, Vater, beruhig dich erst mal«, meinte Wolfram Tannenberg mit sanfter Stimme. Er warf seiner Mutter einen süffisanten Blick zu. »Sonst kriegst du noch einen Herzinfarkt.«

Margot schüttelte lächelnd den Kopf.

»Zeig mir lieber endlich diesen ominösen Brief, wegen dem ich alles stehen und liegen lassen musste«, forderte der Ermittler.

Jacob reichte ihm ein Couvert, in dem ein Bogen Briefpapier steckte. Doch Tannenberg nahm es nicht gleich entgegen, sondern zog zuerst ein Taschentuch aus seiner Hose. Dieses stülpte er über seine Hand und fasste das Couvert mit spitzen Fingern an der linken unteren Ecke an.

»Ich kann ja wohl davon ausgehen, dass du mit deinen kleinen Patschfingerchen kräftig darauf herumgetatscht hast, oder?«, frotzelte der Kriminalbeamte.

»Mach doch nicht so ein Gedöns«, kommentierte der Senior den seiner Meinung nach übertriebenen Aktionismus seines Sohnes. »Glaubst du denn wirklich, der Täter ist so blöd und hinterlässt seine Fingerabdrücke auf dem Brief? Der hat doch hundertprozentig Handschuhe getragen.« Er zeigte seinem Sohn den Vogel. »So doof ist der garantiert nicht.«

»Der Täter?«, stieß Wolfram Tannenberg höhnisch aus. »Warum sollte mir denn der Täter einen Brief schicken?«

»Dieser bekloppte Frauenmörder hat das damals schließlich auch getan.«

Der Leiter des K 1 machte eine wegwerfende Handbewegung. »Ach, das sind doch olle Kamellen.«

Tannenberg legte den absenderlosen Brief auf den Tisch

und zog vorsichtig das zusammengefaltete Blatt heraus. Dann klappte er es auseinander und las murmelnd den Text vor:

Hymne auf die Gesamtschule

Schulexperten
Transportieren
Optimale
Professionelle
Pädagogik
Tagtäglich
Direkt
In
Echtzeit
Erzeugen
Integration
Nachhaltigkeit
Humanität
Entlarven
Intoleranz
Trichterlernen
Schaffen
Spaß
Chancengleichheit
Handlungsorientierung
Umdenken
Lernfreude
Eigenverantwortung

Tannenberg lachte schallend auf. »Und was um alles in der Welt soll dieses ungereimte Geschmiere mit dem Tod der Lehrerin zu tun haben?«

»Das hat dir bestimmt der Mörder geschickt, weil er von seinem schlechten Gewissen dazu gezwungen wurde. Und nun will er dir …«

»Quatsch!«, fauchte sein Sohn und winkte ab. »Hör doch auf mit deiner albernen Wald-und-Wiesen-Psychologie. Der Inhalt des Gedichtes bezieht sich doch überhaupt nicht auf den heimtückischen Mord. Das ist nichts anderes als eine stümperhafte Laudatio auf die Gesamtschule.«

»Eine was?«

»Eine Lau-da-tio«, zerlegte Tannenberg das Fremdwort in seine Silben und übersetzte es sogleich: »Eine Lobrede.«

»Was machst du denn hier, Wolf?«, erklang urplötzlich Heiners Stimme in seinem Rücken.

Der Ermittler wandte sich zu seinem Bruder um. »Dich brauche ich das ja wohl nicht zu fragen. Du hast sicher für heute bereits genug gearbeitet. Solch eine extrem intensive Betriebspraktikanten-Betreuung ist garantiert mordsmäßig anstrengend, nicht wahr?«

»Für heute Morgen bin ich fertig, aber heute Mittag muss ich noch zwei weitere Schüler besuchen.«

»Ach Gott, du Armer, überanstrenge dich ja nicht.«

»Heiner, schau dir mal dieses Gedicht an«, brummelte Jacob. »Dein störrischer und begriffsstutziger Bruder kann nichts damit anfangen. Aber vielleicht du, schließlich bist du Deutschlehrer.«

»Und außerdem begnadeter Hobbylyriker, der seine Familie mit kriminalpoetischen Amokläufen nervt«, warf Tannenberg ein.

Heiner nahm die Spitze seines Bruders nicht mehr bewusst wahr, denn er beschäftigte sich bereits gedanklich mit der Interpretation des Gedichtes.

»Tja, das ist sicherlich keine lyrische Meisterleistung, sondern eine dilettantisch konstruierte, plumpe Aneinanderreihung von Begriffen und Schlagwörtern«, sagte er nach dreimaligem Durchlesen. »Ohne jegliches Sprachgefühl, ohne Rhythmus, ohne auch nur einen Funken Sprachästhetik. Mit anderen Worten: Das ist einfach nur Mist.«

»Dann könnte es ja glatt von dir sein«, provozierte sein Bruder.

»Ha, ha, ha«, gab Heiner zurück. »Es sieht ganz danach aus, als ob der Verfasser einfach aus einer Werbebroschüre der Friedensschule Textfragmente herausgeschnitten und sie aneinandergeklebt hat.«

»Wie bei einem Erpresserbrief«, mischte sich Jacob ein.

Tannenberg verdrehte die Augen.

»Ich glaube, dieses in Anführungsstrichen ›lyrische Werk‹ könnte durchaus auch von einem Schüler stammen.« Heiner zuckte mit den Schultern. »Vielleicht irgendein Lausbubenstreich von einem, der sich an der Schule rächen will.«

»Ausgerechnet mit einer Hymne?«

»Stimmt, das wäre Blödsinn«, gestand Heiner kleinlaut seinen gedanklichen Fauxpas ein. »Deshalb scheiden wohl auch die bildungspolitischen Gegner der Friedensschule als Verfasser aus.«

»Ja, das denke ich auch«, pflichtete Tannenberg seinem Bruder bei. »Wahrscheinlich handelt es sich wieder einmal nur um das Werk eines durchgeknallten Trittbrettfahrers, der sich aufspielen will und uns dadurch wertvolle Ermittlungszeit raubt.« Der Chef-Ermittler bedachte seinen Vater mit einem vorwurfsvollen Blick und ergänzte: »Genau wie unser Super-Kriminalist hier.«

Während sich Jacob brummelnd hinter seiner *Bild-Zeitung* verschanzte, unterbreitete Heiner einen Vorschlag. »Wolf, kannst du mir den Brief dalassen?«, fragte er. »Vielleicht fällt mir ja später noch etwas Sinnvolles dazu ein. Vielleicht steckt ja in diesem komischen Gedicht eine verborgene Symbolik, die sich einem erst erschließt, wenn man sich ausgiebiger damit beschäftigt.«

»Du meinst, dass zwischen den Zeilen ein geheimnisvoller Hinweis auf den Täter verborgen sein könnte?«

»Ja, warum denn nicht?«

Wolfram Tannenberg zog skeptisch die Mundwinkel nach unten und schüttelte den Kopf. »Das kann ich mir beim besten Willen nicht vorstellen. Außerdem muss ich den Brief umgehend der Kriminaltechnik übergeben.«

Er fischte einen Asservatenbeutel aus der Innentasche seines Sakkos und ließ das Schriftstück darin verschwinden.

»Schade«, seufzte Heiner.

»Möglicherweise entdeckt die Kriminaltechnik doch einen Fingerabdruck des Mörders darauf«, sagte Tannenberg. Er tätschelte den Oberarm seines Vaters. »Womit unser geschätzter Sherlock Holmes mit seinem feinen kriminalistischen Spürsinn mal wieder goldrichtig gelegen hätte.«

»Mach du dich nur über deinen alten Vater lustig«, versetzte Jacob, während er die Zeitung nach unten sinken ließ.

Wie meist, wenn die Männer bezüglich ihres Lieblingsthemas miteinander im Clinch lagen, hielt der Senior auch diesmal einen Trumpf in der Hinterhand, den er nun auszuspielen gedachte.

Er grinste so breit, dass beide Reihen seiner gelblichen falschen Zähne sichtbar wurden, und verkündete: »Ich habe vorhin im Tchibo erfahren, dass etwas passiert ist, das sehr wichtig für dich werden könnte, vielleicht sogar lebenswichtig.«

Tannenberg verschluckte sich an seinem Kaffee. Er hustete derart heftig, dass ihm Tränen in die Augen schossen.

»Lebenswichtig?«, prustete er los, nachdem er wieder einigermaßen normal atmen konnte.

Aufgrund der Todesgefahren, denen ihr jüngster Sohn in den letzten Jahren ausgesetzt gewesen war, konnte Margot dieser Aussage dagegen nichts Erheiterndes abgewinnen.

Während die gesunde Farbe aus ihrem faltigen Gesicht wich, fragte sie mit bebender Stimme: »Was ist passiert, Jacob?«

»Im Tchibo steht einer an unserem Tisch, der kennt einen …«

»… und der kennt einen …«, warf Tannenberg dazwischen.

»Genau. Und *der* kennt einen Tierpfleger, der im Siegelbacher Zoo arbeitet.«

Der Senior der Familie Tannenberg beugte sich nach vorn und spähte nach allen Seiten. Als er das geöffnete Küchenfenster entdeckte, erhob er sich ächzend wie eine alte pfälzische Eiche und drückte es in den Rahmen. Dann setzte er sich wieder hin und senkte die Stimme zu einem Flüstern. »Und *der* hat ihm gesteckt, dass vorgestern ein Braunbär aus dem Siegelbacher Zoo ausgebrochen ist.«

»He?«, sprudelte es gleichzeitig aus den Mündern der Brüder heraus.

»Ein Braunbär?«, fragte Margot ungläubig.

»Der Tierpfleger meint, dass dieser Braunbär durchaus für Menschen gefährlich werden könnte.«

»Darüber stand aber doch gar nichts in der Zeitung«, bemerkte Margot mit geschürzten Lippen. »Und im Radio habe ich auch noch nichts davon gehört.«

»Ist ja auch kein Wunder«, raunte Jacob zurück. »Die wollen eben vermeiden, dass in der Bevölkerung Panik ausbricht. Wenn die Leute das wüssten, würde sich doch keiner mehr in die Stadt trauen. Dann würde alles zusammenbrechen.«

»Jetzt male nicht gleich den Teufel an die Wand«, rüffelte Tannenberg. »Das ist garantiert eh nur ein Gerücht, das sich irgendein Rentner ausgedacht hat, dem es zu Hause zu langweilig war.«

»Aber wenn es doch wahr ist?«, fragte Margot mit dünner Stimme.

»Quatsch, Mutter«, wischte Tannenberg den Einwand mit einer energischen Geste beiseite. »Wenn diese Münchhausen-Geschichte stimmen würde, hätte doch wohl die Polizei schon längst davon erfahren, oder?«

Die Seniorin nickte erleichtert.

»Ich weiß eh nicht, warum dein Ehemann versucht, uns solch einen Bären aufzubinden«, meinte der Kriminalbeamte an seinen Vater adressiert.

»Ganz einfach, Wolfram: Weil dieses Thema dich persönlich betrifft.«

Sein jüngster Sohn zog einen Mundwinkel hoch. »Wieso?«

»Ganz einfach, Wolfram: Der Braunbär wurde gestern Abend von einem Förster in der Nähe des Humbergturms gesehen.«

»Am Humbergturm?«, fragte Heiner.

»Ja, das hat mir mein Informant gesteckt«, antwortete Jacob.

»Informant«, wiederholte Tannenberg in spöttischem Ton.

Jacob warf seinem Sohn einen grimmigen Blick zu. »Der Förster hat gleich den Tierarzt des Zoos verständigt, damit der den Bär mit einem Betäubungsgewehr außer Gefecht setzt.« Der Senior breitete die Arme zu einer beschwörenden Geste aus. »Das ist doch ganz in der Nähe dieses Friedenspädagogischen Instituts, also dort, wo ihr die ausgetrocknete Leiche der Lehrerin gefunden habt.«

»Da müsst ihr zwei aber wirklich gut auf euch aufpassen«, mahnte Margot ihre Söhne zur Vorsicht. Sie hob den Zeigefinger. »Das habe ich euch auch schon gesagt, als ihr noch klein wart: Lieber einmal zu viel aufgepasst, als einmal zu wenig. Erinnert ihr euch?«

Synchrones Kopfnicken ihrer Söhne.

»Keine Sorge, Mutter, für Heiner besteht die nächsten Wochen über keinerlei Gefahr. Der betreut nämlich das Betriebspraktikum und muss deshalb für längere Zeit nicht mehr an seine Schule«, frotzelte Tannenberg.

»Von wegen«, konterte Heiner, »für heute Nachmittag hat Clemens eine Theaterprobe angesetzt.«

»Stimmt, hatte ich ja ganz vergessen«, bemerkte sein Bruder.

»Nehmt euch bloß in Acht, Jungs«, unterstützte Jacob seine Ehefrau, »mit einem ausgewachsenen Braunbären ist nicht zu spaßen. Vielleicht ist es ja sogar ein Grizzlybär.«

»So einen Blödsinn hab ich wirklich selten gehört«, schnaubte der Kriminalbeamte. »Erklär mir doch bitte mal, wie ein Braunbär vom Siegelbacher Zoo aus zum Humbergturm kommen soll. Der liegt doch auf der anderen Seite der Stadt.«

»Vielleicht ist er mit dem Linienbus dorthin gefahren«, grinste Heiner.

»Oder er ist heute Nacht mitten durch die Stadt gelaufen.« Wolfram Tannenberg klatschte sich feixend auf die Oberschenkel. »Stell dir mal vor, dieser Braunbär macht heute Nachmittag einen Abstecher in die Fußgängerzone und stellt sich im Tchibo zu euch an den Rentner-Stammtisch.«

Nach seiner Rückkehr in die Friedensschule stattete Tannenberg Direktor Trautmann einen unangekündigten Besuch ab. Dieser währte allerdings nur kurz. Zum einen, weil der Schulleiter ihm eine Bahnfahrkarte präsentieren konnte, die belegte, dass er am letzten Tag vor den Sommerferien bereits vor 13 Uhr am Kaiserslauterer Hauptbahnhof einen ICE zum Frankfurter Flughafen bestiegen hatte. Auch ein auf ihn ausgestelltes Flugticket lieferte ihm ein offensichtlich hieb- und stichfestes Alibi für die Tatzeit.

Und zum anderen reduzierte Tannenberg diesen Besuch deshalb auf das Nötigste, weil ihm Chris Trautmann auf Anhieb mindestens genauso suspekt war wie dessen biestige, aggressive Stellvertreterin. Im Gegensatz zu ihr verkörperte er allerdings die fleischgewordene Friedfertigkeit.

Der offensichtlich bestens gelaunte, dauersmilende Oberstudiendirektor residierte in einem nobel eingerichteten Büro, dessen Wände mit Hochglanz-Plakaten dekoriert waren. Tannenberg erinnerten die Motive aus europäischen Hauptstädten und reizvollen Landschaften unwillkürlich an die Schaufensterdekoration eines Reisebüros.

Nachdem Trautmann seinem unerwarteten Gast etwas zu trinken angeboten hatte, flötete er diesem mit verklärtem Blick das hohe Lied der Friedensschule ins Ohr: »Wie in einem guten Chor musizieren an unserer Schule die unterschiedlichsten Stimmchen miteinander, einerlei, ob sie schwach und zart oder laut und fest sind. Nur das Zusammentreffen dieser vielfältigen Klänge erzeugt diesen wundersamen Kanon, diese regelrechte Hymne der Friedfertigkeit, Toleranz, Humanität und Gleichheit, die unsere Friedensschule so einzigartig in der Schullandschaft macht.«

»Ja, ja, Herr Direktor, es stimmt schon: Wir sind alle gleich – lebendig und als Leich«, rezitierte Tannenberg einen von ihm spontan abgewandelten Text Wolf Biermanns.

Trotz dieses ketzerischen Einwurfs begegnete ihm Chris Trautmann auch weiterhin mit einer extrem aufgesetzt wirkenden Freundlichkeit und einer verständnisvollen, pastoralen Mimik. Er strahlte dabei eine in sich ruhende Gelassenheit aus, die Tannenberg immer aggressiver werden ließ. Er konnte solche beherrschten und gekünstelten Menschen absolut nicht ausstehen. Er stand vielmehr auf kernige, sperrige, fetzige Typen, so wie er und sein Freund Rainer Schönthaler welche waren, fand er jedenfalls. Als er dann auch noch entdeckte, dass Chris Trautmann mit nackten Füßen vor ihm saß, gab es nur noch eins für ihn: Die Flucht ergreifen, bevor ihm der Kragen platzte.

Wegen eines angeblich dringenden Telefonats mit seiner Dienststelle verabschiedete er sich und eilte ins Treppenhaus. Auf dem Weg hinauf zu seinem Hospitantenstützpunkt grübelte er über die Ursachen dieser Aversion nach, doch kam er zu keinem Ergebnis.

Es ist einfach so – basta!, beendete er dieses Thema.

Vor Eckart Königs Zimmer studierte er einige der an einer breiten Pinnwand angebrachten Aushänge. Dann klopfte er pro forma an die massive Tür. Er wartete aber nicht auf eine entsprechende Reaktion, sondern öffnete die Tür. Der Psychologe war gerade in eine Schülerakte vertieft und schaute ihn verdutzt an.

»Stör ich?«, fragte Tannenberg, obwohl der Unterton seiner Stimme diese Frage bereits hinlänglich beantwortete.

»Nein, nein, komm, setz dich zu mir«, erwiderte Eckart König.

»Du, ich muss mal deine psychologische Fachkompetenz in Anspruch nehmen. Worauf …?«, begann der Ermittler, brach dann jedoch ab.

Seinem verkniffenen Gesichtsausdruck nach zu urteilen,

kämpfte er gerade schwer mit sich, ob er die Frage, die ihm auf den Lippen lag, tatsächlich stellen sollte.

Offensichtlich waren dem Psychologen solche Situationen aus seiner Berufspraxis durchaus bekannt. »Los, lass es raus«, versuchte er seinen Besucher zum Weiterreden zu animieren.

»Worauf könnte es zurückzuführen sein«, begann der Ermittler zögerlich, »dass sich meine Nackenhaare aufrichten, wenn ich jemandem gegenübersitze, der mir unter der Tischplatte seine nackten Füße entgegenstreckt?«

»Du kommst gerade von Trautmann, habe ich recht?«, fragte der Schulpsychologe.

»Ja, das hast du«, erwiderte Tannenberg. »Wie hast du das denn so schnell erraten?«

König zog das Kinn an den Hals, wodurch sich ein speckiger Hautlappen über seinen Adamsapfel schob. »Na, so schwer war diese Schlussfolgerung nun wirklich nicht.«

»Stimmt.«

Eckart König verschränkte die Hände hinter dem Kopf und bog den Thorax nach vorn durch. »Also mach dir mal keine Sorgen über deinen Geisteszustand, liebe Tanne. Da ich mit der gleichen Abscheu auf diese Marotte reagiere, solltest du dich damit arrangieren, dass es da oben unter deiner Schädeldecke ziemlich normal zugeht. Es sei denn, auch ich wäre neurotisch und könnte deshalb deine Neurose nicht als Neurose identifizieren. Du verstehst, was ich meine?«

Tannenberg lachte. »Nee, das ist mir zu kompliziert. Obwohl: Hat das etwas mit der berühmten Negation der Negation zu tun?«

»Oh, mir scheint, mein alter Handballkumpel hat eine philosophische Ader.«

Genug geschwafelt, dachte der Chef-Ermittler und lenkte

das Gespräch in eine andere Richtung: »Mal was anderes, Eckart. Draußen an der Infotafel ist zu lesen, dass die Friedensschule eine gesundheitsfördernde Schule sei. Das ist ja endlich mal etwas, das selbst ich als leidenschaftlicher Gegner der Gesamtschule befürworten kann.«

König reichte seinem Gegenüber ein Exemplar des offiziellen Briefpapiers der Schule und deutete auf den unteren Rand des Blattes. »Na, was steht da?«

»Schule im Pilotprojekt Gesundheitsfördernde Schule«, las Tannenberg vor.

»Und wie sieht diese Gesundheitserziehung in der Praxis aus?«

»Komm mal mit«, forderte Eckart König Tannenberg auf und führte ihn aus seinem Dienstzimmer zur Brüstung, von der aus man bis hinunter ins Erdgeschoss blicken konnte.

»Da unten stehen vier Automaten«, erläuterte der Schulpsychologe. »Einer ist mit Cola und anderen stark zuckerhaltigen Getränken gefüllt, die anderen drei sind mit Süßigkeiten und fetten, versalzenen Kartoffelchips et cetera vollgestopft. Und in der Cafeteria sind noch einmal genauso viele dieser bescheuerten Automaten aufgestellt. Diese gesundheitsschädlichen Kästen sind von 7 bis 16 Uhr frei zugänglich für jeden Schüler, natürlich auch für die Fünftklässler, sprich, für zehnjährige Kinder! Das, meine liebe Tanne, ist der berühmte Unterschied zwischen Anspruch und Wirklichkeit.«

»Ich fass es einfach nicht«, zischte Tannenberg wütend. »Cola-Automaten an einer Schule? Koffein für zehnjährige Kinder? Die Kids sind doch heutzutage weiß Gott schon zappelig genug.«

König nickte mit zusammengepressten Lippen und stieß dabei grunzend Luft durch die Nase. »So ist es, Tanne. Und wenn diese armen, verführten Kids auffällig werden, schickt man sie eben zum Kinderarzt. Und der stellt dann die Diagnose ADHS und verordnet Ritalin, mit dem man die Zappelphilippe ruhigstellt.«

»Das ist wirklich ein Hammer!«, schimpfte der Ermittler.

»Eine kleine, streng geheime Information für dich: Circa jeder dritte Schüler unserer gesundheitsfördernden Vorzeigeschule wird tagtäglich mit Tranquilizern abgefüllt, und das bis zur Oberkante Unterlippe. Das musst du dir mal bei vollem Bewusstsein reinziehen, Tanne. Diese Medikation ist nichts anderes als legaler Drogenmissbrauch für zehnjährige Kinder. Von Eltern und Lehrern herbeigesehnt oder zumindest widerstandslos gebilligt – und von Kinderärzten ohne jegliche Skrupel verschrieben.«

»Wenn das nicht der blanke Wahnsinn ist«, seufzte Tannenberg kopfschüttelnd.

»Für die Pharmaindustrie und die Ärzteschaft jedenfalls nicht.«

»Unglaublich!«

»Tja, und dazu kommen eben dann auch noch die schon angesprochenen, ebenfalls frei zugänglichen Kalorienbomben-Selbstbedienungsautomaten.« Er zeigte hinunter zur Automatenfront.

»Da kriegst du alles, was ein Zucker- und Fettjunkie benötigt, um über den Tag zu kommen: Gummibärchen, Chips, Schokolade und so weiter und so fort. Hier an unserer vorbildhaften Schule ist es völlig normal, dass dir bereits vor 8 Uhr Kinder anstatt mit einem Apfel mit einer Tafel Schokolade in der Hand begegnen.«

Der erboste Schulpsychologe machte eine wegwerfende Handbewegung. »Komm, wir gehen zurück in mein Zimmer.«

»Sag mal, Eckart, wieso unternimmt denn niemand etwas gegen diese himmelschreienden Missstände?«, fragte Tannenberg, nachdem sie wieder auf ihren Stühlen Platz genommen hatten.

König kratzte sich so heftig an der Hand, dass sich rote Striemen auf der Haut abzeichneten. »Du hast ja so recht, Tanne«, flüsterte er seufzend. »Bis vor einigen Jahren habe ich mich wegen vieler Dinge mit allem und jedem angelegt. Ich wollte Verbesserungen erreichen und die Scheinheiligkeit entzaubern, die zwischen diesen Betonmauern wie schlechter Mundgeruch herumwabert. Aber ich hatte einfach keine Chance gegen unsere Chef-Ideologen.

Diese verbissenen Eiferer wollen die Realität nicht wahrhaben. Die leben im Elfenbeinturm ihrer Gleichmacher-Ideologie. Denen geht es doch nicht um solch profanen Dinge wie die Anschaffung dieser Automaten – die im Übrigen auf das einstimmige Votum des Schulelternbeirates hin aufgestellt wurden –, nein, diese verblendeten Weltverbesserer wollen immer noch über die Einheitsschule die Gesellschaft verändern.

Und das schon seit fast 50 Jahren – allerdings zum Glück bislang weitgehend erfolglos. Diese Ideologen arbeiten zwar weniger aggressiv, rücksichtslos und radikal an ihrem Projekt als es die RAF in den 70er-Jahren getan hat. Aber es steckt immer noch die gleiche intolerante Geisteshaltung dahinter.«

»Übertreibst du da nicht gerade ein wenig?«

»Nein, Tanne, und nochmals nein«, beharrte König. »Diese verbohrten Ideologen kämpfen heute natürlich nicht mehr mit Schusswaffen und Sprengstoff, um ihre Ziele zu verwirklichen. Nein, das sicherlich nicht. Aber ihr Ziel ist trotzdem dasselbe geblieben: die radikale Zerstörung des bewährten Systems.«

»Schulsystems.«

Der Psychologe nickte.

»Und wieso bist du dann noch hier, wenn dir das alles so granatenmäßig stinkt?«, konnte sich der Kriminalbeamte nicht verkneifen.

Bestimmt zehn Sekunden lang grinste König seinem alten Sportkameraden frech ins Gesicht. »Na, warum wohl, Tanne?«

»Ja, warum?«

Eckart König lehnte sich genüsslich in seinem Schreibtischstuhl zurück. Dann ließ er seinen Oberkörper nach vorn kippen und schob seinen Kopf so weit über den Tisch, dass Tannenberg das aufdringliche Pfefferminzodeur seines Atems roch.

»Für dich gilt doch, genauso wie für mich, die Schweigepflicht, oder?«, fragte er leise.

»Nur, wenn es sich bei deinen Informationen nicht um Dinge mit strafrechtlich relevanten Inhalten handelt.«

»Keine Sorge, Tanne, strafrechtlich sind die nicht relevant.«

»Dann beichte mir mal deine Untaten. Ich bin ganz Ohr.«

Der Schulpsychologe faltete die Hände wie zum Gebet und atmete erst einmal tief durch. Dann sagte er in einen Seufzer hinein: »Okay, von mir aus, dann offenbare ich dir hiermit als erstem Menschen meine intimsten Geheimnisse. Bist du dazu bereit?«

»Ja.«

»Gut. Also, ich bin immer noch an dieser verdammten Schule, weil ich mir zum Ziel gesetzt habe, sie von innen heraus zu vernichten.«

»Und wie willst du das anstellen?«, fragte Tannenberg, dem die Verblüffung deutlich ins Gesicht geschrieben stand.

»Als ich leider feststellen musste, dass ich auf dem offiziellen, direkten Weg nichts erreiche, bin ich, wie damals die

RAF-Mitglieder ja auch, in den Untergrund abgetaucht und arbeite seitdem subversiv.«

Nachdem König sich der Schockwirkung dessen versichert hatte, was er da gerade verkündet hatte, fuhr er fort: »Ich betreibe also keine offene Rebellion mehr, sondern habe mich seit Jahren als heimtückische Giftkapsel mitten im Herzen der Einheitsschulbewegung eingenistet – und zerstöre sie langsam von innen heraus. Ich bin quasi eine tickende Zeitbombe.«

»Was du mir da gerade erzählst ist ja wirklich unglaublich – und vor allem ist es hochinteressant. Mann, Eckart, was bist du nur für eine Granate. Das hätte ich dir nicht unbedingt zugetraut, muss ich ehrlich eingestehen«, sagte der Kriminalbeamte.

»Tja, manchmal täuscht man sich eben in seinen Mitmenschen«, meinte König trocken.

»Und wie sieht deine subversive Tätigkeit konkret aus?«

Der Schulpsychologe zog einen Bleistift aus einer Utensilienbox und betrachtete ihn wie eine wertvolle Reliquie. »Unter anderem arbeite ich an einem Geheimdossier, das dem Mythos der Gesamtschule ein für alle Mal …«, sagte er, stockte dann aber. Ohne jegliche Vorwarnung stach er plötzlich mit dem Bleistift auf das Emblem der Friedensschule ein, das den Deckel der vor ihm liegenden Schülerakte zierte und schrie: »… den Todesstoß versetzen wird!«

Tannenberg warf erschrocken den Oberkörper zurück. Doch gleich darauf entspannte er sich wieder. »Dieses Thema scheint dich ja ganz schön zu beschäftigen.«

»Natürlich tut es das«, erwiderte König. Er schob den Bleistift zurück in die rote Plastikröhre. »Was würdest du denn von einer Metzgerei halten, deren Mitarbeiter die eigene Wurst verschmähen und ihren Wurstbedarf in einer anderen Metzgerei decken?«

»Ähm, verstehe gerade nicht, worauf du hinaus willst«, stammelte der Kriminalbeamte irritiert von diesem extremen Gedankensprung. Dann dachte er an seine Stammmetzgerei, in der er immer für die gesamte Tannenberg-Familie die heiß geliebte Hausmacherwurst kaufte. »Das ist unvorstellbar.«

»Sehe ich auch so, Tanne«, freute sich sein Gegenüber. »Und was würdest du von der Qualität einer Schule halten, deren Lehrkräfte ihre eigenen Kinder nicht auf diese Schule schicken?«

»Nicht viel«, brach es spontan aus Tannenberg heraus.

»Auch das sehe ich genauso wie du. Aber hier an dieser Vorzeigeschule ist dies der Fall. Kein einziger Lehrer schickt sein Kind auf die Friedensschule. Und das schon seit vielen, vielen Jahren. Die wurden alle an einem Gymnasium angemeldet. Übrigens wird dieses Verhalten nicht etwa problematisiert, nein, das Thema wird einfach totgeschwiegen.«

Marieke und Tobias wurden von ihren Eltern ja auch nicht hier angemeldet, obwohl sie hier Lehrer sind, sagte der Leiter des K 1 zu sich selbst.

»Wobei man dieses Verhalten durchaus verstehen kann, denn ich würde meine Kinder auch nicht hierher schicken«, ergänzte der Schulpsychologe. »Warum denn auch? Kein Schüler wird entsprechend seiner Begabung gefördert. Die leistungsschwächeren, handwerklich begabten Schüler werden zum Beispiel mit gymnasialen Lehrbüchern und unnötigen Fremdsprachen gequält. Den leistungsstärkeren Schülern hingegen wird verboten, ihre Schulbücher mit nach Hause zu nehmen.«

»Was? Das glaube ich nicht.«

»Ist aber so.«

»Wieso denn das?«

»Na, damit sie abends und an den Wochenenden nicht zu Hause mit ihren Eltern oder Geschwistern lernen können. Das würde doch die viel beschworene Gleichheit der Bildungschancen unterminieren.«

Tannenberg wiegte amüsiert den Kopf hin und her. »Auf welche abstrusen Ideen solche verbohrten Ideologen kommen.«

»Das, liebe Tanne, nennt man moderne, zukunftsorientierte Pädagogik.« Eckart König befüllte zwei Gläser Mineralwasser und schob eines davon hinüber zu seinem ehemaligen Handballkameraden.

»Nebenbei bemerkt ist das Bildungsniveau dieser Schule schon so weit abgesunken, dass es nur noch zwischen dem Erlernen des Schälens einer Banane und dem Abziehen eines Joghurtdeckels oszilliert«, legte König nach.

»Ach, jetzt weiß ich auch endlich, weshalb in diesem Zimmer Fotos von Bananen an der Wand hängen«, grinste Tannenberg.

»Reine Symbolik«, lachte der Psychologe. »Genau wie die Gurken- und die Pilzfotos.«

»Stimmt, die hängen da ja auch«, bestätigte Tannenberg, dem diese Motive eben erst aufgefallen waren.

»Reine Symbolik«, wiederholte König. »Jede Gurke steht für einen der Chefideologen. Wobei man fairerweise erwähnen muss, dass viele der normalen Lehrer ernsthaft versuchen, einen guten, engagierten Job zu machen. Die können einem eigentlich leidtun. Sie sind ja auch nur Opfer dieser unfähigen Bildungsbürokraten, die in ihren Ministerien einen Unsinn nach dem anderen verzapfen.«

Tannenberg brummte.

Der Psychologe wies durch die geschlossene Zimmertür in Richtung der Glaskuppel, die den Innenhof der Schule überdachte. »Da oben im gleißenden Licht der modernen

Pädagogik schwirren sie herum, diese selbst ernannten Friedenstäubchen und werfen giftgetränkte Wattebäuschchen auf die armen Lehrerkollegen, die tagtäglich an der Front unter Extrembedingungen kämpfen müssen.«

»Du ziehst aber gewaltig vom Leder.«

»Es hat sich in diesen vielen Jahren auch einiges in mir aufgestaut, das kann ich dir flüstern. Übrigens treffen diese giftigen Wattebällchen nicht selten auf engagierte Kolleginnen, die das Gift dann so in sich aufsaugen, dass es zu wüsten Stutenbeißereien zwischen den Friedensfreundinnen kommt.«

Tannenberg spitzte die Ohren. »Zwischen wem zum Beispiel?«, wollte er wissen.

»Zum Beispiel zwischen Irene Graupeter und der Busch.«

»Erzähl mal.«

»Na ja, die bekriegen sich schon seit vielen Jahren. Stuten-Dauerbeißen könnte man es nennen.« Der Schulpsychologe kicherte wie eine pubertierende Schülerin. »Erst ging es ewige Zeit um die Gunst des schönsten Hengstes im Stall.«

»Wer ist das?«

»Clemens Ruby.«

»Was, der ist euer Deckhengst hier?«

»Für manche Stute schon.«

Wolfram Tannenberg grunzte amüsiert. »Und worum ging es danach?«

»Danach kämpften Irene und die Busch gegeneinander um das beste Futter im Stall, will sagen, um die Stelle der Konrektorin.«

»Und wer von ihnen hat den besten Hengst bekommen?«, stieß Tannenberg noch einmal ins selbe Horn.

»Keine«, gab König zurück. »Denn der gute Clemens treibt sich lieber auf anderen Koppeln herum.«

»Und wo, wenn ich fragen darf?«

Eckart König formte mit seinen Händen eine Flüstertüte. »Ausgerechnet am Nonnenbunker.«

»Oha, welch ein heißes Pflaster«, versetzte der Kriminalbeamte in Erinnerung an seine eigene Schulzeit, in der er vor dem Institut der Franziskanerinnen des Öfteren von resoluten Nonnen weggescheucht worden war.

»Das stimmt.« Eckart König trank einen großen Schluck Wasser. Anschließend wischte er sich mit dem Handrücken die Nässe aus den Mundwinkeln. »Tanne, ich bin übrigens mit meiner Beichte noch nicht fertig.«

»Na, dann mal zu.«

»Ich schreibe zum Beispiel anonyme Leserbriefe und schicke sie an alle möglichen Zeitungen, auch an überregionale. Außerdem hänge ich im Schulhaus wichtige Aushänge ab, verändere sie, schüre Intrigen, denunziere, streue Gerüchte und Verdächtigungen.«

»Wow, du bist ja ganz schön umtriebig, mein lieber Eckart«, sagte Tannenberg und tadelte ihn scherzhaft mit seinem Zeigefinger. »Man könnte dich regelrecht als Friedensschul-Torpedo bezeichnen.«

»Danke für die Blumen.«

»Sag mal, so ganz unter uns: Wenn du ein Geheimdossier und anonyme Leserbriefe schreibst, dann steckst du doch bestimmt auch hinter diesem komischen Stück, an dem die Theatergruppe wie auf einem vergifteten Köder herumkaut.«

»Nie würde ich so etwas Verwerfliches tun, Tanne, das musst du mir glauben«, behauptete König.

Wolfram Tannenberg forschte einige Sekunden lang im Gesicht des Psychologen nach einer verräterischen Reaktion, aber er entdeckte nicht einen winzigen Hinweis. »Hast *du* mir vielleicht heute Morgen dieses Gedicht geschickt?«

»Welches Gedicht?«, fragte sein Gegenüber mit verwunderter Miene.

»Es trägt den Titel ›Hymne auf die Gesamtschule‹.«

Eckart König schob die Brauen zusammen. »Eine Hymne – ausgerechnet von mir?« Er schüttelte den Kopf. »Also nee.«

Plötzlich schnellte König wie von einem Katapult geschossen von seinem Stuhl in die Höhe. »Komm her, ich zeig dir mal etwas anderes«, sagte er und ging zu einem der Pilzposter. »Die darunter stehenden Namen sind natürlich keine realen, sondern sie entspringen meiner blühenden Fantasie.«

»Habe ich bereits bemerkt, schließlich bin ich ein leidenschaftlicher Pilzsammler.«

»Dann lies mal vor.«

Der Kriminalbeamte begann mit dem linken Poster: »Mausgrauer Verwaltungsschwamm, lilafarbener Frauenschleimling, gemeiner Lustmorchel, unbeherrschter Röhrling, sockenloser Friedenskrempling.«

»Ich habe mir erlaubt, einigen der besonders von mir geschätzten Kollegen Namen von Speisepilzen zu verpassen«, erläuterte der Schulpsychologe. »Dieser kreative Akt trägt maßgeblich zu meiner alltäglichen Erheiterung bei. Und die ist aus psychohygienischen Gründen dringend erforderlich.«

Nun drehte König nacheinander die einzelnen Poster um. Auf die Rückseite hatte er Porträtfotos von Mitgliedern des Lehrerkollegiums aufgeklebt.

»Das ist ja der Trautmann«, grölte sein alter Sportkamerad, als er auf der Rückseite des ›sockenlosen Friedenskremplings‹ das Konterfei des Direktors erspähte.

Prustend vor Lachen schlug Tannenberg ein Kreuz über Königs Stirn: »Ego te absolvo«, stieß er aus. »Hiermit vergebe dir alle deine Sünden, mein Sohn.«

10

Rosa hatte die frühen Abendstunden im Garten verbracht, faul in der Sonne gelegen und vor sich hingedöst. Doch jetzt, wo sich die wärmende Sonne gemächlich hinter die sanften Bergrücken des Pfälzer Waldes zurückzog, kühlte die Luft merklich ab. Mit anderen Wort: Es wurde ungemütlich.

Und das mochte Rosa nun überhaupt nicht. Sie liebte die Behaglichkeit. Außerdem wurde es allmählich Zeit für einen kleinen Imbiss, denn mit einem nagenden Hungergefühl im Bauch konnte sie nicht einschlafen. Auch wenn das Federbett ihres Frauchens noch so weich und kuschelig war.

Sie rekelte sich ein letztes Mal. Dann richtete sie ihren Körper auf, machte einen Katzenbuckel und schlich wie eine Grazie los. Obwohl sie ein paar Kilo zu viel mit sich herumschleppte und ihr pralles Bäuchlein fast den Boden berührte, wusste sie sich doch immer noch betont geschmeidig und würdevoll zu bewegen. Das war sie sich und ihrem Frauchen auch schuldig, schließlich trug sie einen berühmten Namen.

»So, mein süßer kleiner Stubentiger, hiermit taufe ich dich auf den Namen Rosa«, hatte das Frauchen zu ihr gesagt, als sie noch ganz klein war. »Du sollst von Rosa Luxemburg den Vornamen erhalten. Denn sie ist die Frau, die ich verehre, wie sonst niemanden auf der Welt. Rosa Luxemburg war eine engagierte Pazifistin. Und du mein kleiner Schatz sollst mich immer an sie erinnern.«

Frauchen war stets lieb zu ihr gewesen und verwöhnte sie nach Strich und Faden, wie die Menschen zu sagen pflegten. Nur einmal hatte sie mit ihr geschimpft, nur ein einziges Mal. Dabei hatte Rosa für das Malheur doch gar nichts gekonnt. Sie hatte einfach zu viel von den Sushi-Häppchen gegessen, mit denen sie gefüttert worden war. Urplötzlich war der Druck in ihrem Magen so übermächtig geworden, dass sie sich hatte erbrechen müssen – mitten auf den wertvollen Wohnzimmerteppich.

»Du blöde dicke Rosa«, hatte ihr Frauchen damals geschrien.

Doch schon kurz darauf hatte sie sich bei Rosa für ihren verbalen Amoklauf entschuldigt. Ihrem Frauchen war nämlich sehr schnell klar geworden, dass sie sich nicht nur im Ton vergriffen hatte, sondern auch der Inhalt ihrer Beschimpfung völlig daneben gewesen war.

Wie in Zeitlupe setzte Rosa Samtpfötchen vor Samtpfötchen auf die noch angewärmten Waschbetonplatten. Als sie an der Terrassentür eintraf, war diese verschlossen. Sie blickte ins Wohnzimmer und sah ihr Frauchen, das gedankenversunken vor seinem Laptop saß und auf den Monitor starrte.

Rosa drückte ihren Körper an die Glasscheibe und begann zu maunzen, erst leise, dann immer lauter.

»Ach Gott, mein kleines Schätzchen steht vor der Tür und kann nicht herein«, reagierte Frauchen nun endlich. Wie ein Springteufelchen schnellte sie in die Höhe und eilte zur Terrassentür. »Entschuldige bitte, dass ich dich nicht gleich gehört habe. Aber ich schreibe gerade an einem Vortrag.«

Ein selbstzufriedenes Lächeln umspielte ihre bleichen Lippen. »Na ja, schreiben ist vielleicht zu viel gesagt. Ich ziehe den Text eigentlich nur aus einem alten Vorlesungsmanuskript. Ist zwar nicht viel Arbeit, aber Frauchen muss sich dabei doch ein wenig konzentrieren.«

Claudia Ratz-Zapp beugte sich hinunter und kraulte Rosa das Rückenfell, wofür sich das rot-weiß-getigerte Kätzchen mit einem wohligen Schnurren bedankte. »Weißt du, mein Schätzchen, das sind schnell und leicht verdiente Euro. Und Geld kann man immer gut gebrauchen.« Die Pädagogik-Professorin klappte ihren Laptop zu und erhob sich. »So, und jetzt mache ich eine Pause und serviere dir dein Abendessen«, verkündete sie und trottete zur Küche.

Miauend heftete sich Rosa an ihre Fersen.

»Heute habe ich etwas ganz, ganz Feines für dich eingekauft«, versprach ihr Frauchen: »Premium-Thunfisch-Häppchen. Die mag mein Schätzchen doch so gerne, nicht wahr, mein süßes kleines Tigerchen?«

Als Rosas Futterlieferantin die Dose öffnete, läutete es an der Haustür.

»Moment«, rief Claudia Ratz-Zapp in Richtung der Tür, »ich komme sofort.« Hektisch kratzte sie das Gourmet-Katzenfutter aus der Dose, lud es auf ein goldenes Tellerchen und stellte es auf den Boden.

Rosa leckte sich das Maul und stürzte sich auf die leckeren Thunfisch-Häppchen.

»Du? Mit dir hätte ich jetzt aber wirklich nicht gerechnet«, hörte sie die verwundert klingende Stimme ihres Frauchens.

Kurz darauf drangen vom Flur her merkwürdig klingende, gurgelnde Laute an Rosas Ohren, die sie noch niemals zuvor aus dem Munde ihres fürsorglichen Frauchens vernommen hatte.

Hastig schlang Rosa den Rest des delikaten Festmahls in sich hinein. Dann schlich sie hinaus in den schmalen Korridor. Ihr Frauchen lag am Boden und starrte mit weit aufgerissenen Augen entsetzt nach oben.

»Warum?«, röchelte Claudia Ratz-Zapp.

Fauchend schlich Rosa zu ihr hin. Plötzlich spürte sie einen Fußtritt in ihrer Seite. Gleich darauf knallte sie mit dem Rücken gegen einen Heizkörper. Reflexartig überprüfte sie ihren Körper auf Blessuren, aber zum Glück hatte sie diese feindselige Attacke unbeschadet überstanden.

Ganz im Gegensatz zu ihrem Frauchen, das nun völlig reglos am Boden lag. In der Brust steckte ein Messer und aus dem Mund tropfte hellrotes Blut auf die teuren Marmorfliesen.

Und von wem bekomme ich nun in Zukunft meine Premium-Thunfisch-Häppchen?, fragte sich Rosa und stimmte ein lautes Wehklagen an.

Dr. Rainer Schönthaler arbeitete bis gegen 18 Uhr in den Katakomben des Westpfalz-Klinikums. Anschließend war er reif für einen ausgedehnten Spaziergang an der frischen Luft. Er setzte sich in seinen laubfroschgrünen 2 CV und knatterte zum Waldparkplatz an der Espensteig. Von dort aus folgte er der Wandermarkierung, die ihn am Dansenberg vorbei zur Hohenecker Burg führte.

Als er ein paar Minuten nach 20 Uhr zum Parkplatz zurückkehrte, fühlte er sich schon wieder bedeutend besser. Während er die Oldtimer-Ente per Knopfdruck startete, klingelte sein Handy. Es war die Zentrale, die ihn zu einem Leichenfund im Uni-Wohngebiet beorderte.

Der Rechtsmediziner legte noch schnell eine Deep-Purple-CD ein, drehte die Lautstärke auf und fuhr danach sofort los. Da die Ludwig-Erhard-Straße nur wenige Kilometer von der Espensteig entfernt lag, traf der Rechtsmediziner bereits kurz nach der Kriminalpolizei am Leichenfundort ein.

Zwei in weiße Plastikoveralls gehüllte Kriminaltechniker inspizierten die massive Eingangstür des Einfamilienhauses und versperrten mit ihren Gerätschaften den Zugang. Deshalb wurde Dr. Schönthaler von einem Streifenbeamten um das Haus herum zur Terrassentür geleitet.

»Wer hat die Tote entdeckt?«, vernahm er die barsche Stimme seines besten Freundes aus dem Inneren des Hauses.

»Eine junge Frau«, antwortete ein uniformierter Polizist. »Sie sitzt in der Küche.«

»Kümmerst du dich bitte um sie?«, sagte Tannenberg zu Sabrina Schauß.

»Einen wunderschönen guten Abend, mein liebes Wölfchen«, flötete der Pathologe. »Hast du eigentlich schon den Spruch des Tages vernommen?« Als sein Freund nicht reagierte, sondern mit gequälter Miene die Augen verdrehte, schob er nach:

»Gestern, heute – ach wie gleich,
jeden Tag ’ne Frauenleich.«

»Spar dir deine blöden Sprüche und komm mit«, blaffte der Leiter des K 1.

Als sich Dr. Schönthaler neben der toten Frau niederkniete, tauchte eine Katze hinter dem Vorhang eines Schuhschränkchens auf. Maunzend kam der Stubentiger zu ihm und schmiegte sich an ihn.

»Na, wer bist denn du?«, fragte er mit freundlicher Stimme und kraulte das Tier am Kopf. »Hast du diese Sauerei hier etwa mitansehen müssen?«

»Wirklich jammerschade, dass du nicht sprechen kannst«, sagte Mertel und hob die rötliche Katze in die Höhe. »Auch wenn der Doc für solche profanen Dinge kein Verständnis hat, musst du nun leider die Kurve kratzen, mein Schätzchen. Du kannst hier nämlich nicht mehr rumlaufen. Sonst zerstörst du uns womöglich wichtige Täterspuren.«

Als der Kriminaltechniker die Kellertür öffnete, um die Katze einzusperren, bedachte er den Kommissariatsleiter mit einem verächtlichen Blick. »Das erledigt schon zur Genüge dieses alte Trampeltier mit seinen Riesenfüßen.«

»Schon gut, schon gut«, entgegnete der Leiter des K 1 und verzog sich in die Küche.

Eine junge, braunhaarige Frau Mitte 20 kauerte auf einem der Holzstühle. Ihr Gesicht war bleich und eingefallen, Lidstrich und Wimperntusche waren verlaufen. Die schwarzen Striemen, die sich auf den Wangen abzeichneten, erinnerten an eine Kriegsbemalung.

»Das hier ist Frau Julia Schneiderlein«, erklärte Sabrina. »Sie ist Studentin und wollte ihrer Professorin einen von ihr geschriebenen Text in den Briefkasten werfen.«

»Eine Rezension«, erläuterte die Studentin.

»Und dabei hat sie durch die Glasscheibe neben der Tür geschaut und die Tote entdeckt.«

»Guten Tag, Frau Schneider.«

»Schneiderlein«, korrigierte Sabrina.

»Entschuldigung, Frau Schneiderlein. Eine Rezension worüber?«, fragte Tannenberg, um die Frau ein wenig auf andere Gedanken zu bringen.

»Über ein vor Kurzem erschienenes Fachbuch. Das müssen wir alle machen.«

»Müssen?«

Die Studentin schaute ihn mit tränennassen Augen an. »Ja, Frau Ratz-Zapp hat das immer so gehandhabt in ihren Seminaren. Das Erstellen einer Rezension gehört zu den Voraussetzungen, um bei ihr überhaupt einen Schein machen zu können.«

»Und was hat sie dann mit diesen Rezensionen gemacht?«

»Sie unter ihrem Namen veröffentlicht.« Julia schniefte. »Und wir haben dafür keinen einzigen Cent erhalten«, beschwerte sie sich. »Das war so ungerecht. Denn das Schreiben einer Rezension ist eine Heidenarbeit.«

»Das kann ich mir vorstellen«, nickte Tannenberg.

Eine wirklich lobenswerte soziale Einstellung, werte Frau Professor, spottete er in Gedanken. So gebärdet sie sich eben, die geistige Elite unseres Volkes, wenn's um die liebe gute Kohle geht. Da wird die Gutmenschenseele schnell einmal in die Abstellkammer gelegt und in den Schatzkammern der goldenen Tempel alles zusammengerafft, was man nur kriegen kann.

»Bei der Toten handelt es sich zweifelsfrei um die Pädagogik-Professorin Claudia Ratz-Zapp?«, fragte er, um sich gedanklich dieses leidigen Themas zu entledigen.

Julia nickte mit zusammengekniffenem Mund.

»Um wie viel Uhr haben Sie die Tote entdeckt?«

»Kurz vor acht«, kam es gepresst über die farblosen Lippen der Studentin. »Kann ich jetzt bitte nach Hause gehen? Ich bin total fertig mit den Nerven.«

»Dafür habe ich natürlich Verständnis, liebe Frau Schneiderlein«, sagte Tannenberg. »Aber bitte gedulden Sie sich noch ein paar Minuten. Meine Kollegin hat garantiert noch ein paar Fragen an Sie. Anschließend fährt sie Sie nach Hause.«

Tannenberg trat hinaus in den Flur, wo Dr. Schönthaler gerade die Stichwunde der Toten inspizierte.

Als er seinen Freund im Augenwinkel auftauchen sah, verkündete er lauthals: »Message an KHK Wolfram Tannenberg. Todesursache: Stich ins Herz. Tatwerkzeug: Stilett. Todeszeitpunkt: etwa 19 Uhr.«

»So mag ich es, Herr Rechtsmediziner: kurz, bündig und vor allem weithin hörbar«, lobte der Kriminalbeamte.

Um sich einen Eindruck von den Lebensverhältnissen der ermordeten Professorin zu machen, wanderte er im Erdgeschoss umher.

Das Einfamilienhaus war ebenso teuer wie geschmackvoll eingerichtet. Im Wohnzimmer zierten großformatige Exponate moderner Kunst die Wände, in großen, hell erleuchteten Glasvitrinen waren abstrakte Steinskulpturen zur Schau gestellt und die Parkettfußböden hatte die augenscheinlich recht wohlhabende Hausherrin mit wertvollen Perserteppichen ausgelegt. Gegenüber einer teuren Ledercouch-Gruppe stand neben einer Bose-Stereoanlage ein riesiger Flachbild-Fernseher.

Einen exquisiten Geschmack hatte die Dame. Das muss ihr der Sozialneid schon lassen, sagte Tannenberg zu sich selbst, als er das Wohnzimmer verließ und den nächsten Raum ansteuerte.

In Claudia Ratz-Zapps Arbeitszimmer setzte er sich an den Schreibtisch und warf einen Blick durch das vorhanglose Fenster hinaus in den als ausgesprochen gepflegt zu bezeichnenden Garten.

Eine richtige Idylle, dachte er. Hier lässt sich in aller Ruhe wissenschaftlich arbeiten. Womit beschäftigt man sich denn eigentlich als Pädagogik-Professorin?, fragte er sich.

Im Prinzip ist so ein Lehrstuhl doch total überflüssig. Das Erziehen von Kindern kann man eh nicht an einer Universität erlernen. Es sei denn, solche tollen Mütter wie zum Beispiel meine wären dort Dozentinnen.

Diese Uni-Professoren sind doch allesamt blutleere Theoretiker und lebensweltferne Labersäcke. Wie hat mal einer in einer Podiumsdiskussion auf die Forderung hin geantwortet, man solle endlich einmal offen und ehrlich über die *Praxis* der Gesamtschulen diskutieren?

›Mich interessiert nicht die Praxis, mich interessiert nur die Theorie‹, hatte dieser arrogante Lehrstuhlinhaber doch tatsächlich verkündet.

So eine aufgeblasene Dumpfbacke! Nicht die geringste Ahnung von der schulischen Realität, aber große Töne spucken – und den Praktikern Vorschriften machen. Am Schreibtisch angebliche Innovationsprojekte entwerfen und sie der wehrlosen pädagogischen Praxis überstülpen. Damit verunsichert und diskreditiert man doch nur die Lehrer und Erzieher, die an der pädagogischen Front tagtäglich harte Arbeit verrichten müssen.

Tannenberg stöberte in den Büchern herum, die auf dem Schreibtisch übereinander lagerten. Er entdeckte darunter gleich mehrere von Claudia Ratz-Zapp verfasste fachwissenschaftliche Werke. Die Titel erinnerten ihn spontan an die späten 70er-Jahre, in denen es häufig zu Diskussionen mit seinem Bruder gekommen war.

Heiner hatte damals ein Lehramtsstudium in Marburg absolviert und seine Familie regelmäßig mit den aktuellen Schlagwörtern der in dieser wilden Zeit angesagten revolutionären Pädagogikkonzepte bombardiert: Kinderläden, Kibbuzerziehung, Teamteaching, Summerhill, Alternativschulen, Friedenserziehung, Abschaffung von Noten und Stundenrastern und so weiter und so fort.

Im Arbeitszimmer der Professorin schien seitdem die Zeit stehen geblieben zu sein. Die Literatur, welche er in der reichlich bestückten Bibliothek zu Gesicht bekam, ähnelte inhaltlich stark derjenigen, die bei Heiner und Betty im Regal zu finden war. Doch im Gegensatz zu hier waren diese Exponate verstaubt und fristeten seit Jahrzehnten ein unbeachtetes Dasein.

Auf einem Beistelltischchen unter dem Lichtschalter entdeckte Wolfram Tannenberg einen Stapel Zeitschriften.

»›Lebendige Gesamtschule‹«, las er murmelnd vor. Er nahm das oberste Heft und schlug es auf. »›Herausgegeben von der Fördergemeinschaft Gesamtschule, Bezirksverband Rheinland-Pfalz/Saarland, Landesvorsitzende Claudia Ratz-Zapp‹. – Ach, das ist ja interessant.«

Seine Augen leuchteten auf, er fasste sich ans Kinn und knetete es kräftig. »Und das hier ist ja noch interessanter«, freute er sich. »›Mitglieder des Landesvorstandes: Dagmar Anung-Loos, Clemens Ruby, Mechthild Busch, Chris Trautmann‹.« Er schnipste mit den Fingern. »Dann kennt die Ratz-Zapp also definitiv alle Friedensschul-Ideologen.«

Er wurde von einer Inspiration heimgesucht, die er sofort in die Tat umsetzte. Zuerst begab er sich zurück in die Küche, wo Julia Schneiderlein inzwischen einen etwas gefassteren Eindruck auf ihn machte. Er vergatterte sie zu striktem Stillschweigen über ihren Leichenfund. Sie versprach es ihm hoch und heilig und wurde anschließend von Sabrina nach Hause gefahren.

Dann trommelte der Leiter der Kaiserslauterer Mordkommission alle vor Ort befindlichen Polizeibeamten und den Rechtsmediziner im Wohnzimmer zusammen und ermahnte sie ebenfalls zu absoluter Diskretion.

»Aus ermittlungstaktischen Gründen muss dieser Mord so lange wie möglich geheim gehalten werden«, begründete er seine Anordnung. »Offiziell ist die Professorin durch einen Haushaltsunfall zu Tode gekommen. Falls jemand von den Pressegeiern trotzdem davon erfährt und nachbohren sollte: offizielle Todesursache: Genickbruch durch unglücklichen Sturz beim Fensterputzen.«

»Und warum dieses ganze Kasperletheater?«, fragte Dr. Schönthaler, als die beiden Freunde unter sich waren.

»Ganz einfach, Rainer: Ich möchte nicht, dass irgendjemand an der Friedensschule oder am Friedenspädagogischen

Institut schon jetzt etwas von diesem Mord erfährt. So als sei nichts passiert, werde ich mich morgen früh wieder an die Schule begeben und intensiv beobachten, wie sich diese selbst ernannten Friedenstäubchen verhalten.«

»Du glaubst also, es existiert ein unmittelbarer Zusammenhang zwischen den beiden Mordfällen?«, fragte Dr. Schönthaler eher pro forma, denn als leidenschaftlicher Hobby-Kriminalist hatte er diese Verbindung bereits hergestellt, als er das Fachgebiet der ermordeten Professorin erfahren hatte.

Wolfram Tannenberg nagte nervös an seinen Lippen herum. »Ja, so sicher wie das Amen in der Friedenskirche sehe ich diesen Zusammenhang«, behauptete er. »Ich kann mir nur noch keinen richtigen Reim darauf machen.«

Er reckte seinen Arm in Richtung der geöffneten Verandatür. »Den Schlüssel zu den Mordfällen kann ich nur dort oben auf dem großen Letzberg im Friedenspädagogischen Institut oder auf der Sickinger Höhe in der Friedensschule finden. Das hab ich im Urin.«

»Oh je, du und deine Ausscheidungen. Welch ein unergründliches Mysterium. Sag mal, was machen denn eigentlich deine Prostata-Probleme?«

Als der Leiter des K 1 am Abend dieses ereignisreichen Spätsommertages in die Beethovenstraße zurückkehrte, erwarteten ihn Hanne, seine Eltern und natürlich der allgegenwärtige Familienhund Kurt im noch immer angenehm temperierten Innenhof. Margot schenkte ihrem Sohn ein Kristallweizen ein und steckte eine Zitronenscheibe auf den wulstigen Gläserrand. Das flackernde Kerzenlicht schaffte eine heimelige Atmosphäre.

Jacob wollte natürlich umgehend brandheiße Informationen einholen, doch sein jüngster Sohn gab ihm sehr bestimmt zu verstehen, dass er erstens nichts Neues zu berichten habe und dass er zweitens heute Abend keinen einzigen Ton mehr zu diesem Thema sagen werde.

Daraufhin verzog sich der Senior schmollend ins Wohnzimmer an den Fernseher. Margot folgte ihm schon bald. Johanna von Hoheneck nahm Tannenbergs Hand und streichelte sie zärtlich. Während die beiden die gemütliche Atmosphäre genossen, wanderten verliebte Blicke zwischen ihnen hin und her.

Ich bin ja so was von froh, dass ich bei meinem Stressjob diese wunderbare Rückzugsmöglichkeit habe, dachte der Kriminalbeamte. Auch wenn Vater und Mutter mir ab und an ganz schön auf die Nerven gehen.

»Hanne, ich bin sehr, sehr glücklich mit dir«, säuselte Tannenberg seiner Freundin ins Ohr. »Und unendlich dankbar, dass du es mit solch einem schrecklichen Kerl wie mir überhaupt aushältst«, schob er nach und gab ihr einen zärtlichen Kuss.

»Ganz so schlimm ist es nun auch wieder nicht«, antwortete Johanna mit einem strahlenden Lächeln, das zwei kleine Grübchen auf ihre Wangen zauberte. Sie kuschelte sich noch näher an ihn. »Ich freue mich sogar mordsmäßig darauf, mit dir alt zu werden.«

Im gegenüberliegenden Haus wurde plötzlich ein Fenster aufgerissen. »Wolf, ich hab's«, rief Heiner aufgeregt hinunter in den Hof.

»Was, was hast du?«, stammelte Tannenberg nach einer Schrecksekunde.

Doch anstatt seinem Bruder Antwort zu geben, schlug Heiner das Fenster mit einem satten Geräusch zurück in den Rahmen. Kurz darauf stand er im Hof und fuchtelte mit einem Blatt Papier vor Tannenbergs Nase herum.

»Wolf, ich hatte gerade eine Erleuchtung«, tönte er mit triumphalem Mienenspiel.

»Wurde ja auch Zeit, dass sich bei dir da oben endlich mal wieder etwas tut«, scherzte Tannenberg und tippte sich dabei mit dem Finger an die Stirn.

Als Heiner sich an den Gartentisch setzte, faltete er das Blatt zusammen. Er legte es vor sich hin und breitete beide Hände so darüber aus, als wolle er ein wertvolles Kleinod beschützen. »Mitten im stumpfsinnigen Fernsehglotzen ist mir gerade eingefallen, dass irgendein deutscher Schriftsteller einmal Streit mit dem Chefredakteur einer Zeitung hatte, für die er ab und an Artikel geschrieben hat. Ich bin mir ziemlich sicher, dass es sich dabei entweder um Kästner, Ringelnatz oder Tucholsky gehandelt hat.« Der Deutschlehrer strich sich über sein Kinn.

»Leider kann ich nicht mit Bestimmtheit sagen, wer von ihnen es tatsächlich war. Na ja, egal«, sagte Heiner und winkte ab. »Jedenfalls ging es bei diesem Streit, wie fast immer im Leben, um das liebe Geld. Der Chefredakteur hatte sich angeblich nicht an irgendwelche finanziellen Absprachen gehalten.«

»Heiner«, zog Tannenberg den Namen seines Bruders in die Länge, »komm bitte zur Sache. Du bist hier nicht vor deinem Deutsch-Leistungskurs. Ich bin hundemüde und muss ins Bett.« Demonstrativ gähnte er. Nur aus Rücksicht auf Johanna hielt er sich dabei eine Hand vor den sperrangelweit geöffneten Mund.

»Dieser Chefredakteur hat damals einfach nicht klein beigegeben«, ließ sich Heiner nicht aus dem Konzept bringen, »woraufhin sich der finanziell ausgebeutete Schriftsteller auf seine Art gerächt hat.« Um dem nun Folgenden größere Bedeutung zu verleihen, setzte er eine Pause.

»Und wie hat er sich gerächt, du alte Nervensäge?«, fragte sein Bruder wie erwünscht nach.

»Er hat ein Gedicht geschrieben und es bei dem Chefredakteur eingereicht – und der hat es doch tatsächlich in seiner Zeitung abgedruckt.«

»Na und? Wieso nicht? Davon träumst du doch auch immer.«

»Einige meiner Gedichte wurden bereits in einer Zeitung veröffentlicht, falls dir dies entgangen sein sollte«, konterte Heiner.

»Ja, in der *PALZ*«, höhnte Tannenberg, »zusammen mit den Werken anderer einheimischer Schrebergarten-Poeten.« Er faltete die Hände zu einer flehenden Geste. »Bitte, Heiner, komm jetzt endlich zur Sache.«

»Also gut, Wolf. Dann zurück zu meinen berühmten Schriftstellerkollegen. Wisst ihr, was der betrogene Schriftsteller getan hat, um sich an diesem Chefredakteur zu rächen?«, stellte der Deutschlehrer eine rhetorische Frage, die er sogleich selbst beantwortete: »Dieser geniale Künstler hat sein Gedicht so konstruiert, dass die Anfangsbuchstaben jeder Zeile, wenn man sie von oben nach unten gelesen hat, einen sinnvollen Satz ergaben. Und wisst ihr, welchen?«

»Nee, wie denn auch.«

Heiner klopfte sich feixend auf die Oberschenkel. »Zuerst konnte man den Namen des Chefredakteurs lesen, den ich leider nicht mehr weiß. Nennen wir ihn einfach mal ›Meier‹. Und darunter stand: ›ist ein elender Drecksack‹. Also zusammen: ›Meier ist ein elender Drecksack‹. Zigtausendmal wurde dieses Schmähgedicht abgedruckt. Und das auch noch ausgerechnet in dem Blatt, in dem der Verunglimpfte Chefredakteur war. Ist das nicht klasse?«

»Welch ein genialer Schabernack«, lachte Hanne.

»Das ist ja alles gut und schön, geliebtes Bruderherz, aber worauf willst du denn eigentlich hinaus?«

Wortlos klappte Heiner das DIN-A4-Blatt auseinander und schob es hinüber zu Tannenberg.

»Woher hast du das Gedicht?«, zischte der Kriminalbeamte wie eine aggressive Klapperschlange.

»Na, woher wohl?«, grinste Heiner, während er mit dem ausgestreckten Arm zur Rückfront seines Elternhauses wies. »Unser Sherlock Holmes hat den Brief selbstverständlich kopiert, bevor er ihn dir ausgehändigt hat.«

»So ein hinterhältiger Gauner«, fluchte Tannenberg. Er schnaubte verächtlich und blickte auf das Blatt Papier.

Er konnte kaum glauben, was er da las, wenn er die mit einem roten Kreis umrandeten Anfangsbuchstaben des Gedichtes, das den Titel ›Hymne auf die Gesamtschule‹ trug, aneinanderreihte:

Hymne auf die Gesamtschule

Schulexperten
Transportieren
Optimale
Professionelle
Pädagogik
Tagtäglich
Direkt
In
Echtzeit
Erzeugen
Integration
Nachhaltigkeit
Humanität
Entlarven
Intoleranz
Trichterlernen

Schaffen
Spaß
Chancengleichheit
Handlungsorientierung
Umdenken
Lernfreude
Eigenverantwortung

»Das gibt's ja gar nicht!«, stieß der Kriminalbeamte erheitert aus.

»Stoppt die Einheitsschule«, sagte Johanna von Hoheneck, die mitgelesen hatte. »Na, das kann man wohl nicht unbedingt als Hymne bezeichnen.«

»Nee, Hanne, wirklich nicht«, stimmte ihr Lebensgefährte lachend zu. »Dann ergibt dieses Gedicht plötzlich einen ganz anderen Sinn. Dieser extrem einheitsschulkritische Tenor passt haargenau zu dem Theaterstück, das ihr gerade probt. Womöglich wurden beide Texte von ein und demselben Autor verfasst.«

»Ja, das könnte durchaus sein«, pflichtete sein Bruder nickend bei.

Tannenberg fasste ihn scharf ins Auge. »Sag mal, Heiner, bist du eigentlich sicher, dass *du* nicht hinter diesen literarischen Werken steckst?«

11

In der ersten Stunde seiner zweiten, abermals als ›Schul-Hospitation‹ getarnten Bespitzelungsaktion schlich Tannenberg wie ein altgedienter Stasi-Mitarbeiter durch die Flure der Friedensschule. Dabei spähte er nach auffälligen Verhaltensweisen der Lehrkräfte und versuchte, interessante Gesprächsinhalte aufzuschnappen. Dazwischen zog er sich immer mal wieder in seinen Hospitationsstützpunkt zurück, um in aller Ruhe Zeitung zu lesen, zu telefonieren oder um sich über das leckere Frühstück herzumachen, das ihm seine Mutter eingepackt hatte.

Doch nur ein einziges Mal hatte er das Gefühl, möglicherweise ein konspiratives Treffen gesprengt zu haben. Als er, ohne anzuklopfen, in Mechthild Buschs Büro hereinschneite, verstummte schlagartig das Gespräch zwischen Clemens Ruby und der Konrektorin. Dem aufmerksamen Kriminalbeamten entging jedoch nicht, dass Buschs Gesicht rot anlief und Ruby ausgesprochen nervös wirkte.

Ob die beiden vielleicht doch auf irgendeinem dunklen Wege Kenntnis vom Tod der Pädagogik-Professorin erlangt hatten, konnte er natürlich nicht wissen. Und danach fragen konnte er sie logischerweise auch nicht. Ansonsten hatte er zu keinem Zeitpunkt den Eindruck, dass irgendein Mitglied des Lehrerkollegiums inzwischen von Ratz-Zapps Tod erfahren hatte.

Nach der zweiten großen Pause, die er mit gespitzten Ohren im Lehrerzimmer verbracht hatte, zog er sich abermals in seinen Stützpunkt zurück und erkundigte sich telefonisch bei seinen Kollegen nach den aktuellen Ermittlungsfortschritten.

Nach den ersten Erkenntnissen der Spurensicherung wurden weder an der Haustür noch an der Terrassentür der ermordeten Professorin irgendwelche Einbruchsspuren gefunden. Somit musste zum gegenwärtigen Zeitpunkt davon ausgegangen werden, dass Claudia Ratz-Zapp ihrem Mörder entweder selbst eine der beiden Türen geöffnet hatte, oder aber der Täter hatte das Haus durch die offene Verandatür betreten und unter Umständen auf diesem Wege den Tatort auch wieder verlassen. Fußspuren konnten bislang keine entdeckt werden. Karl Mertel führte dies vor allem auf die mit Waschbetonplatten ausgelegten Wege und Treppen zurück.

Bei der sichergestellten Tatwaffe handelte es sich um ein handelsübliches Stilett mit einer 15 Zentimeter langen, schmalen und beidseitig geschliffenen Edelstahlklinge mit Kunststoffgriff. Auf diesem konnten jedoch ebenfalls keinerlei Fingerspuren identifiziert werden, was den Schluss nahelegte, dass der Täter oder die Täterin aller Wahrscheinlichkeit nach Handschuhe getragen hatte. Die Obduktion ergab, dass der Täter sein Opfer mit einem einzigen gezielten Messerstich ins Herz getötet hatte.

Die Befragung der Nachbarschaft hatte bislang keine verwertbaren Hinweise erbracht. Die unmittelbar angrenzenden Grundstücke waren mit hohen Hecken eingefriedet, wodurch die Sicht auf das Areal der Professorin stark behindert wurde. Zudem führte ein direkt neben Ratz-Zapps Haus gelegener Fußweg in den angrenzenden Wald – ein idealer Fluchtweg für den Täter.

Tannenberg hatte gerade das Telefonat mit Sabrina Schauß beendet, als sich sein Handy bemerkbar machte. ›Sherlock Holmes ruft an‹, blinkte ihm entgegen. Ein spontaner Impuls wollte ihn dazu verleiten, den Anrufer wegzudrücken. Aber das konnte er seinem alten Herrn nun wirklich nicht antun.

»Wolfram, ich wollte dir nur kurz etwas ganz Wichtiges mitteilen«, erklang die tiefe Stimme seines biologischen Erzeugers.

»Was denn?«

»Der Braunbär ist doch nicht aus dem Siegelbacher Zoo ausgebrochen.«

»Na, siehst du. Mal wieder viel Rauch um nichts. Deine Tchibo-Kumpels wissen anscheinend auch nicht immer alles«, frotzelte Tannenberg.

»Doch«, kam es trotzig zurück, »die wissen *fast* alles. Zum Beispiel wissen sie, dass der Bär zwar nicht aus dem Siegelbacher Zoo, dafür aber aus dem Wildpark auf dem Betzenberg ausgebrochen ist. Da war er für ein paar Tage in einem Gehege untergebracht, angeblich in Quarantäne.«

»Hmh«, machte sein Sohn.

»Das ist doch viel schlimmer für dich, Wolfram!«, betonte der besorgte Rentner mit anschwellender Stimme. »Also kann es durchaus sein, dass der Bär um dieses Friedenspädagogische Institut herumstreift. Bist du eigentlich gerade dort?«

»Nein.«

»Gut. Aber pass ja auf dich auf, wenn du dorthin fährst.«

»Mach ich, mach ich.«

»Hast du deine Waffe dabei?«

Reflexartig betastete Tannenberg die Stelle, wo sich manchmal sein Pistolenhalfter befand. Manchmal, aber nicht heute, denn an eine Schule würde er niemals eine scharfe Waffe mitnehmen.

»Ja, natürlich«, flunkerte er, um seinen Vater zu beruhigen.

»Gott sei Dank«, seufzte Jacob und legte auf.

Der Kriminalbeamte ließ das Mobiltelefon in seinem blauen Leinensakko verschwinden. Mit einem Mal erinnerte er sich daran, dass er vorhin auf seiner Fahrt zur Friedensschule am Waldparkplatz an der Roten Hohl mindestens ein Dutzend Förster und Jäger gesehen hatte. Sie hatten um ihre protzigen Geländewagen herumgestanden und scheinbar eine Lagebesprechung abgehalten. Weil er darunter auch seinen Intimfeind Förster Kreilinger ausgemacht hatte, war er geschwind an der jagdlüsternen Meute vorbeigefahren.

Dann hat Vater ja vielleicht doch recht mit dieser irren Bärenstory, dachte er bei sich, verwarf aber umgehend den besorgniserregenden Gedanken. Das ist doch ausgemachter Quatsch, reine Hirngespinste von gelangweilten Rentnern. Die Jäger markieren bestimmt nur das Revier für eine stinknormale Treibjagd.

Im Büro des Schulpsychologen, aus dem er bislang nur gedämpfte Stimmen als dezentes Hintergrundgeräusch vernommen hatte, brandete urplötzlich tumultartiger Lärm auf, der von lautem Geschrei begleitet wurde.

Wolfram Tannenberg sprang auf und hastete eine Tür weiter zu Königs Dienstzimmer. Er riss die Tür auf und erspähte zwei etwa 15 Jahre alte Schüler, die sich gehörig in der Wolle hatten. Der größere der beiden hatte den anderen am Kragen gepackt und schüttelte ihn durch. Der andere trat nach den Beinen seines Kontrahenten.

Eckart König versuchte, sich dazwischenzudrängen und die Streithähne zu trennen. Aber die beiden Hitzköpfe waren derart in Rage, dass er kaum eine Chance hatte. Der kleinere der Jungen holte gerade aus, um seinem Gegner einen Fausthieb zu verpassen. Doch bevor er zuschlagen konnte, griff ihm Tannenberg geistesgegenwärtig von hinten in den Arm und zog diesen nach unten auf den Rücken. Der Junge stieß einen gellenden Schmerzschrei aus.

Während er den Schüler weiter im Polizeigriff festhielt, blökte der Kriminalbeamte wie ein wild gewordener Stier: »Seid ihr bescheuert oder was? Ihr seid hier nicht in einem Bootcamp, sondern an einer Schule.«

Mit der freien Hand zog er seinen Dienstausweis aus der Jacke und hielt ihn den Streithähnen unter die Nase.

»Wenn ihr jetzt nicht sofort spurt«, brüllte er weiter, »nehme ich euch beide mit und stecke euch zwei Tage gemeinsam in eine Arrestzelle. Dann könnt ihr euch gegenseitig die Köpfe einschlagen. Und wenn ihr euch ausgetobt habt, könnt ihr Pappnasen dann anschließend in aller Ruhe mal darüber nachdenken, ob das eine sinnvolle Art der Konfliktlösung ist.«

Mit betretenen Mienen senkten die Schüler ihre Köpfe und starrten Löcher in den Teppichboden.

»Seid ihr jetzt endlich wieder bei Sinnen?«, fragte Tannenberg noch immer in ausgesprochen barschem Ton.

Die Schüler nickten.

Wolfram Tannenberg ließ den Jungen los. »Gut, dann gebt ihr euch jetzt die Hand, und damit ist die Sache ein für alle Mal erledigt. Ist das klar?«

Wieder ein Nicken, dann der geforderte Friedensschluss per Handschlag.

»So, und nun verschwindet ihr in euren Unterricht. Und in Zukunft benehmt ihr euch wie zivilisierte Menschen und nicht wie irgendwelche Vandalen.«

Wie zwei geprügelte Hunde schlurften die Schüler aus dem Dienstzimmer des Psychologen.

Noch bevor die Tür ins Schloss gefallen war, hatte sich Eckart König zu einem Schrank begeben, in dem ein Waschbecken untergebracht war. »Tut mir leid, Tanne, aber nach dem Kontakt mit aggressiven Schülern muss ich mich sofort reinigen. Ich weiß auch nicht, warum, aber danach muffeln meine Hände und ich habe einen ganz üblen Geschmack im Mund. Wahrscheinlich eine Zwangshandlung, mit der ich versuche, Körper und Geist zu reinigen«, verkündete er.

Dann wusch er sich geschwind die Hände und putzte sich anschließend auch noch die Zähne. Während Tannenberg diesen merkwürdigen Aktionismus interessiert verfolgte, gurgelte der Schulpsychologe und spülte die Zahnpasta aus.

»So, jetzt fühle ich mich schon bedeutend besser«, verkündete er. Ein breites Grinsen grub sich in sein Gesicht. »Weißt du eigentlich schon, wie der beliebteste Lehrerspruch an dieser angeblich gewaltfreien und sozialintegrativen Schule lautet?«

Tannenberg schüttelte den Kopf.

»›Lehrer an der Friedensschule wäre der absolute Traumjob – wenn es keine Schüler gäbe.‹ Dieser bahnbrechenden Erkenntnis kann sich ein Schulpsychologe übrigens nur anschließen.« König klatschte in die Hände. »Ist dieser Spruch nicht herrlich?«

»Doch, doch«, stimmte der Kriminalbeamte zu, obwohl ihn Königs seltsames Verhalten nach wie vor mehr als irritierte.

»Übrigens war das eben eine sehr eindrucksvolle Vorstellung von dir, Tanne, das muss ich schon sagen. Solch einen brachialpädagogischen Auftritt könntest du hier ruhig öfter veranstalten. Man hat ja gerade gesehen, dass diese Methode überraschend gut funktioniert.«

»Wie sagt mein Vater immer: Auf einen groben Klotz gehört ein grober Keil.«

»Oder: Wie es in den Wald hineinschallt, schallt es auch wieder heraus.«

»Genau! Okay, Eckart, ruf mich einfach an, wenn du das nächste Mal Probleme mit solchen Krawallos hast. Dann komme ich und stelle diese Halbstarken anständig in den Senkel«, erwiderte Tannenberg.

Dann setzte er sich unaufgefordert an einen kleinen runden Tisch, auf dem eine Broschüre mit dem Titel ›*Coole Jungs* – ein effektives Streitschlichtungsprogramm für Schulen – herausgegeben vom rheinland-pfälzischen Bildungsministerium‹ lag.

Er nahm die Hochglanzbroschüre in die Hand und blätterte kurz darin herum. »Dieses geniale Programm hast du wohl gerade erfolgreich durchgeführt, nicht wahr?«, grinste der Ermittler und bedachte sein Visavis mit einem herausfordernden Blick.

»Du hast ja eben selbst gesehen, was diese angeblichen pädagogischen Innovationen für die Praxis bringen – rein gar nichts! Sie erzeugen sogar eher das Gegenteil dessen, was sie eigentlich erreichen wollen.«

»Inwiefern?«

»Na ja, dadurch, dass man solche Allerweltkonflikte, die wir früher am Rittersberg ja genauso oft miteinander ausgetragen haben, unglaublich aufbauscht, generiert man oft erst die ausufernde Aggressivität, die man vorgibt, reduzieren zu wollen.«

»Da ist sicherlich etwas Wahres dran, Eckart«, pflichtete ihm Tannenberg bei. »Wir waren damals schließlich auch keine braven Chorknaben. Nur hat man in unserer Schulzeit eben nicht solch ein Mordsgedöns gemacht, wenn wir uns mal gegenseitig verdroschen haben.«

»Ja, vor allem haben sich damals die Eltern aus diesen Konflikten rausgehalten. Heute dagegen kommen sofort die hysterischen Mütter der beteiligten Schüler in die Schule gerannt, schreien Zeter und Mordio …«

»… veranstalten einen Riesenaufstand und bombardieren die Polizei mit einer Flut von Strafanzeigen«, ergänzte der Kriminalbeamte. »Als ob wir weiß Gott nichts Wichtigeres zu tun hätten.«

»Wie zum Beispiel den Mord an einer Lehrerin aufzuklären.«

»Du sagst es, Eckart. Dazu fällt mir gerade noch etwas ein. Ich habe gestern erfahren, dass die Graupeter, die Busch, die Ratz-Zapp und die Anung-Loos im selben Jahr am Palatinum-Gymnasium Abitur gemacht haben. Hast du das gewusst?«

»Ja, sicher.«

»Und warum hast du mir das nicht gesagt?«

»Du hast mich ja nicht danach gefragt.«

Merkwürdige Antwort, dachte Tannenberg bei sich. Verschweigst du mir etwa noch mehr, lieber Eckart? Hast du vielleicht richtig Dreck am Stecken? Er behielt diese Gedanken für sich und fragte: »Hast du die Ladys damals schon gekannt?«

»Ja, klar«, gab der Schulpsychologe in einem Ton zurück, als handele es sich dabei um das Selbstverständlichste der Welt. »Heiner übrigens auch.«

»Heiner?«

»Ja, natürlich. Schließlich war dein Bruder damals ab und zu in unserer Clique dabei. Der hatte ja auch mal was mit Dagmar.«

Tannenberg fiel vor Schreck der Generalschlüssel aus der Hand, an dem er die ganze Zeit über herumgefingert hatte. »Was?«, zischte er entgeistert. »Mein Bruder war mal mit der Frau Staatssekretärin liiert?« Mit einer hastigen Bewegung klaubte er ihn vom Boden und steckte ihn in die Hosentasche.

König machte eine unbestimmte Handbewegung. »Na ja, ob man das liiert nennen kann, weiß ich nicht. Er hat eben eine Zeit lang anständig mit ihr rumgemacht.«

Tannenberg schüttelte den Kopf und stieß dabei ein grunzendes Geräusch aus. »Davon weiß ich ja gar nichts.«

»Ich vermute mal, als sein kleiner Bruder hast du vieles von dem, was wir damals veranstaltet haben, nicht mitbekommen. Sei froh, denn das waren schon ziemlich aufregende Zeiten.«

Spiel dich hier mal nicht so als altkluger Sponti und Revoluzzer auf, nur weil du ein bisschen älter bist als ich, grollte es in Tannenbergs Innern. Auch wir sind damals auf die Barrikaden gegangen, zum Beispiel haben wir unsere Schule drei Tage lang vollkommen lahmgelegt, nur weil die Stadtwerke die Buspreise geringfügig erhöht hatten. Auch wir haben etwas auf die Beine gestellt, nicht nur ihr!

Der Schulpsychologe seufzte. »Aber leider habe ich zum damaligen Zeitpunkt die ausgesprochen clevere Strategie meiner Altersgenossen nicht durchschaut. Ich war viel zu naiv. Denn während wir an den Unis die Drecksarbeit geleistet haben, hatten die schon lange nichts anderes als ihre Karrieren im Sinn.« Er brach ab und kratzte sich an der Nase.

»Weißt du, was die damals gemacht haben, diese Speerspitzen der 68er-Revolte?«

Tannenberg zuckte mit den Schultern.

»Zuerst haben sie die etablierten und bewährten gesellschaftlichen Strukturen, besonders diejenigen im Bildungswesen, einer Radikalkritik unterzogen und sie öffentlich diskreditiert. Dann haben diese Schlaumeier Alternativmodelle proklamiert, die nur eines zum Ziel hatten, nämlich die werten Herrschaften in fürstlich dotierte Schlüsselpositionen in den Ministerien und an den Universitäten zu hieven. Was die meisten von ihnen ja auch geschafft haben. Bestes Beispiel: unsere megaunfähige Frau Staatssekretärin.«

»Die magst du wohl nicht sonderlich, oder täusche ich mich da?«, warf der Kriminalbeamte mit einem süffisanten Lächeln ein.

»Nein, Tanne, da täuschst du dich nicht«, erwiderte König. Dann kehrte er zu seinem Ausgangsthema zurück: »Und was hat die erste Generation dieser angeblichen Weltverbesserer dann nach 40 Jahren sogenannter Bildungsreform getan?«

König wartete nicht auf eine mögliche Antwort, sondern zeterte gleich weiter: »Mit ihren üppigen Staatspensionen haben sie sich in die Toskana und sonst wohin abgesetzt, während wir hier immer noch die Suppe auslöffeln müssen, die sie uns eingebrockt haben.«

Tannenberg lachte. »So ist es.«

»Die haben uns hier in unserem Land einen riesigen Scherbenhaufen und Halden verbrannter Erde hinterlassen!«, echauffierte sich der Schulpsychologe weiter. »Eigentlich hätten sich diese Typen nach dem Scheitern ihrer Utopien in die Ecke setzen, sich schämen und heulen müssen. Doch was tun sie stattdessen?«

Diesmal wartete er auf eine Reaktion seines Gegenübers.

»Sag's mir«, übernahm Tannenberg den ihm zugedachten Part.

»Mit ihrem nach wie vor sehr großen Einfluss sorgen sie dafür, dass ihre Gleichmacher-Ideologie auch weiterhin als zuckersüße Utopie in den Bildungsministerien und an den Hochschulen herumgeistert«, schimpfte König.

»Obwohl alle seriösen wissenschaftlichen Studien, die sich in der Vergangenheit mit der Schulform Gesamtschule beschäftigt haben, vehement vor solch einer Zwangsbeglückung warnen, fordern sie nach wie vor die flächendeckende Zerschlagung der Gymnasien und deren Ersatz durch Gesamtschulen.«

Der Kriminalbeamte feuerte seinen alten Schulkameraden mit einer Geste an. »Jawohl, Eckart, gib dieser Ideologenbande Saures!«

»Und dazu wollen sie auch noch die bewährten Hauptschulen dichtmachen«, schäumte König. Er schlug die Hände über dem Kopf zusammen. »Das musst du dir einmal klarmachen, Tanne: Zurzeit werden die Problemschüler an den Hauptschulen in Kleingruppen von 12–15 Schülern pro Klasse optimal betreut und unterrichtet. Nach der radikalen Zerschlagung dieser Schulart werden sich dann mindestens 25 Schüler in einer Klasse an diesen segensreichen Realschulen plus oder an den Gesamtschulen wiederfinden.«

Eckart König schnaubte verächtlich. »Und das Allertollste an der ganzen Sache ist, dass die Anung-Loos diese extreme Problemverschärfung auch noch als Verbesserung verkauft! Irre, oder?«

Amüsiertes Schmunzeln.

»Und was unternehmen die Oppositionsparteien, die angeblich konservativen Lehrerverbände und das Bildungsbürgertum gegen diesen unverantwortlichen Wahnsinn? Nichts! Sie schweigen und schweigen und schweigen.«

»Wie man sieht, schiebst du einen Mordsfrust vor dir her, mein Lieber«, bemerkte der Chef-Ermittler. »An deinem Aggressionspotenzial würde sich hundertprozentig jeder Anti-Aggressions-Therapeut die Zähne ausbeißen.«

Aus einem fadenscheinigen Grund verließ der Leiter der Kaiserslauterer Mordkommission kurz darauf Königs Dienstzimmer. Er musste unbedingt so schnell wie möglich seinen Bruder sprechen.

Als er Heiner anrief, stattete dieser gerade einem seiner Betriebspraktikanten einen Besuch ab. Da er sich in einer Autowerkstatt in der Merkurstraße befand, verabredeten sich die beiden Brüder am Vogelwoog, einem im Nord-Westen der Barbarossastadt gelegenen beliebten Ausflugsziel.

Nach einem kurzen Blick der beiden auf die silbrig schimmernde, leicht gekräuselte Wasserfläche hakte Tannenberg seinen Bruder unter und zog ihn mit sich.

»Komm, alter Junge, wir machen einen kleinen Spaziergang um den Weiher. Ich muss mir nämlich dringend die Beine vertreten. Weißt du noch, wie wir hier früher Schlittschuhlaufen waren?«

»Ja, das war vor langer, langer Zeit. Damals gab es noch richtige Winter.«

»Das muss im letzten Jahrhundert gewesen sein.«

»War es auch, Bruderherz«, lachte Heiner und versetzte Tannenberg mit der Schulterspitze einen kleinen Schubs. »Was gibt es denn so ausgesprochen Wichtiges, dass du mich sofort treffen wolltest?«

»Es gibt mehrere Gründe, weshalb ich dich dringend sprechen muss«, erwiderte der Kriminalbeamte und kickte einen Schotterstein in den See. »Wir haben eine weitere Tote. Gestern Abend wurde Claudia Ratz-Zapp ermordet.«

Heiner hielt sich eine Hand vor den Mund und blieb abrupt stehen. »Was, die auch noch?«

»Du hast sie ja gut gekannt.«

»Ja, das habe ich. Claudia war nicht nur FPI-Leiterin, sondern sie war auch oft genug an unserer Schule. Sie hat Fortbildungen durchgeführt und die Schulleitung beraten. Sie war ja so etwas wie der Guru der Gesamtschulbewegung.«

Obwohl weit und breit niemand zu sehen war, senkte der Leiter des K 1 seine Stimme zu einem Flüstern. »Sei so gut und behalte diese Information unbedingt für dich, denn bis jetzt scheint niemand an eurer Schule etwas von ihrem Tod mitbekommen zu haben.«

»Bist du dir da wirklich sicher?«

»Wieso fragst du das?«

»Weil direkt neben Claudia ein anderer Pädagogik-Guru wohnt: Klaus Schwalle. Und der kriegt normalerweise alles mit, was um ihn herum passiert. Sagt dir dieser Name etwas?«

»Nein.«

Heiner verzog abschätzig das Gesicht. »Das ist auch so eine Lichtgestalt der modernen Pädagogik. Dabei verkauft er nur alten Wein in neuen Schläuchen. Die pädagogischen Weisheiten, die dieser Scharlatan zum Besten gibt, sind jedem normalen Menschen bestens bekannt – nur eben anscheinend meinen Kollegen nicht. Sonst würden sie diesen Schaumschläger nicht als Messias anbeten.«

Eine Weile gingen die Brüder stumm nebeneinander her. Jeder hing seinen Gedanken nach. Tannenberg brach als Erster das Schweigen: »›Was hältst du eigentlich von Eckart König?‹, wäre eine weitere Frage, die ich an dich hätte.«

»Also, ich kenne ihn ja seit meiner Schulzeit«, antwortete Heiner. »Er war schon immer ziemlich komisch, ein Exemplar der Spezies ›Unsympath‹. Ich bin damals nicht aus ihm schlau geworden und werde es heute noch viel weniger. Irgendwie wird er von Tag zu Tag skurriler und verschrobener. Manchmal denke ich, er hat jetzt endgültig nicht mehr alle Tassen im Schrank und landet schon sehr bald in der Klapsmühle.«

»Wieso denn das?«

Der Deutschlehrer lachte auf. »Zum Beispiel kultiviert er eine völlig abstruse Verschwörungstheorie. Danach würden ihn alle Kollegen mobben, und zwar mit dem Ziel, ihn unbedingt so schnell wie möglich loszuwerden. Der Kerl hat einen ausgeprägten Verfolgungswahn. Dabei ist er derjenige, der seine Kollegen malträtiert.«

»Wodurch?«

»Na ja, zum Beispiel indem er Aushänge verändert, schulkritische Leserbriefe schreibt, Kollegen gegeneinander aufhetzt und sie denunziert – alles anonym versteht sich.« Er raufte sich die Haare. »Und dann meint er auch noch, wir wüssten nicht, dass er hinter diesen Gemeinheiten steckt.«

»Ach, das ist euch also bekannt?«, fragte Tannenberg erstaunt.

»Klar, ist es das. Wir sind ihm schon vor langer, langer Zeit auf die Schliche gekommen. Der hat sich bei seinen Aktionen so was von doof angestellt. Manchmal hatte ich fast den Eindruck, er würde dies absichtlich tun.«

»Komischer Kauz«, meinte Tannenberg. »Von Eckart König weiß ich, dass die Busch, die Graupeter und die Anung-Loos zusammen Abitur gemacht haben. Und außerdem hättest du mal etwas mit der Anung-Loos gehabt. Stimmt das?«

Heiner räusperte sich ausgiebig, bevor er antwortete: »Das war früher ein richtig steiler Zahn, kann ich dir flüstern. Die war ja so was von …«

»Komm, verschon mich bitte mit weiteren Details«, würgte Tannenberg den amourösen Vergangenheitstrip seines Bruders ab.

»Ich hab damals aber nur während meiner Schulzeit ab und an etwas zusammen mit dieser Clique unternommen. Im Studium hab ich die Leutchen dann nur noch sehr selten gesehen. Die sind zu der Zeit ja auch alle in den KBW, den Kommunistischen Bund Westdeutschland, eingetreten und haben einen auf marxistisch-leninistischen Revoluzzer gemacht. Der KBW war sowieso nie mein Ding. Und danach sind sie dann richtig abgedreht.«

»Inwiefern?«

Heiner streckte Tannenberg die Handflächen entgegen.

»Wolf, behandelst du bitte das, was ich dir jetzt erzählen werde, als ein reines Gerücht? Mehr ist es nämlich auch nicht.«

»Okay.«

»Gut. Man hat damals gemunkelt, dass die Clique große Sympathien für die Rote Armee Fraktion gehegt hätte. Gerüchten zufolge sollen einige der Mitglieder sogar den direkten Kontakt zur RAF gesucht haben.«

»Zur RAF?«

»Ja, aber wie gesagt, das sind alles nur Gerüchte. Wahrscheinlich ist da überhaupt nichts dran. Deshalb behalte diese angebliche RAF-Sympathisantenschaft bitte für dich. Wenn die rauskriegen, dass ich dir das gesteckt habe, hagelt es Verleumdungsklagen. In dieser Hinsicht verstehen die nicht den geringsten Spaß. Schließlich befinden sich die meisten von ihnen in Amt und Würden und hätten nicht nur ihren Ruf zu verlieren.«

»Kannst dich drauf verlassen, Heiner, von mir erfährt niemand etwas darüber. Zähl mir bitte die Mitglieder dieser Clique auf.«

»Zum eigentlichen Kern der Clique gehörten die schon von dir erwähnten Damen Graupeter, Busch und Anung-Loos. Allerdings hießen manche früher anders, weil sie damals noch ihre Mädchennamen trugen.«

»Ja, ich weiß.«

»Ferner gehörten zu dieser Clique die werten Herren Ruby, Trautmann und König – und außerdem?«

Tannenberg zuckte mit den Schultern.

»Claudia Ratz-Zapp.«

Der Kriminalbeamte blieb stehen und zog ungläubig das Kinn zum Hals. »Die war auch dabei? Das gibt's doch gar nicht.«

»Doch. Übrigens gehörte auch noch ein gewisser Gregor Kleinschmidt zum harten Kern der Truppe. Aber der ist irgendwann in den frühen 80er-Jahren im Ausland bei einem Verkehrsunfall ums Leben gekommen.«

»Und inzwischen wurden von den sieben übrig gebliebenen Cliquen-Mitgliedern zwei getötet.«

»Du vermutest einen Zusammenhang zwischen den Mordfällen?«

»Ja, denn es fällt mir schwer, an einen Zufall zu glauben. Dafür hängen mir diese Leutchen viel zu eng aneinander.«

Die Brüder setzten sich auf eine Holzbank und beobachteten eine Weile ein Schwanenpaar, das auf dem See seine Runden drehte.

»Der König war also auch in dieser Clique«, sagte Tannenberg in die friedliche Stille hinein.

Heiner nickte. »Diese alte Connection ist auch der Grund dafür, weshalb er an der Friedensschule Narrenfreiheit besitzt. Wegen seiner unkollegialen Umtriebe wäre dieser hinterfotzige Typ an einer anderen Schule schon längst in die sprichwörtliche Wüste geschickt worden.«

Der Kriminalbeamte presste hörbar Luft durch die Nase. »Man mag es ja heute wirklich kaum mehr glauben, aber die Baader-Meinhof-Bande war in den 70er-Jahren in Kaiserslautern und Umgebung ganz schön aktiv. Erinnerst du dich: Zwei der RAF-Frauen stammten aus Enkenbach.«

»Tja, das ist richtig«, seufzte Heiner. »Die Pfalz war damals ein regelrechter Brennpunkt der deutschen Terrorszene. Mit ihren menschenverachtenden Aktionen haben diese Extremisten unsere friedliche Provinz in einen wahren Albtraum verwandelt. Zuerst die Ermordung eines Polizisten, der zufällig in der Stadt den RAF-Leuten bei einem Banküberfall in die Quere kam. Ich glaube, das war 1971.«

»Das könnte zeitlich hinkommen«, stimmte der Leiter der Kaiserslauterer Mordkommission zu. »Ich weiß noch genau, was in unserer Stadt damals los war. Es herrschte eine unglaubliche Trauer und Betroffenheit. Erinnerst du dich noch daran, wie Vater und Mutter noch am selben Tag, an dem dieser Überfall passiert ist, am Abend mit uns zur Bank gegangen sind?«

Heiner nickte.

»Wir haben einen Blumenstrauß für den getöteten Polizeibeamten abgelegt.«

»Richtig, das hatte ich fast vergessen«, entgegnete Heiner. »Kurz darauf wurde im Almenweg eine konspirative Wohnung der RAF entdeckt. Die Polizei stellte Fingerabdrücke sicher, die bewiesen, dass sogar Ulrike Meinhof zeitweise dort gelebt hatte.«

»Und in dem Jahr, in dem ich Abitur gemacht habe, wurde das Dienstzimmer eines Kaiserslauterer Ermittlungsrichters von einige jungen Leute besetzt, von denen man zuvor noch nie etwas gehört hatte. Erinnerst du dich auch daran?«

»Ja sicher, Wolf. Das weiß ich alles noch ganz genau. Es waren dieselben Leute, die exakt eine Woche später in Stockholm aufgetaucht sind und als ›Kommando Holger Meins‹ die deutsche Botschaft gestürmt haben. Diese Terroristenbande hatte zwölf Geiseln genommen und die Freilassung der inhaftierten Gesinnungsgenossen Baader, Meinhof, Raspe und Ensslin gefordert. Als die abgelehnt wurde, haben sie skrupellos zwei Botschaftsangehörige hingerichtet.«

Tannenberg nickte mit zusammengepressten Lippen. »Unglaubliche Ereignisse waren das damals.«

»Aber das war ja noch nicht alles. Es gab noch eine weitere RAF-Aktion bei uns hier in der Westpfalz. Wenn ich mich nicht irre, war das so um das Jahr 1980 herum. Da haben diese RAF-Verbrecher in Ramstein einen Sprengstoffanschlag auf das Hauptquartier der US-Luftwaffe verübt, bei dem viele Menschen verletzt wurden.«

»Mann, oh Mann, Heiner, hast du ein gutes Gedächtnis.«

»Nein, das liegt nur daran, weil ich vor Kurzem ein Buch über die Geschichte der RAF gelesen habe.« Ein schelmisches Grinsen. »Du erinnerst dich daran, was ein Buch ist? Das ist so ein dickes Ding aus Papier mit Blättern und Buchstaben darin.«

Tannenberg verpasste seinem Bruder erneut einen Schubs mit der Schulter. »Mach du dich mal nicht über einen hart arbeitenden Kriminalbeamten lustig. Ich hab leider nicht so viel Zeit zum Lesen wie du.«

Heiner grinste noch immer. Doch schlagartig nahm sein Mienenspiel bedeutend ernstere Züge an. »Wusstest du eigentlich, dass die Frage bis heute ungeklärt ist, wer damals bei diesem Banküberfall dabei war und wer die tödlichen Schüsse auf den Kaiserslauterer Polizeibeamten abgegeben hat?«

»Nein, das wusste ich nicht.«

12

»Vielleicht kommt er ja gar nicht mehr«, sagte Mechthild Busch mit Blick auf ihre silberne Armbanduhr. »Er ist bereits seit mehr als 20 Minuten überfällig.«

»Der kommt garantiert, darauf kannst du Gift nehmen«, behauptete Clemens Ruby. »Diesen Aasgeier hat die Geldgier gepackt.«

»Und wenn er gar kein Geld mehr will?«

»Was sollte er denn sonst von uns wollen, Mechthild?«, fragte Dagmar Anung-Loos mit scharfer Stimme.

Die Staatssekretärin trug einen schwarz-weiß-gestreiften Stretch-Hosenanzug in lässig-gepflegtem Marinelook, der ihre schlanke Figur vorteilhaft in Szene setzte. Die gefärbten schwarzen Haare hatte sie zu einem Pferdeschwanz gebunden, der infolge ihrer hektischen Kopfbewegungen permanent hin und her baumelte.

Sie wirkte extrem angespannt. Wie ein eingesperrter Tiger lief sie ruhelos in der Küche des seit Jahren verlassenen Bauernhauses umher. Mit fahriger Hand entzündete sie eine Zigarette und zog hastig daran.

»Diese verfluchte Warterei macht mich noch wahnsinnig«, fauchte Eckart König. Er saß in einer Ecke der Küche auf einem alten Stuhl und hatte die Beine übereinandergeschlagen. Der frei in der Luft hängende Fuß zuckte so wild, als würde er gerade mit Stromschlägen malträtiert.

»Davor brauchst du nun wirklich keine Angst zu haben, Eckart, du bist doch schon wahnsinnig«, spottete Busch.

»Wir hätten uns von vornherein nicht auf die Erpressung einlassen sollen, sondern …«, bemerkte Chris Trautmann mit sanfter Stimme.

»… sondern die Polizei verständigen sollen, oder was?«, fuhr Anung-Loos dem Direktor der Friedensschule in die Parade.

»Nein, natürlich nicht«, erwiderte Trautmann. »Aber wir hätten noch intensiver mit ihm reden müssen. Wir hätten an unsere alte Freundschaft appellieren sollen. Womöglich hätten wir ihn dadurch überreden können, dass er uns auch weiterhin in Ruhe lässt. Die ganzen Jahre über hat er das ja auch getan.«

Die Konrektorin seufzte und betrachtete Trautmann mit verklärtem Blick. »Ach, Chris, wenn wir doch nur alle Probleme mit Gesprächen lösen könnten.«

»Wo bleibt dieser Mistkerl denn bloß?«, warf Clemens Ruby in die Runde.

Er öffnete die knarrende Küchentür, trat hinaus ins Freie und ging ein paar Schritte in Richtung des staubigen Feldweges, auf dem vor einer halben Stunde die fünf alten Freunde in Buschs Volvo hierher gelangt waren. Es war nahezu windstill. Die scharf umrissenen Wolken sahen aus wie von Zauberhand an den azurblauen Septemberhimmel geklebte Wattebäuschchen. Die ausgefransten Kondensstreifen stammten von Flugzeugen, die auf dem Flugplatz Ramstein gestartet oder gelandet waren.

Ruby blickte sich suchend um. Außer ein paar Raben, die auf einem brachliegenden Feld herumstolzierten, war nirgendwo ein anderes Lebewesen zu sehen, schon gar kein Mensch. Mechthild Buschs Volvo war das einzige Fahrzeug weit und breit. Neben dem Krächzen der Raben hörte man aus Richtung der Gemeinde Baalborn Hundegebell und das entfernte Geräusch einer aufheulenden Motorsäge.

»Glaubt ihr, dass er Claudia ermordet hat?«, fragte Dagmar Anung-Loos gerade mit gebrochener Stimme, als der Regisseur der Theatergruppe in die verwahrloste Küche zurückkehrte.

»Wer denn sonst?«, versetzte Busch in einem Ton, der jegliche andere Möglichkeit ausschloss. »Wahrscheinlich hat sie einen Rückzieher gemacht und wollte nicht zahlen. Oder sie hat damit gedroht, zu den Bullen zu gehen.«

»Möglich«, stimmte Ruby zu.

»Habt ihr eigentlich inzwischen alle bezahlt?«, wollte die Konrektorin wissen.

Kollektives Nicken.

Mechthild Busch schnaubte vor Verachtung. An die Staatssekretärin adressiert verkündete sie: »Die blöden Bullen glauben doch tatsächlich, wir wüssten noch nichts von Claudias Tod. Dieser bornierte Oberbulle Tannenberg ist heute Morgen schon wieder in der Schule herumgeschlichen und hat überall herumspioniert. Aber was soll er denn schon rauskriegen?«

»Bei mir war der Kerl auch«, erklärte der Schulpsychologe.

»Und?«

»Nix und. Ich hab ihn wieder eingelullt.«

»Gut, Eckart. Der hat überhaupt keine Ahnung. Die Bullen sind immer noch genauso blöd wie früher.«

»Wenn Gregor den Schnabel hält, kann uns gar nichts passieren«, warf die Staatssekretärin ein.

»Verdammt, vielleicht sollten wir diesem elenden Erpresser einfach das Maul stopfen. Dann wäre unser Problem ein für alle Mal gelöst«, polterte der Regisseur der Laientruppe.

»Clemens, du meinst …«

Weiter kam Dagmar Anung-Loos nicht, denn just in diesem Augenblick tauchte Gregor Kleinschmidt im Türrahmen auf. Er war etwa 1,90 Meter groß und von schlaksiger Statur. Die rechte Schulter hing ein wenig herab und war ein paar Zentimeter weiter nach vorn geneigt als die andere, wodurch seine Gestalt schief und asymmetrisch wirkte.

Bekleidet war der knapp 60-jährige, grauhaarige Mann mit verschlissenen Jeans, Turnschuhen und einem grauen Kapuzenpulli, der farblich ziemlich genau der Farbe seines von tiefen Falten zerfurchten Gesichts entsprach. Auf seiner hageren Nase saß eine altmodische braune Hornbrille, deren starke Gläser seine Augen bedeutend kleiner erscheinen ließen, als sie tatsächlich waren.

»Na, worauf wollte denn unser lieber Clemens gerade mit seiner Andeutung hinaus?«, fragte Kleinschmidt höhnisch.

Statt zu antworten, feuerte der Regisseur hasserfüllte Blicke auf den ehemaligen Jugendfreund ab.

»Mein lieber Gregor, was hältst du eigentlich davon, wenn wir einfach den Spieß umdrehen und dich erpressen?«, meldete sich Eckart König zu Wort. »Schließlich hast du zwei Menschen ermordet.«

Kleinschmidt reagierte zunächst nicht, sondern ließ seinen Blick von einem zum anderen hüpfen.

»Na, ihr seid mir vielleicht eine gemeine Bande. Benehmt euch mal weniger aggressiv, schließlich arbeitet ihr doch an einer Friedensschule«, spottete er.

»Wenn ihr wirklich zu den Bullen gehen wollt, dann tut es doch. Allerdings würdet ihr euch damit selbst ans Messer liefern. Denn ich würde mich selbstverständlich sofort der Bundesanwaltschaft als Kronzeuge zur Verfügung stellen. Diese Herrschaften sind garantiert brennend daran interessiert, den ungelösten Bullenmord von damals endlich aufzuklären.«

Wieder ließ er seinen Blick über die ehemaligen Weggefährten schweifen. »Und bei den hochkarätigen Beteiligten, die gerade hier in diesem Raum versammelt sind, wird die Presse ein richtig großes Freudenfeuer entzünden. Es würde einen unglaublichen Skandal erzeugen, der euch alle in den Abgrund reißen würde. Das versichere ich euch.«

Er klatschte in die Hände. »Also los, Leute, worauf wartet ihr denn noch – auf zu den Bullen!«

»Du verfluchter Mistkerl«, blökte Eckart König und schnellte mit gefletschten Zähnen von seinem Stuhl in die Höhe.

Doch ehe er sich versah, zog Kleinschmidt eine silberne Pistole aus seinem Hosenbund, lud sie durch und richtete sie auf den echauffierten Schulpsychologen. »Setz dich sofort wieder hin, du geistesgestörter Seelenklempner!«, befahl er.

Während die Mienen der anderen blankes Entsetzen ausdrückten, ließ sich König kraftlos auf den knarrenden Küchenstuhl niedersinken.

»Als wir damals auseinandergegangen sind, haben wir uns alle geschworen, uns nie mehr mit dir zu treffen. Und jetzt haben wir das schon zum zweiten Mal innerhalb kürzester Zeit getan«, jammerte Dagmar Anung-Loos. »Weil du uns dazu gezwungen hast.«

Sie zog ein letztes Mal gierig an ihrem Glimmstängel, dann warf sie die Zigarettenkippe auf den Küchenboden und trat sie aus.

»So ist es, mein Herzchen«, höhnte Gregor. »Das hätte euch wohl optimal in den Kram gepasst, wenn ihr mich für alle Zeit los gewesen wärt. Das haben sich meine alten Kampfgenossen wirklich fein ausgedacht«, raunzte er.

Betretenes Schweigen.

»Ihr bleibt hier in unserer wunderschönen Heimat, macht in aller Ruhe Karriere, baut euch teure Häuser und freut euch auf eure dicken Beamtenpensionen. Konntet ihr ja auch, denn ich musste ja damals ruckzuck von der Bildfläche verschwinden.«

Kleinschmidt tippte sich mit der Pistolenmündung auf sein Brustbein. »Weil ich arme Sau der Einzige von uns war, von dem die Bullen Fingerabdrücke gespeichert hatten.«

»Wo warst du eigentlich die ganzen Jahre über?«, wollte Clemens Ruby wissen.

»Interessiert dich das wirklich, du kleinkarierter Hosenscheißer?«, brüllte Gregor Kleinschmidt. Er machte eine provozierende Handbewegung. »Nein, es interessiert dich nicht die Bohne. Es ist dir scheißegal, und es war dir auch die ganze Zeit über scheißegal. Also seiere hier nicht so widerlich rum!«

Mit feindseligem Blick fixierte er nacheinander jedes der ehemaligen Cliquenmitglieder. »Euch allen war mein Schicksal schnurzpiepegal«, schimpfte er weiter.

Die Mündung des Pistolenlaufs hüpfte vom einen zum anderen. Sein Gesicht erstarrte zu einer zornigen Maske. Die Emotionen schäumten in ihm auf und er konnte sich nur noch mit Mühe beherrschen.

»Habt ihr damals eigentlich ein Freudenfest gefeiert, als publik wurde, dass ich tot bin? – He?«, schrie er mit sich überschlagender Stimme.

Alle hielten den Blick zu Boden gesenkt und schwiegen betreten vor sich hin.

»Das hab ich mir damals schon gedacht«, fauchte Kleinschmidt wie ein feuerspeiender Drache. »Dabei war mein Tod eine wirklich geniale Inszenierung des BND gewesen. Den RAF-Genossen habe ich dann den Bären aufgebunden, dass die PLO meinen Abgang fingiert hätte, um mich von der Fahndungsliste zu kriegen. Denn dadurch wäre ich aus dem Licht der Öffentlichkeit verschwunden und hätte für sie als Auftragskiller einige brisante Einsätze durchführen können. Diese bescheuerten RAF-Idioten haben das Märchen tatsächlich geglaubt. Die haben mich wegen meiner angeblichen Teilnahme an Killerkommandos richtiggehend angehimmelt.«

»Was, du hast als Bullenspitzel gearbeitet?«, empörte sich

die Konrektorin. Sie konnte einfach nicht glauben, was ihr da gerade zu Ohren gekommen war.

»Klar, ich bin rüber in die DDR und habe die im Arbeiter- und Bauernstaat untergetauchten Genossen überwacht.« Er streckte den Zeigefinger in die Höhe. »Ich war besser als der beste Stasi-Spitzel.«

»Du gemeiner Verräter«, zischte Mechthild Busch.

»Verräter?«, wiederholte Kleinschmidt. »Ach, du hast es also immer noch nicht kapiert? In deinem kleinen Köpfchen bist du anscheinend die verbissene Kader-Marxistin von damals geblieben. Du träumst also in deinen einsamen Nächten immer noch davon, als große Revolutionärin in die Weltgeschichte einzugehen.« Er schüttelte amüsiert den Kopf. »Mechthild Busch, die pfälzische Version der Ulrike Meinhof, oder wie?«

Wenn Blicke töten könnten, wäre Gregor Kleinschmidt garantiert auf der Stelle tot umgefallen.

»Herzchen, auch wenn du es nicht glauben magst, aber die lieben RAF-Genossen haben uns damals nur benutzt. Wir waren nützliche Idioten, die diesen rücksichtslosen Egomanen die Kohle für ihre Egotrips beschafft haben.«

»Vor einer Stunde hat mich Klaus Schwallo angerufen. Den müsstest du ja auch noch von früher kennen, Gregor, oder?«, wechselte Chris Trautmann das Thema. Er hatte die ganze Zeit über mit dem Rücken an der vergilbten Wand gestanden und Kleinschmidts Auftritt mit bekümmerter Miene verfolgt.

Gregor Kleinschmidt benötigte ein paar Sekunden, bis er gedanklich den Themenwechsel nachvollzogen hatte. Dann schob er die Unterlippe vor und zuckte mit den Schultern. »An den Namen erinnere ich mich, aber ein Bild von ihm habe ich nicht im Kopf.«

»Macht nichts, Gregor. Als ich Klaus erzählt habe, dass du wieder in der Gegend bist, war er sich plötzlich sehr sicher, dich gestern Abend in der Nähe von Claudias Haus gesehen zu haben«, erklärte der Direktor der Friedensschule.

»Na, wenn dieser Typ das sagt, wird's ja wohl auch stimmen.«

»Warum musste Claudia sterben?«, fragte Trautmann mit bebender Stimme.

»Ganz einfach: weil sie die Kohle nicht rausrücken wollte«, kam es postwendend zurück.

»Aber deshalb musstest du sie doch nicht gleich töten.«

»Sondern sie nur ein bisschen foltern, oder wie?«, spottete Kleinschmidt.

»Nein, natürlich nicht. Aber töten wegen 50.000 Euro?«

»Wieso denn nicht? Das war die gerechte Strafe dafür, dass Irene und Claudia nicht gespurt haben. Lasst euch das eine Lehre sein.«

»Du wirst uns doch nicht auch ...?«, jammerte die Staatssekretärin mit tränenerstickter Stimme. Den Rest ließ sie unausgesprochen.

»So weit muss es nicht kommen. Wenn ihr brav das tut, was ich von euch will, habt ihr nichts zu befürchten. Da die beiden ermordeten Damen ja nun leider als meine Sponsorinnen ausfallen, müsst ihr eben etwas tiefer in die Tasche greifen. Jeder von euch kratzt noch einmal 50.000 Mäuse zusammen. Ihr habt von jetzt an gerechnet genau 48 Stunden Zeit, das Geld zu beschaffen.«

»Noch mal so viel Geld?«, keuchte die Konrektorin. »Wo sollen wir das denn herkriegen? Und dann auch noch in der kurzen Zeit.«

»Komm, mein Mechthild-Herzchen, gib hier nicht die Hartz-IV-Empfängerin«, höhnte Gregor Kleinschmidt. »Ich weiß zwar, dass du Theater spielst, aber das ist wirklich keine glaubwürdige Rolle für dich.«

Er wandte sich an die anderen. »Ihr kriegt die Kohle schon irgendwie zusammen, da bin ich mir sicher. Schließlich hattet ihr viele Jahre Zeit, euch eine bürgerliche Existenz aufzubauen, wie man so schön im Revoluzzer-Deutsch sagt.«

Der ehemalige BND-Informant legte eine kurze Pause ein, nach der er sichtlich erheitert fortfuhr: »Seht die Sache doch einfach mal positiv. Euch bietet sich die einmalige Chance, endlich den marxistischen Traum der Verteilung des Reichtums der Bourgeoisie an ein Mitglied der mittellosen Arbeiterklasse in die Tat umzusetzen. Das ist doch soziales Handeln in Reinkultur – und nicht nur abgehobenes, theoretisches Kommunismusgelaber.«

Kleinschmidt grinste breit und räusperte sich. »Darauf könnt ihr wirklich stolz sein. Freut euch einfach darüber, dass ihr mir ein besseres Dasein auf der Sonnenseite des Lebens finanzieren werdet. Und außerdem tut ihr auch noch etwas Gutes für meine Gesundheit, denn wenn ich die Kohle von euch bekommen habe, werden meine Depressionen wie weggeblasen sein. Das verspreche ich euch.«

Kopfschüttelnd legte Gregor eine kurze Besinnungspause ein. »Wie hat unser alter Kalle Marx so treffend formuliert: ›Das Sein bestimmt das Bewusstsein‹«, fuhr er fort. »Wie recht er doch damit hat! Diesen luxuriösen Lebensabend habe ich mir übrigens mehr als verdient, schließlich habe ich bis heute für euch das Maul gehalten.«

Wieder zeigte er mit dem Pistolenlauf auf jeden einzelnen der Anwesenden. »Obwohl wir alle hier im Raum ganz genau wissen, dass *ich* den Bullen nicht auf dem Gewissen habe.«

»Könnten wir uns denn nicht auf 20.000 Euro einigen?«, bettelte Mechthild Busch. »Ich krieg so viel Geld einfach nicht zusammen.«

Kleinschmidt lachte herzhaft. »Willst du jetzt etwa mit mir feilschen wie auf einem türkischen Basar? Pass auf, diesen einen Versuch hast du frei. Beim nächsten Mal steigt mein Schweigegeld allerdings auf 100.000 Euro – für jeden von euch.«

Er legte einen Zettel auf den Tisch. »Da steht meine Handynummer drauf. Sobald einer von euch das Geld flüssiggemacht hat, ruft er mich zwecks Übergabe an. Ist das klar?«

Alle stimmten mit einer Kopfbewegung zu.

Der Erpresser ließ die Waffe hinter seinem Rücken verschwinden und entfernte sich genauso lautlos aus der Küche, wie er zuvor aufgetaucht war. Die Zurückgebliebenen hatten plötzlich das Gefühl, als sei die Raumtemperatur um mehrere Grad nach unten gesackt.

»Wir haben wohl keine Alternative«, meinte Mechthild Busch resigniert. Sie sprach damit exakt das aus, was in diesem Moment jeder dachte.

Der Leiter der Kaiserslauterer Mordkommission stand gerade unter der Dusche und schäumte sich die Haare mit einem Anti-Schuppen-Shampoo ein, als Hanne mit dem Telefonhörer in der Hand im Bad erschien.

»Dein Kollege Schauß. Es scheint sehr wichtig zu sein«, erklärte sie und sagte an den Anrufer adressiert: »Es dauert leider noch einen kleinen Moment, Michael, der Herr betreibt gerade intensive Schönheitspflege.«

Wolfram Tannenberg spülte den Schaum aus den Haaren und trocknete sich ab. Dann nahm er das Telefon entgegen. »Was gibt's denn derart Dringendes, dass ich noch nicht einmal in Ruhe fertigduschen kann?«, grummelte er ungehalten.

»Du musst so schnell es geht ins K 1 kommen. Hier ist ein Mann, der dich unbedingt sprechen will.«

»Und wer ist es?«

»Mir verrät er seinen Namen nicht. Er will nur mit dir reden. Vielleicht ist er auch einfach ein Spinner, was ich aber ehrlich gesagt nicht glaube. Deshalb solltest du sicherheitshalber besser gleich herkommen.«

»Okay. Bin schon unterwegs.«

Es war inzwischen dunkel geworden. Die Straßenlaternen tauchten die Beethovenstraße in ein gelbliches, schummriges Licht. Die Luft hatte sich deutlich abgekühlt. Da Tannenberg seine Haare nicht geföhnt hatte, wurde die Autofahrt in seinem offenen Cabriolet zu einer fröstelnden Angelegenheit. Als er den alten BMW im Hof seiner Dienststelle am Pfaffplatz abstellte, jagte ihm ein eiskalter Schauer nach dem anderen den Rücken hinunter.

Gnade dir Gott, du Superinformant, wenn du mich umsonst unter der warmen Dusche hervorgeholt hast, grollte es in seinem Innern.

Der junge, sportliche Kommissar hatte in dieser sternenklaren Septembernacht Bereitschaftsdienst. Er empfing seinen Vorgesetzten im Treppenhaus. »Wolf, es tut mir leid, dass ich dich um diese Zeit nerven muss. Ich hoffe, der Typ da drin ist nicht nur einer dieser Wichtigtuer«, sagte er in entschuldigendem Tonfall.

»Das hoffe ich auch«, knurrte Tannenberg und drückte sich an seinem Mitarbeiter vorbei in die Diensträume der Kaiserslauterer Mordkommission. »Wo steckt er denn eigentlich?«, fragte er über die Schulter hinweg. »Bei dir oder bei mir?«

»Er sitzt in meinem Zimmer.«

Der Chef-Ermittler eilte zum Büro seines Mitarbeiters und riss schwungvoll die Tür auf.

»Da bist du ja endlich«, tönte es ihm vorwurfsvoll entgegen.

»Was willst *du* denn um diese Zeit hier?«

»Ich habe eine eminent wichtige Aussage zu machen«, verkündete Eckart König mit flackerndem Blick.

Der Schulpsychologe sah aus, als hätte er mehrere Nächte nicht geschlafen. Die Haare waren ungekämmt und fettig, die Wangen eingefallen und pralle Tränensäcke quollen unter glasigen, geröteten Augen hervor. Er trug noch immer dieselbe zerschlissene Kleidung am Körper wie am Morgen, als ihn Tannenberg in der Friedensschule aufgesucht hatte. Seine blasse, feuchte Gesichtshaut glänzte wie eine Speckschwarte. Unter seinen Achseln zeichneten sich große Schweißflecken ab.

»Dann schieß mal los«, forderte Tannenberg und nahm auf Schauß' Drehstuhl Platz.

»Wir haben uns heute Nachmittag in einem verlassenen Bauernhof getroffen«, sagte der Schulpsychologe und rutschte dabei unruhig auf seinem Stuhl herum, als habe er Juckpulver zwischen den Pobacken.

»Wer ist wir?«

»Dagmar ...«

»Was, die werte Frau Staatssekretärin war auch dabei?«

»Ja.«

Tannenberg rieb sich freudig die Hände. »Ach du dickes Ei. Das wird ja immer schöner. Weiter, wer noch?«

»Clemens, Mechthild, Chris, ich und ...« Er zögerte, schien plötzlich Angst vor der eigenen Courage bekommen zu haben. Er führte seine zitternde rechte Hand zum Mund und knabberte an einem Fingernagel herum.

»Und?«, hakte der Kriminalbeamte ungeduldig nach.

»Gregor, Gregor Kleinschmidt.«

Bereits bei der Nennung des Vornamens hatte es in Tannenbergs Kopf klick gemacht. ›Übrigens gehörte damals ein gewisser Gregor Kleinschmidt zum harten Kern der

Truppe. Er ist im Ausland bei einem Verkehrsunfall ums Leben gekommen‹, hörte er die Stimme seines Bruders im Ohr klingeln.

Wolfram Tannenbergs verdutzte Mimik sprach Bände über seinen aktuellen Verwirrungszustand. »Ich dachte, der wäre schon lange tot«, entgegnete er.

»Nein, das ist er nicht«, sagte König und stieß einen Grunzlaut aus, der jedem Keiler alle Ehre gemacht hätte. »Das ist ja das Problem. Der Mistkerl ist lebendig, und zwar quicklebendig.«

»Erklär mir das bitte mal, Eckart, ich kapier nämlich im Moment überhaupt nichts mehr. Was ist damals wirklich passiert? Wo hat Gregor Kleinschmidt die ganzen Jahre über gesteckt? Was hat er in dieser Zeit gemacht? Warum hat man ihn damals für tot erklärt?«

Eckart König gab nun alle Informationen an die beiden Kriminalbeamten weiter, die er Stunden zuvor von Kleinschmidt über dessen inszenierten Tod erhalten hatte.

»Aber deshalb bist du doch nicht um diese Uhrzeit zu uns gekommen, oder?«, fragte Tannenberg, nachdem der Psychologe geendet hatte.

»Nein«, erwiderte König gedehnt.

In seinem Gesicht konnte man die Höllenqualen lesen, die ihm das, was er nun öffentlich machen musste, bereitete. Er druckste noch eine Weile herum, dann gebar er endlich die Fakten. Zuerst berichtete er von Kleinschmidts Erpressung. Auf die naheliegende Frage nach dem Grund für diese Erpressung gestand er unter Tränen seine Tatbeteiligung bei dem Banküberfall Anfang der 70er-Jahre ein.

»Ich habe nur den VW-Bus gefahren. Das schwöre ich bei allem, was mir heilig ist«, beteuerte er. »Ich war weder in der Bank noch habe ich den Polizisten erschossen.«

»Wer war's dann?«

»Das weiß ich nicht, wirklich«, erwiderte er schniefend. »Die Schüsse sind in der Bank gefallen. Ich konnte nichts sehen.«

Wolfram Tannenberg stemmte sich auf die Unterarme und wippte mit dem Oberkörper nach vorn. König wich ängstlich zurück. »Du kleine Kanaille willst uns doch nicht ernsthaft glauben machen, dass du nicht weißt, wer von eurer Saubande geschossen hat«, fuhr er ihn an.

»Doch, Wolf, es ist aber so. Die anderen sind aus der Bank gestürmt und in den Bus gesprungen. Ich bin mit vollem Karacho los. Die gesamte Fahrt über hat keiner einen einzigen Ton gesagt.«

»Und danach auch nicht?«

»Nein, darüber wurde nie gesprochen.«

»Sie wollen uns doch gerade verscheißern, oder?«, mischte sich Kommissar Schauß ein.

»Nein, nein. Ich weiß es wirklich nicht. Das müsst ihr mir glauben.«

»Polizistenmördern müssen wir überhaupt nichts glauben«, brüllte der Leiter des K 1.

Die Trauer, aber auch die Wut über diesen brutalen Mord, der damals die Barbarossastadt erschüttert hatte, waren mit einem Mal wieder zum Greifen nah. Tannenberg drückte sich in die Höhe, schlurfte zum Fenster und schaute hinunter auf den nächtlich beleuchteten Pfaffplatz, wo sich an einer Bushaltestelle eine Handvoll Jugendliche um einen Bierkasten geschart hatte. Gerade machte eine Schnapsflasche die Runde.

Erst jetzt wurde ihm die Tragweite dessen bewusst, was König da eben von sich gegeben hatte. Abrupt drehte er sich um und schritt energisch auf den Schulpsychologen zu. Mit einem schraubstockartigen Griff packte er ihn am linken Schultergelenk.

König schrie auf. »Aua, das tut weh, Wolf!«

»Dieser Schmerz ist rein gar nichts im Gegensatz zu den Schmerzen, die ihr Dreckschweine damals der Familie dieses armen Polizisten zugefügt habt.« Nach einem letzten, festen Druck lockerte er den Griff und entfernte seine Hand.

Eckart König knetete die schmerzende Stelle und zog Luft durch die geschlossenen Zahnreihen.

»Alte Memme«, höhnte Tannenberg. »Ich gehe davon aus, dass du dich der Staatsanwaltschaft als Kronzeuge zur Verfügung stellen wirst.« Mit anschwellender Stimme schob er nach: »Ist das klar?«

König nickte kaum merklich.

»Ist das klar?«, wiederholte der Kriminalbeamte in Kasernenhofmanier.

Nun wurde die Kopfbewegung deutlicher. »Ich möchte dir einen Vorschlag machen«, versetzte der Psychologe mit gedämpfter Stimme.

»Was? Du willst mich zu einem Deal überreden?«

»Ja«, sagte König mit gepresster Stimme.

Tannenberg stemmte die Hände auf die Hüftknochen. »Und wie soll dieser Deal bitte schön aussehen?«

Königs Antlitz war von blanker Panik gezeichnet. »Wenn ich als Kronzeuge aussagen und dazu auch noch den Mörder von Irene und Claudia nennen würde, käme ich doch bestimmt nicht ins Gefängnis, oder?«

»Du weißt also, wer die Frauen ermordet hat?«, fragte Tannenberg mit gekrauster Stirn.

»Ja, das weiß ich«, behauptete König.

»Woher?«

»Die betreffende Person hat die Morde unter Zeugen zugegeben.«

»Also gut, wenn du uns jetzt den Namen des Täters verrätst, sage ich dir hiermit zu, dass ich mich für dich einsetzen werde«, versprach Tannenberg.

»Das reicht mir aber nicht. Ich möchte einen Anwalt hinzuziehen.«

»Jetzt, um diese Uhrzeit? Das kannst du getrost vergessen.«

Trotzig verschränkte der Schulpsychologe die Arme vor der Brust. »Gut, dann warte ich mit meiner Aussage eben bis morgen früh.«

Mit einer schnellen Bewegung hechtete Tannenberg auf den Schulpsychologen zu, fasste ihn am Kragen und zog ihn vom Stuhl hoch.

»Schluss mit diesem Kasperletheater, du durchgeknallter Psychoklempner. Wir haben keine Zeit mehr zu verlieren«, brüllte der Kommissariatsleiter. »Vielleicht ist der Mörder schon unterwegs, um den nächsten aus eurer Clique zu töten. Zwei davon hat er ja bereits erledigt. Deshalb sagst du uns jetzt auf der Stelle, wer die beiden Frauen umgebracht hat.« Tannenberg verstärkte seinen Griff. »Sonst lernst du mich von einer anderen Seite kennen, mein alter Freund.«

»Lass mich sofort los!«, schrie König. »Entweder zu meinen Bedingungen oder überhaupt nicht.«

»So keck auf einmal, Eckart? Ich denke nicht, dass du dich gerade in einer Verhandlungsposition befindest, in der du Bedingungen stellen kannst.« Der Chef-Ermittler räusperte sich. »Ich mach dir einen Vorschlag zur Güte, Eckart«, sagte er in versöhnlicherem Ton, während er Königs Hemdkragen demonstrativ glatt strich. »Mein Kollege setzt einen Text auf, in dem wir beide versichern, dass du bei uns warst und uns den Mörder genannt hast. Wir unterschreiben ihn dann alle drei. Und wenn du dieses Dokument der Staatsanwaltschaft vorlegst und dich zudem bereit erklärst, als Kronzeuge gegen deine alten Kumpel auszusagen, bin ich mir sicher, dass du relativ ungeschoren aus der Sache herauskommen wirst.«

Mit einer eindeutigen Kopfbewegung wies er Michael Schauß an, sich an seinen Computer zu setzen und das Schriftstück zu erstellen. Tannenberg diktierte den Inhalt, und Schauß druckte den Text anschließend dreimal aus. Zuerst unterzeichneten die Kriminalbeamten, dann widerwillig Eckart König.

Der Schulpsychologe steckte die schriftliche Erklärung in sein Sakko, anschließend ließ er die Katze aus dem Sack: »Gregor hat vor uns allen gestanden, Irene und Claudia ermordet zu haben.«

»Und warum sollte er das getan haben?«, fragte der Leiter des K 1.

»Weil sich die beiden geweigert haben, das von ihm geforderte Schweigegeld zu bezahlen.« Königs Augen leuchteten auf. »Klaus Schwallo, der Nachbar von Claudia, hat Gregor übrigens gestern Abend in der Nähe ihres Hauses beobachtet.«

Tannenberg brummte. »Interessant, wirklich interessant. Okay, Eckart, dann werden wir uns diesen feinen Herrn Kleinschmidt mal anständig zur Brust nehmen.«

»Dazu müssten wir ihn allerdings erst mal haben«, bemerkte sein bedeutend jüngerer Mitarbeiter.

»So ist es, mein lieber Michael. Aber vielleicht weiß ja unser Freund hier zufällig, wo er sich versteckt hält.« Doch gleich darauf verwarf Tannenberg diese Möglichkeit. »Quatsch, dieser Kleinschmidt wird ja wohl nicht so blöd gewesen sein und euch seinen Unterschlupf verraten haben.«

»Das nicht«, sagte König. Ein schiefes Lächeln huschte über sein Gesicht. Er kramte einen Zettel aus der Innentasche seines verschlissenen Sakkos und verkündete: »Aber er hat uns allen seine Handynummer gegeben. Vielleicht kann man sein Handy ja orten.«

»Klasse Idee, Eckart«, lobte Tannenberg und beauftragte Schauß, sich sofort darum zu kümmern. »Wieso bist du eigentlich ausgerechnet jetzt zu uns gekommen?«, wollte er anschließend von seinem alten Handballkameraden wissen.

Der Schulpsychologe trank einen Schluck Kaffee. Der war zwar inzwischen kalt geworden, aber die Flüssigkeit half gegen den trockenen Mund und erleichterte das Sprechen.

»Nach dem Treffen mit Gregor habe ich es einfach nicht mehr ausgehalten«, sagte König schniefend. »Ich habe schreckliche Angst, dass ich der Nächste auf seiner Liste sein könnte.«

»Hast du etwa auch nicht bezahlt?«, fragte der Chef-Ermittler.

»Doch, aber die zweiten 50.000 Euro kann ich nie und nimmer auftreiben.« Ein flehender Blick zu Tannenberg. »Weißt du, Tanne, diese schreckliche Sache von damals hat mich die ganzen Jahre über psychisch enorm belastet.«

»Das kann ich sehr gut nachvollziehen.« Der Leiter des K 1 ging zu ihm hin und tätschelte ihm die Schulter. »War schon gut, Eckart, dass du reinen Tisch gemacht und dein Gewissen erleichtert hast.«

Eckart König seufzte tief. »Ja, irgendwie schon. Aber jetzt habe ich große Angst, dass die sich an mir rächen werden.«

»Wer?«

»Na, Gregor oder die anderen.«

»Darüber mach dir mal keine unnötigen Gedanken, mein lieber Eckart. Von uns erfährt niemand, dass du bei uns warst«, versuchte Tannenberg seinem Top-Informanten die panische Angst zu nehmen.

Das wird ein Freudenfest, wenn die Presse davon erfährt, dass ausgerechnet diese Friedenstäubchen einen Banküberfall verübt haben, bei dem ein Polizeibeamter getötet wurde, jubilierte er in Gedanken. Er rieb sich die Hände. Herrlich, dass auch die Anung-Loos dabei war, das soziale Gewissen und Gutmensch-Aushängeschild der Landesregierung. Das wird einen Riesenskandal geben.

13

Anhand der ersten vier Ziffern der Handynummer konnte der zuständige Mobilfunkprovider schnell ermittelt werden. Kommissar Schauß beauftragte den Netzbetreiber mit einer Notfallortung des gesuchten Handys.

Derweil verständigte Tannenberg den Leiter des Sondereinsatzkommandos, das in der Polizeischule in Enkenbach stationiert war. Im Telegrammstil schilderte er ihm die Sachlage und bat ihn, umgehend die Einsatzbereitschaft seiner SEK-Truppe herzustellen.

»Diesen Hinweis hättest du dir wirklich sparen können, Wolf«, spottete sein Gesprächspartner. »Der war so überflüssig wie ein Abstieg des 1. FCKs aus der ersten Bundesliga.«

Einziger Anhaltspunkt für den möglichen Aufenthaltsort des gesuchten Gregor Kleinschmidt war bislang der verlassene Bauernhof, zu dem der mutmaßliche BND-Informant die ehemaligen Cliquenmitglieder bestellt hatte.

König hatte behauptet, dass Kleinschmidt wie aus dem Nichts in der Küche des abgelegenen Gehöfts erschienen sei. Man habe ihn vorher weder gehört noch gesehen. Auch von einem Fahrzeug, mit dem Kleinschmidt zu dem Bauernhof gelangt sein könnte, habe er nichts mitbekommen.

Deshalb war nicht auszuschließen, dass sich der Gesuchte auf dem Gelände des zwischen Otterberg und Baalborn gelegenen Bauernhofs oder in dessen unmittelbarer Nähe versteckt hielt und er zu Fuß zum Treffpunkt gelangt war.

Der Einsatzleiter hatte gerade den Befehl zum Ausrücken in Richtung des abgelegenen Gehöfts erteilt, als sich

Tannenberg erneut bei ihm meldete und ihm eröffnete, dass Kleinschmidts Handy in der Rudolf-Breitscheid-Straße geortet wurde. Da sich in dem angegebenen 100-Meter-Ortungsradius nur ein einziges Hotel befand, wurde dieses als Zielort des SEK-Einsatzes festgelegt.

Tannenberg und Michael Schauß warteten in ihrem silbernen Dienst-Mercedes auf Höhe der Ziegelstraße gespannt auf das SEK. In keinem der zur Straße hin gelegenen Fenster des recht unscheinbar wirkenden Hotels brannte Licht.

»Am besten für alle Beteiligten wäre es sicher, wenn der Kerl schlafen würde«, sagte sein junger Mitarbeiter. Nervös trommelte er auf dem Lenkrad herum. »Zumal er nach Königs Angaben eine Waffe bei sich hat.«

Sein Chef nickte mit zusammengekniffenen Lippen. »Bitte hör auf mit diesem Krach«, bat er.

Schauß reagierte sofort und legte seine Hände auf den Oberschenkeln ab.

Tannenberg war hoch motiviert und bis in die Haarspitzen konzentriert. Seine Augen sondierten die Umgebung und folgten gerade einem Taxi, das in Richtung der Marienkirche unterwegs war.

»Das ist wirklich der Hammer«, flüsterte er. »Wir vermuten diesen Kleinschmidt irgendwo in der Nähe von Baalborn, und dann hat sich der Kerl hier mitten in der Stadt einquartiert.«

»Und da auch noch ziemlich genau auf halber Wegstrecke zwischen deiner Wohnung und unserer Dienststelle«, meinte Michael Schauß. »Das war bestimmt Absicht, um sich über uns lustig zu machen. Im Sinne von: ›Hallo, ihr unfähigen Bullen, ich sitze in eurer unmittelbaren Nähe und ihr könnt mir rein gar nichts‹.«

»Quatsch«, zischte Tannenberg, »das war bestimmt reiner Zufall.«

»Na ja, ich weiß nicht, Wolf«, wandte sein Kollege ein. »Die Fälle, mit denen wir es bisher zu tun hatten, seitdem du Leiter des K 1 bist, waren derart gespickt mit vermeintlichen Zufällen, dass ich nicht mehr so recht an solche Schicksalsfügungen glauben mag.«

Wolfram Tannenberg zuckte zusammen, sein Körper versteifte sich einen Moment lang. »Da vorne sind die SEK-Leute«, raunte er. »Komm, wir gehen rüber.«

Die beiden Kriminalbeamten begaben sich so unauffällig wie möglich hinüber auf die andere Straßenseite, wo gerade ein schwarzer SEK-Kleinbus eintraf, dessen Scheiben fast undurchsichtig waren. Von dieser Position aus hatte der Einsatzleiter den etwa 50 Meter entfernten, nur spärlich beleuchteten Hoteleingang gut im Blick.

Tannenberg stellte sich an die Beifahrertür, woraufhin sich das stark getönte Seitenfenster einen Spalt weit absenkte. »Hallo, Erich«, begrüßte er seinen alten Kollegen, mit dem er in der Vergangenheit schon des Öfteren zu tun gehabt hatte. Die beiden verband nicht nur eine tiefe Sympathie, sondern auch die leidenschaftliche Liebe zum 1. FC Kaiserslautern.

»Pass auf, alter Junge, ich hab mir folgende Strategie überlegt«, erklärte Tannenberg: »Wir gehen erst mal alleine rein und fragen den Nachtportier, ob unser Freund dort tatsächlich ein Zimmer gemietet hat.«

»Okay. Aber bitte ohne das geringste Risiko einzugehen. Ist das klar, Wolf?«, ertönte eine tiefe Männerstimme aus dem Wageninneren. »Dafür sind wir zuständig.«

»Sicher, Erich. Wenn wir seine Zimmernummer erfragt haben, kommen wir sofort wieder raus. Dann seid ihr dran.«

Unauffällig wie zwei Reisende, die spät in der Nacht ein Zimmer suchten, betraten die Kriminalbeamten das Hotel. In dem kleinen Empfangsraum war niemand zu sehen, doch hinter dem Tresen flackerte das Licht eines Fernsehgerätes.

Wolfram Tannenberg stellte sich an den Tresen, schaute sich um und rief, als er immer noch niemanden entdecken konnte, in eine vermeintliche Pförtnerloge hinein: »Hallo, ist da jemand?«

Den zuerst schnappenden und dann grummelnden Geräuschen nach zu urteilen war der Nachtportier gerade unsanft geweckt worden. Es dauerte noch gut 20 Sekunden, bis ein circa 70 Jahre alter, schlohweißer Mann im Türrahmen erschien.

Er sah ziemlich zerknittert aus. Nachdem er sich gähnend die Augen gerieben hatte, fragte er: »Doppelzimmer oder zwei Einzelzimmer? Wie lange …?«

Den Rest verschluckte er, denn Tannenberg hatte inzwischen seinen Dienstausweis gezückt und gleichzeitig seinen Zeigefinger auf die Lippen gelegt.

Begriffsstutzig schien der Nachtportier nicht zu sein, denn er verstand die Geste sofort und nickte. Anscheinend hatte er in dem Hotel, das in der Nähe des Hauptbahnhofs lag, solche Situationen schon des Öfteren erlebt.

»Wen suchen Sie denn?«, flüsterte er.

»Einen circa 60-jährigen, grauhaarigen Mann mit Hornbrille, etwa 1,90 Meter groß, hagere Figur, leicht schiefe Körperhaltung. Er heißt Gregor Kleinschmidt. Möglicherweise benutzt er jedoch einen anderen Namen.«

»Das kann eigentlich nur der Großmüller sein«, wisperte der Nachtportier.

»Wie lange wohnt dieser Mann schon hier?«

Sein Gegenüber legte den Kopf schief und schob die Oberlippe vor. »Etwa drei Wochen. Wenn Sie's ganz genau wissen wollen, müsste ich nachschauen.« Er griff zum Anmeldebuch und wollte sich kundig machen, doch

Tannenberg legte seine Hand darauf. »Nicht nötig. Welche Zimmernummer hat er?«

»Die 24, zweites Obergeschoss, vierte Tür rechts.«

»Wie viele Gäste beherbergen Sie im Moment?«

»Drei. Ein Ehepaar aus England und Großmüller eben.«

»Wohnen er und das Ehepaar im selben Stockwerk?«

»Nein, die beiden wollten unbedingt ein Zimmer im Erdgeschoss haben.« Er wies in einen dunklen Flur hinein.

»Sehr gut, danke. Geben Sie mir bitte Ihren Generalschlüssel und ziehen Sie sich in Ihr Büro zurück. Verschließen Sie die Tür. Das SEK wird gleich hier aufkreuzen.« Tannenberg grinste. »Und da kratzt man lieber rechtzeitig die Kurve.«

Der Nachtportier antwortete mit einer Kopfbewegung und verschwand in seinem Fernsehzimmer.

Der Chef-Ermittler trat hinaus auf den Bürgersteig und gab dem SEK-Einsatzleiter ein Handzeichen. Daraufhin fuhr der schwarze Kleinbus direkt vor das Hotel. Tannenberg gab mit knappen Worten seine Informationen weiter und händigt dem SEK-Einsatzleiter den Generalschlüssel aus.

Auf ein Kommando hin öffnete sich die Schiebetür und sechs martialisch gekleidete, behelmte und schwer bewaffnete Gestalten huschten nahezu geräuschlos in die Hotelloge.

Das SEK-Kommando war ein eingespieltes Team und hatte solche Überraschungszugriffe schon tausendmal trainiert und zigmal in realen Situationen durchgeführt. Alle Bewegungsabläufe waren automatisiert. Auch diesmal lief die einstudierte Aktion wie am Schnürchen ab. Die furchterregenden Gestalten verständigten sich mit Handzeichen und hasteten kaum hörbar die Hoteltreppe hinauf.

Tannenberg und Schauß folgten der Truppe in gemessenem Abstand. Als sie im Flur des zweiten Obergeschosses eintrafen, waren die Einsatzkräfte bereits zu beiden Seiten der Tür mit der Zimmernummer 24 postiert. Einer der SEK-Beamten steckte vorsichtig den Generalschlüssel in die Tür und drehte ihn in Zeitlupe herum. Tannenberg klopfte das Herz bis zum Hals.

Dann ging alles blitzschnell: Grelles Licht einer Blendgranate, ein paar laute Schreie – und alles war vorüber. Kaum eine Minute später winkte der Einsatzleiter die Kriminalbeamten zu sich.

»Das Vögelchen ist leider ausgeflogen«, sagte er schulterzuckend.

Seine Mitarbeiter zerrten derweil die Matratze vom Bett, rissen das Laken herunter, durchsuchten den Kleiderschrank, eine kleine Kommode, das winzige Bad und die in zwei Sporttaschen deponierten Habseligkeiten des gesuchten Mannes. Ein SEK-Beamter überreichte Tannenberg ein eingeschaltetes Handy. Schauß wählte Kleinschmidts Nummer, woraufhin dieses Mobiltelefon klingelte.

»Habt ihr Geldbeutel oder Papiere gefunden?«, fragte Tannenberg in den Raum hinein. Aber er erntete lediglich Kopfschütteln. »Und eine Waffe?«

Wieder die gleiche Reaktion.

»Wo steckt dieser Mistkerl bloß?«, brummelte der Leiter der Kaiserslauterer Mordkommission vor sich hin.

»Vielleicht ist er nur um die Ecke in eine Kneipe gegangen«, meinte Michael Schauß, »und kippt sich gerade ein paar Bierchen hinter die Binde. Wäre nachvollziehbar, bei dem, was dieser Verbrecher getan hat.«

»Ja, das könnte sein«, stimmte sein Chef zu. »Obwohl, wer weiß, vielleicht befindet er ja auch gerade auf dem Weg zu seinem nächsten Opfer.«

»Mal doch nicht gleich den Teufel an die Wand«, meinte Schauß.

»Unser Mörder *ist* ein Teufel, mein lieber Michael.«

»Meinst du wirklich, dieser Kleinschmidt schlachtet jetzt schon eine weitere Kuh, die er noch melken will?«

»Was hab ich da eben gehört?«, fragte Tannenberg. »Du bezeichnest die Frau Staatssekretärin als Kuh? Das ist ja unglaublich«, ergänzte er mit gespielter Empörung.

»Entschuldigung«, sagte Schauß und grinste dabei.

»Aber du hast natürlich schon recht, Michael. Ich sollte wirklich nicht immer gleich mit dem Schlimmsten rechnen. Also gehen wir stattdessen lieber mal davon aus, dass der Gesuchte sich hier irgendwo in der Nähe in einer Kneipe oder in einer Bar aufhält.«

Der Leiter des K 1 schob die Augenbrauen zusammen. »Aber wieso lässt er dann sein Handy im Hotelzimmer zurück? Wenn stimmt, was uns König vorhin erzählt hat, dann hat Kleinschmidt den anderen seine Handynummer doch wohl deshalb gegeben, damit sie sich bei ihm melden können, wenn sie das Geld haben.«

»Klar, Wolf, nur wer kann denn schon mitten in der Nacht 50.000 Euro auftreiben?«

»Du hast schon wieder recht, Michael. Beim dritten Mal musst du einen ausgeben.« Tannenberg machte eine flatternde Handbewegung. »Ist aber auch egal, warum er das Handy zurückgelassen hat. Vielleicht hat er's einfach nur vergessen. Da wir lediglich eine vage Beschreibung von ihm haben, werden wir nun wohl den Nachtportier bitten müssen, uns zu einer nächtlichen Kneipenkur zu begleiten. Denn der weiß ja wohl, wie sein Hotelgast aussieht.«

»Mit dieser waghalsigen Spekulation dürftest zur Abwechslung mal du recht haben«, spottete Schauß.

»Also, Kollegen, dann ziehen wir uns jetzt alle zurück

und warten, bis ihr uns ruft. In unserem Aufzug können wir ja wohl kaum eine Kneipentour machen«, sagte der Einsatzleiter und legte jeweils eine Hand auf die Schultern seiner Kollegen. Er zog die schwarze Sturmhaube vom Kopf und schaute ihnen tief in die Augen.

»Aber noch mal zur Erinnerung, ihr beiden Rambos«, sagte er. »Ihr geht mir nicht das geringste Risiko ein. Denkt daran, dass der Typ bewaffnet ist. Wenn ihr wisst, wo er sich aufhält, verständigt ihr uns. *Wir* schnappen ihn uns dann. Keiner deiner berühmt-berüchtigten Alleingänge, Wolf. Okay?«

»Ja«, kam es gedehnt zurück. »Wir machen's wie eben besprochen. Mach dir um uns keine Sorgen, Kleinschmidt kennt uns ja gar nicht. Also haben wir auch nichts von ihm zu befürchten.«

»Bist du dir da sicher?«

»Klar, woher sollte er uns denn auch kennen?«

Eine nach Tannenbergs Einschätzung bedeutend größere Gefahr bestand darin, dass Gregor Kleinschmidt durch eine verräterische Geste oder ein unbedachtes Mienenspiel des Nachtportiers auf die Kriminalbeamten aufmerksam werden könnte. Deshalb traf er mit dem alten Mann eine Vereinbarung. Nach dieser sollte er jeweils kurz in die abzuklappernde Kneipe hineingehen und sich dort nach Kleinschmidt umschauen, während die Ermittler draußen vor der Tür auf ihn warteten.

Nachdem der Nachtportier zwei Bars erfolglos besucht hatte, wurde er im *Quartier Latin*, einer alteingesessenen Studentenkneipe in der Richard-Wagner-Straße, fündig.

»Da drinnen ist er«, sagte der alte Mann mit zittriger Stimme, als er zu seinen Begleitern zurückkehrte, die vor der Tür geduldig gewartet hatten.

»Hat er Sie bemerkt?«, fragte Tannenberg.

»Nein, das glaube ich nicht. Er sitzt an der Bar. Ich hab ihn nur kurz von hinten gesehen. Dann bin ich gleich wieder raus.«

»Aber Sie haben ihn trotzdem zweifelsfrei erkannt?«

»Ja, er ist es hundertprozentig. Er trägt dieselbe alte Lederjacke, die er sonst auch immer anhatte.«

»Wo sitzt er genau?«

Der Nachtportier malte mit dem Fingernagel den Grundriss der Studentenkneipe auf die Innenfläche seiner linken Hand und erläuterte: »Wenn man reinkommt, befindet sich hier der Tresen. Und Großmüller sitzt ziemlich weit rechts.«

»Sind die Plätze neben ihm frei?«

Der alte Mann strich sich nachdenklich übers Kinn. »Also, wenn ich mich nicht täusche, waren die Barhocker links und rechts neben ihm nicht besetzt.«

»Okay. Und wie viele Leute halten sich im Moment in der Kneipe auf?«

Der Nachtportier machte eine unschlüssige Geste. »Vielleicht 20, eher mehr.«

»Gut, dann gehen Sie jetzt bitte zurück in Ihr Hotel.«

Der Nachtportier nickte und wollte gleich losmarschieren.

Doch Tannenberg hielt ihn am Ärmel fest. »Nein, Sie bleiben doch besser hier«, korrigierte er plötzlich seine Anweisung.

»Wieso denn das, Wolf?«, fragte Schauß verwundert.

»Wenn er jetzt am SEK vorbeikommt, krallen die ihn sich und rücken dann sofort hier an. Ein SEK-Einsatz in einer gut besuchten Kneipe stellt ein unkalkulierbares Risiko dar.« Sein Vorgesetzter schüttelte entschieden den Kopf. »Nein, Michael, wir gehen da alleine rein.«

Schauß schluckte hart. »Hast du wenigstens deine Waffe dabei?«

»Nee, die brauchen wir auch nicht. Wir spielen zwei Nachtschwärmer, die noch einen Absacker trinken wollen. Für uns spricht eindeutig der Überraschungseffekt. Dagegen kann es bei einem SEK-Einsatz leicht zu Panik unter den Gästen kommen. Oder Kleinschmidt könnte durchdrehen, die Waffe ziehen und dann vielleicht vom SEK erschossen werden. Ich will ihn aber unbedingt lebendig haben.«

Man sah dem jungen Kommissar an, dass ihm nicht ganz wohl bei der Sache war. Die beiden Mordermittler legten ihre konkrete Vorgehensweise fest. Dann entsicherte Schauß seine Dienstwaffe und ließ sie wieder unter seiner Lederjacke verschwinden. Kurz darauf betraten die Ermittler das *Quartier Latin*.

Tannenberg schob den schweren roten Vorhang zur Seite, der einen kleinen Windfang abtrennte, und ließ Schauß den Vortritt. Das *Quartier Latin* war eine urgemütliche Studentenkneipe, in der Wolfram Tannenberg und sein Bruder seit ihrer Oberstufenzeit viele Stunden verbracht hatten. Aus den Lautsprecherboxen dröhnte ›Smoke on the Water‹ von Deep Purple.

Gleich mit dem ersten Blick hatte der Leiter des K 1 den Gesuchten erspäht. Gregor Kleinschmidt saß tatsächlich genau an der Stelle, die der Nachtportier beschrieben hatte. In Gedanken versunken stierte er auf sein noch etwa zwei Fingerbreit gefülltes Rotweinglas. Er schien von nichts und niemandem um ihn herum Notiz zu nehmen.

Der untersetzte Wirt, der gerade ein Pils zapfte, blickte den neuen Gästen freundlich entgegen. Als sich die Kriminalbeamten gemessenen Schrittes dem Schanktisch näherten, öffnete er den Mund, wollte offensichtlich etwas sagen. Doch bevor er den ersten Laut artikulieren konnte, packten die Ermittler Kleinschmidt von hinten an den

Oberarmen, rissen ihn vom Barhocker und warfen ihn auf den Boden.

»Polizeiaktion. Kein Grund zur Beunruhigung«, brüllte Tannenberg so laut er nur konnte.

Blitzschnell legte Schauß dem Gesuchten Handschellen an. Gregor Kleinschmidt stöhnte auf, verhielt sich aber völlig passiv. Tannenberg zog aus dessen Gesäßtasche einen Geldbeutel und fischte den Personalausweis des potenziellen Frauenmörders heraus.

»Peter Großmüller, geboren am 12. August 1953 in Bielefeld, wohnhaft in Bochum und so weiter«, las er vor.

»Dein neuer Name, was?«, höhnte Tannenberg, während er Kleinschmidts Körper nach einer Waffe absuchte.

Sie steckte in der linken Innentasche der schwarzen Lederjacke und war nicht durchgeladen. Tannenberg streifte Plastikhandschuhe über und zog einen Asservatenbeutel aus seinem Sakko. Anschließend nahm er die silberne Pistole an sich und ließ sie in dem durchsichtigen Beutel verschwinden.

Gregor Kleinschmidt war anscheinend immer noch derart geschockt von dieser überfallsartigen Attacke, dass er keinen einzigen Ton herausbrachte. Die beiden Kriminalbeamten hievten ihn hoch und stellten ihn auf die Beine. Dann führten sie ihn unter den Augen der geschockten Kneipengäste ab.

Der Einsatzleiter des SEK staunte nicht schlecht, als er wenig später im Rückspiegel seine Kollegen und den gefesselten angeblichen BND-Informanten auftauchen sah. Er riss die Fahrertür auf und stürmte seinem unbelehrbaren Kollegen entgegen.

»Ich weiß, mein lieber Erich«, sagte Tannenberg mit einer entschuldigenden Geste, »ich hatte dir eigentlich versprochen, dass wir keinen Alleingang unternehmen werden.

Aber die Situation war viel zu unübersichtlich für einen SEK-Einsatz. Die Kneipe ist bis auf den letzten Platz mit Gästen vollgestopft«, schwindelte er, ohne dabei rot zu werden.

Sein triumphaler Blick wanderte zu Kleinschmidt, der mit hängendem Kopf einen Meter von ihm entfernt stand. Kommissar Schauß hielt ihn an den Handschellen fest. »Wir haben den sympathischen Herrn hier total überrumpelt. Bevor er irgendetwas kapiert hatte, war er bereits gefesselt und entwaffnet«, tönte der Leiter der Kaiserslauterer Mordkommission.

»Alter Angeber«, sagte der Einsatzleiter und unter seiner Sturmhaube zeichneten sich die Konturen eines breiten Grinsens ab. »Du bist mir vielleicht eine Marke, Wolf. Aber was soll's, wie sagt man so treffend: Der Erfolg heiligt die Mittel. Glückwunsch!«

Während Tannenberg und sein junger Kollege den mutmaßlichen Mörder und Erpresser zu ihrem Dienstwagen brachten und Kleinschmidt auf dem Rücksitz platzierten, fuhr der schwarze Kleinbus des Sondereinsatzkommandos unverrichteter Dinge zurück in die Polizeischule nach Enkenbach.

Wolfram Tannenberg und sein Mitarbeiter transportierten den nach wie vor schweigsamen Gregor Kleinschmidt in das Verhörzimmer des K 1. Der Kommissariatsleiter nahm ihm gegenüber Platz, wogegen sich Schauß wie ein Wachtposten neben der Tür aufbaute. Tannenberg belehrte den vorläufig Festgenommenen über seine Rechte und schaltete das Tonbandgerät ein.

»Mittwoch, 10. September 2014, 00.25 Uhr. Beschuldigtenvernehmung des Gregor Kleinschmidt, alias Peter Großmüller.« Er drückte auf die Stopp-Taste. »Kleinschmidt –

Großmüller, wer ist denn auf diesen genialen Decknamen gekommen? Einer vom BND oder BKA? Oder durften Sie sich den originellen Alias selbst aussuchen?«

Tannenberg erhielt keine Antwort.

»Na ja, wahrscheinlich war das eine Idee Ihres Führungsoffiziers oder wie man diese«, er malte Gänsefüßchen in die Luft, »›Kriminellenbetreuer‹ nennt.« Der Kommissariatsleiter tippte sich an die Stirn.

»Logo: Als der BND Ihnen eine neue Identität verschafft hat, musste natürlich auch ein neuer Name her. Aber wie haben denn Ihre ehemaligen Genossen auf diesen Namen reagiert? Wie hat diese Bespitzelungsaktion in der DDR eigentlich überhaupt funktioniert? Wissen Sie, ich habe nämlich keine Ahnung von solchen Geheimdienstsachen.«

Wieder keine Reaktion.

»Ist ja auch völlig schnuppe. Ich nenne Sie jedenfalls weiter bei Ihrem Geburtsnamen. Okay?«

Kleinschmidts graublaue Augen wanderten an Tannenbergs Hemd empor und fixierten ihn mit einem stechenden Blick.

Tannenberg schaltete den Rekorder wieder ein. »Was für ein Gefühl ist das eigentlich, wenn man seine alten Weggefährten ausspioniert?«, fragte er. »Oder nennen sich Terroristen wie Sie untereinander ›Genossen‹ oder ›Kämpfer‹ oder wie sonst?«

Sein Gegenüber zeigte auch weiterhin nicht die geringste Regung.

»Fühlt man sich als Verräter nicht richtig dreckig?«, legte Tannenberg nach. »Ich frage so blöd, weil ich noch nie jemanden verraten habe und das auch nie tun werde.« Er tippte mit dem Zeigefinger auf den Festgenommenen. »Verräter sind nämlich für mich persönlich das Allerletzte!«

Ein fast unmerkliches Zucken seiner Augenlider verriet, dass der ehemalige BND-Informant offenbar doch nicht ganz so cool und abgebrüht war, wie er den Anschein erwecken wollte.

»Na, was war denn das nun für ein Gefühl, seine Freunde zu verraten?«, spielte Tannenberg weiter auf der Klaviatur der Provokation. »Hatten Sie dabei keine Gewissensbisse? Ihre Freunde haben Ihnen doch sicherlich blind vertraut.«

»Das waren nicht meine Freunde«, sagte Kleinschmidt in schneidendem Ton.

»Von mir aus. Dann waren es eben Ihre Kampfgenossen.«

»Auch das nicht. Ich habe nicht mit denen gekämpft.«

»Sie waren aber doch Mitglied der RAF, oder etwa nicht?«

»Mitglied der RAF«, wiederholte Kleinschmidt, allerdings mit einer kräftigen Portion Hohn in der Stimme. »Wie sich das anhört. Als sei die RAF ein Kaninchenzüchterverein gewesen mit Vorsitzendem und gepflegtem Vereinsheim. Meinen Sie vielleicht, die RAF hätte Mitgliedsausweise ausgestellt?«

»Ist doch wurscht, wie man das nennt«, blaffte Tannenberg zurück. »Jedenfalls waren Sie immerhin ein steckbrieflich gesuchter RAF-Terrorist. Diese zweifelhafte Ehre wurde damals ja schließlich nicht sehr vielen Menschen zuteil. Ihnen dagegen schon.«

»Was für ein Quatsch! Ich war nur ein harmloser Mitläufer«, behauptete der Beschuldigte.

»Also hat ein harmloser Mitläufer damals den Polizisten erschossen?«

Gregor Kleinschmidt legte sich mit einer Unschuldsgeste beide Handflächen auf die Brust. »Ich war es jedenfalls nicht.«

»Wer denn dann?«

»Kein Kommentar.«

»Ich fass es nicht: Obwohl Sie Ihre Kameraden jahrelang verraten haben, halten Sie sich noch an das damalige Schweigegelübde.« Tannenberg schnaubte verächtlich. »Dafür kann es doch nur einen einzigen Grund geben, Herr Kleinschmidt: Sie selbst sind der gesuchte Polizistenmörder.«

»Meinen Sie wirklich, dann hätte der BND sich diese ganze Mühe mit mir gemacht?«

»Nicht unlogisch, diese Argumentation«, bemerkte Michael Schauß und handelte sich sogleich einen tadelnden Blick seines Vorgesetzten ein.

»Fragen Sie doch die anderen, die bei diesem bescheuerten Banküberfall dabei waren. Vielleicht sagt Ihnen von denen ja jemand, wer die tödlichen Schüsse abgegeben hat.« Kleinschmidt lehnte sich in seinem Stuhl weit nach hinten und streckte die Beine aus. »Tut mir ja schrecklich leid für Sie, aber ich war es nun wirklich nicht.«

»Wenn das stimmt, könnten Sie uns doch den wahren Täter verraten«, bohrte Tannenberg weiter. »Im Verraten sind Sie ja offenbar ein ausgewiesener Experte.«

»Nein«, beharrte Kleinschmidt. »Denn auch wenn ich zeitweise für den BND gearbeitet habe, werde ich niemals das Gesetz des eisernen Schweigens brechen. Wir haben uns damals hoch und heilig geschworen, den Bullen niemals zu verraten, wer an einer bestimmten Aktion beteiligt war und wer dabei was getan hat. Und daran werde ich mich auch in Zukunft halten. Ich habe mir tatsächlich schon genug vorzuwerfen. Das nicht auch noch.«

»Schade«, meinte Tannenberg.

»Mal was anderes, Herr Oberbulle: Wer von dieser Saubande hat mich denn eigentlich an Sie verraten?«, wollte der Exinformant wissen.

Wolfram Tannenberg grinste über beide Backen. »Mein

lieber Herr Kleinschmidt, Sie müssten doch wohl am allerbesten wissen, welch hohes Gut der Informantenschutz für die Strafverfolgungsbehörden darstellt.«

»Ich kann es mir sowieso denken: Das war garantiert der König, dieser hinterhältige Saukerl.«

»Also, Wolf, ich kann diesem Typen wirklich nicht mehr lange zuhören«, schimpfte Michael Schauß. »Der erpresst seine alten Freunde mit der Drohung, ihre Existenz zu zerstören, indem er sein Wissen über den gemeinsam begangenen Banküberfall an die große Glocke hängt, und dann beschwert er sich auch noch über das angebliche Fehlverhalten anderer.«

»Ja, dieser Herr hier ist tatsächlich ein bemerkenswerter Zeitgenosse«, entgegnete Tannenberg. Dann wandte er sich wieder seinem Gegenüber zu. »Herr Kleinschmidt, wissen Sie übrigens schon, dass wir Sie nicht wegen dieser Erpressungsgeschichte und dem damaligen Banküberfall mit Polizistenmord festgenommen haben?«

»Sondern?«

»Sie werden beschuldigt, Irene Graupeter und Claudia Ratz-Zapp heimtückisch und brutal ermordet zu haben«, zog der Leiter des K 1 eine weitere Trumpfkarte.

Gregor Kleinschmidts Gesicht erstarrte zu einer grauen Totenmaske. Um die Nasenspitze herum wurde er plötzlich so weiß, dass man einen Kollaps befürchten musste.

»Was hab ich?«, keuchte er.

»Bring ihm bitte mal ein Glas Wasser«, bat Tannenberg seinen Kollegen.

Mit zitternden Händen führte Kleinschmidt das Glas an den Mund und trank hastig. Klackernd stellte er es ab und wischte sich mit dem Handrücken die Feuchte vom Mund ab. »Wer behauptet denn so etwas?«, kam es gepresst über seine Lippen.

»Sie selbst sollen sich bei dem Treffen mit Ihrer ehemaligen Clique auf dem Bauernhof mit den beiden Morden gebrüstet haben«, versetzte der junge Kommissar, der nun neben seinem Chef stand. »Oder wollen Sie etwa bestreiten, dass Sie das getan haben?«, schob er nach, ohne auch nur den Anflug eines Zweifels in der Stimme.

Kleinschmidt faltete die Hände so, dass die Daumen ein Kreuz bildeten. »Das hab ich doch nur gesagt, um Druck auf die anderen auszuüben«, beteuerte er. »Damit sie die Kohle auch tatsächlich lockermachen.«

»Das können Sie natürlich leicht behaupten«, warf Schauß ein.

Gregor Kleinschmidt bedachte Tannenberg mit einem flehenden Blick. »Mit dem Tod der zwei Frauen habe ich nicht das Geringste zu tun. Das müssen Sie mir glauben.«

Der Leiter des K 1 steckte die Hände hinter seinem Kopf zusammen und drückte den Oberkörper nach vorn durch. »Also wissen Sie, werter Herr Kleinschmidt, meine Bereitschaft, einem Spitzel, Verräter, Erpresser und zweifachen Mörder auch nur ein Wort zu glauben, hält sich in ganz, ganz engen Grenzen.«

»Zumal es einen Zeugen gibt, der Sie in unmittelbarer Nähe von Claudia Ratz-Zapps Haus gesehen hat«, erhöhte Kommissar Schauß den Druck.

Der ehemalige RAF-Sympathisant sackte regelrecht in sich zusammen. Er stützte seine Stirn auf die Handflächen und schüttelte monoton den Kopf. Plötzlich hielt er inne. Wie ein betender Priester hielt er die Hände aneinander und bewegte sie auf und ab, legte die Fingerkuppen kurz an die Lippen. Dann klatschte er sich mit der flachen Hand an die Stirn.

»Ich Idiot«, sagte er. »Jetzt kapier ich das endlich. Das war eine Falle.«

Die Kriminalbeamten blickten sich verdutzt an. »Was soll eine Falle gewesen sein?«, fragte Schauß.

»Gestern Abend habe ich eine SMS erhalten. Sie war mit dem Namen ›Claudia‹ unterzeichnet«, behauptete der Festgenommene. »Darin hat sie mich aufgefordert, so schnell wie möglich zu ihr zu kommen. Dann hat Claudia mir diese SMS gar nicht geschrieben.«

Kleinschmidt riss die Augen weit auf. Mit beiden Händen klopfte er seine Jacke ab. »Verdammt, wo ist mein Handy? Da muss diese SMS ja noch drauf sein.«

Betont lässig zog Tannenberg einen durchsichtigen Asservatenbeutel aus seinem Sakko, in dem sich das gesuchte Mobiltelefon befand. Er reichte es seinem Mitarbeiter. Michael Schauß schaltete es ein, ließ sich von Kleinschmidt die PIN geben und checkte anschließend die eingegangenen Nachrichten.

»›Du musst sofort zu mir kommen, Gregor. Es geht um Leben und Tod. Gruß Claudia‹«, las der Kommissar vor. »Eingegangen gestern Abend, 19.10 Uhr.«

»Der Inhalt stimmt jedenfalls«, konnte sich Tannenberg nicht verkneifen. »Denn laut Einschätzung unseres Rechtsmediziners war Frau Ratz-Zapp zu diesem Zeitpunkt bereits tot.« Er presste seine Lippen zu einem dünnen Strich zusammen. »Michael, schau noch mal nach, ob ich das auch richtig in Erinnerung habe.«

Kommissar Schauß zückte sein Notizheft und tat, wie ihm geheißen. »Ja, das stimmt«, bestätigte er nickend.

Schauß blätterte eine Seite weiter und verglich die Telefonnummer des SMS-Absenders mit einigen Nummern, die er sich notiert habe. Er klappte das Büchlein zu und strahlte wie ein Honigkuchenpferd. »Wolf, ich weiß, wem die Nummer gehört, von der die SMS an Kleinschmidts Handy abgeschickt wurde.«

»Wem?«, wollte sein Chef wissen.

»Sabrina hat sie gestern Abend aus dem Telefonverzeichnis im Haus der Professorin abgeschrieben.« Er wartete, um die Spannung noch zu steigern.

»Los, red schon«, drängte der Kommissariatsleiter.

»Es ist ihre eigene.«

»Ach, das ist ja hochinteressant«, meinte Tannenberg. »Dann wollte uns der wahre Täter mit dieser fingierten SMS also auf eine falsche Spur locken.«

»Ja, so muss es gewesen sein«, rief Kleinschmidt, sichtlich erleichtert. »Nachdem er Claudia getötet hat, nahm der Mörder ihr Handy an sich und schickte diese fingierte SMS an mich, um den Verdacht von sich …«

»… auf Sie zu lenken«, vollendete Schauß.

»Ja, sicher, was denn sonst?«

Tannenberg lachte schallend. »Clever gemacht, wirklich clever gemacht«, lobte er mit scheinheiliger Miene und ließ die Handknöchel knacken.

Er fasste Kleinschmidt scharf ins Auge. »Ich habe aber noch eine viel bessere Idee, mein Freund«, fuhr er fort. »Was halten Sie denn von folgender Erklärung: Sie Superschlauer haben sich diese SMS selbst geschickt, und zwar nachdem Sie die Professorin ermordet haben. Dazu mussten Sie schließlich nur Claudia Ratz-Zapps Handy mitnehmen, diese SMS eintippen und abschicken. An Ihre eigene Nummer, die Ihnen ja durchaus bekannt sein dürfte.«

»Den anderen auch. Ich hab sie ihnen nämlich aufgeschrieben.«

»Ja, aber erst heute Nachmittag, wie mir mein Informant glaubhaft versichert hat.«

»Von wegen! Die haben meine Nummer schon länger, bestimmt schon zwei, drei Wochen. Ich hab sie ihnen heute nur noch einmal aufgeschrieben, damit …«

»… damit sie sich sofort bei Ihnen melden können, wenn sie jeweils weitere 50.000 Euro zusammengekratzt haben«, fiel ihm Michael Schauß ins Wort.

»Kein Kommentar.«

»Sie haben wohl für alles eine Antwort parat, oder?«, versetzte Tannenberg.

»Wieso? Fragen Sie doch einfach Ihren Super-Informanten. Wenn er wirklich ehrlich ist, wird er Ihnen das bestätigen.«

Wolfram Tannenberg blies die Backen auf und ließ den aufgestauten Atem knatternd entweichen. »Also, unter uns, Herr Kleinschmidt, ausgerechnet mit Ihnen das Thema ›Ehrlichkeit‹ zu erörtern, bringt mich ehrlich gesagt an die Grenzen meiner Belastbarkeit.«

»An meine auch«, bemerkte sein Kollege.

»Und wenn unser Informant Ihre Aussage nicht bestätigen sollte – was dann?«, fragte Tannenberg.

»Dann wird er sehr wahrscheinlich seine Gründe dafür haben. Aus irgendeinem triftigen Grund wird er wohl lügen«, spielte Kleinschmidt den Ball wieder retour. »Als ich bei Claudia ankam, war sie jedenfalls schon tot.«

»Soll ich Ihnen meine ganz, ganz ehrliche Meinung zu Ihren Behauptungen sagen?«

»Ich werde Sie kaum daran hindern können«, grummelte der Exinformant.

»Wer so lange mit einem Geheimdienst zusammengearbeitet hat wie Sie, kennt garantiert alle möglichen Finten.«

»Ich war's aber nicht, verdammt noch mal«, beteuerte Gregor Kleinschmidt abermals. »Egal, wie gut Ihnen das auch in den Kram passen würde. Einmal Krimineller, immer Krimineller, oder wie?«

Wolfram Tannenberg verschränkte die Arme vor der Brust. »Nehmen wir einfach mal so zum Spaß einen Moment lang an, Sie hätten die Frauen tatsächlich nicht ermordet. Ja, wer war's denn dann? Wissen Sie das zufällig?«

»Nein, woher denn auch?« Gregor Kleinschmidt zog geräuschvoll die Nase hoch. »Das ist mir nebenbei bemerkt auch scheißegal.«

»Ihr letztes Wort ist doch Teil eines alten Spontispruchs, gell. Legal? – Illegal? – Scheißegal!«

Tannenberg hob die Brauen und stieß genervt Luft durch den offenen Mund aus. »Komm, Michael, sei so gut und schaffe mir den Kerl aus den Augen. Ich ertrage seinen Anblick nicht mehr länger.«

14

»Wolf, nehmen wir mal an, dieser Kleinschmidt hat tatsächlich nicht die beiden Frauen ermordet. Dann befänden sich die anderen Cliquenmitglieder in Lebensgefahr, weil der Mörder ja noch frei herumlaufen würde«, gab Sabrina Schauß bei der für 10 Uhr angesetzten Dienstbesprechung zu bedenken. Ihr Ehemann hatte sie unmittelbar nach seiner Nachtschicht ausführlich über die nächtlichen Ereignisse informiert.

»Nein, Sabrina, meines Erachtens existiert zurzeit keine unmittelbare Gefahr für diese Leute«, wiegelte Tannenberg ihre Befürchtungen ab. »Der Hauptverdächtige sitzt in Untersuchungshaft und kann demzufolge niemandem etwas antun. Natürlich müssen seine Aussagen noch genau überprüft werden. Aber ich denke, dass wir diesen Fall schon bald zu den Akten legen können.«

»Hat dieser Kleinschmidt eigentlich ein Alibi für den letzten Tag vor den Ferien?«, fragte Kriminalhauptmeister Geiger. »Ich meine …«

»Wir wissen schon, was du meinst«, unterbrach ihn sein Vorgesetzter.

»Nein, er hat kein wasserdichtes Alibi«, erklärte die junge Kommissarin. Sie vermied dabei jeglichen Blickkontakt mit ihrem verhassten Kollegen. »Michael hat ihn nach dem Verhör in seiner Zelle danach gefragt. Er war angeblich zu diesem Zeitpunkt ein paar Tage bei einem alten Kumpel in Mannheim.«

»Von wo aus man mit einem flotten Auto in einer guten halben Stunde hier ist«, bemerkte Karl Mertel, der Leiter der kriminaltechnischen Abteilung.

»Wenn man so fährt wie du«, frotzelte Tannenberg. »Normale Menschen brauchen schon ein paar Minuten länger.«

»Che-ef«, quäkte es plötzlich aus der Gegensprechanlage.

»Was gibt's, Flocke? Ist dir langweilig?«

»Nein, Chef, bestimmt nicht, bei den vielen Berichten, die ich tippen muss«, erwiderte die Sekretärin des K 1. »Ich hab da einen Anrufer in der Leitung, der sich einfach nicht abwimmeln lässt. Er will Sie dringend sprechen. Ich hab ihm zwar gesagt, dass Sie in einer Besprechung sind, aber das interessiert ihn nicht. Der Mann ist unheimlich penetrant. Da ...«

»Schon gut, Flocke.« Im ersten Augenblick hatte der Kommissariatsleiter an seinen Vater gedacht, aber den hätte Petra Flockerzie sicherlich sofort an der Stimme erkannt. »Wie heißt er denn?«, fragte er deshalb.

»Altmeier.«

»Altmeier?«

»So heißt doch der Hausmeister des Friedenspädagogischen Instituts«, warf Sabrina ein und schaute in ihren Notizen nach. »Ja, genau, Werner Altmeier heißt er.«

»Dann stell ihn mal durch, Flocke«, sagte der Chef-Ermittler und meldete sich wenig später mit: »K 1, Hauptkommissar Tannenberg.«

»Hallo, hier ist Werner Altmeier. Ich bin ...«

»Ich weiß, wer Sie sind: der Hausmeister des Friedenspädagogischen Instituts.«

»Genau, der bin ich.«

»Gut. Was gibt es denn so Wichtiges?«

»Es ist was mit dem König«, antwortete Altmeier und fügte dann erläuternd hinzu: »Ich meine den Eckart König, den Seelenklempner der Friedensschule.«

»Und, was ist mit ihm?«

»Der ist heute Morgen nicht zur Arbeit erschienen. Der hätte um 8 Uhr ein Seminar zu halten gehabt.«

Tannenberg rollte die Augen. »Dann wird er eben krank sein.«

»Er hat sich aber nicht krankgemeldet«, gab der Hausmeister trotzig zurück.

»Woher wissen Sie das?«

»Das hat mir unsere Sekretärin erzählt. Sie hat versucht, ihn zu Hause zu erreichen, aber da geht niemand ans Telefon. Und dann habe ich mich noch an der Friedensschule nach ihm erkundigt. Dort hat er sich auch nicht krankgemeldet.«

»Danke für die Information, Herr Altmeier. Wir kümmern uns gleich darum«, sagte Tannenberg und legte auf.

»Warum siehst du denn so bekümmert aus, Wolf?«, fragte Sabrina.

Tannenberg seufzte. »Ich mache mir Sorgen um König. Hoffentlich hat er sich nichts angetan. Er war gestern ganz schön runter mit den Nerven.«

»Vielleicht ist er ja schon tot. Vielleicht hat der Cliquen-Killer wieder zugeschlagen«, tönte Geiger.

»Cliquen-Killer? Mensch, Geiger, du solltest den Beruf wechseln und künftig als Schlagzeilentexter bei der *Bild-Zeitung* arbeiten. Damit würdest du uns allen hier einen riesigen Gefallen tun«, polterte Michael Schauß und warf dem korpulenten Kriminalhauptmeister einen bitterbösen Blick zu.

Eine gute Viertelstunde später trafen die Kriminalbeamten vor Eckart Königs Wohnungstür ein. Der Schulpsychologe besaß in der Gottfried-Daimler-Straße eine geräumige Vier-Zimmer-Eigentumswohnung. Sabrina läutete ein paarmal, aber nichts tat sich. Sie legte das Ohr aufs Türblatt, horchte mit geschlossenen Augen. Dann schüttelte sie den Kopf und zuckte mit den Schultern.

»Da Gefahr im Verzug ist, bitten wir nun unseren allseits geschätzten Kollegen Mertel um fachkompetente Hilfe«, erklärte Wolfram Tannenberg grinsend.

Für den Kriminaltechniker war das Öffnen der Tür wegen seiner beeindruckenden Fingerfertigkeit ein Kinderspiel. Wolfram Tannenberg betrat als Erster die Wohnung. Sie machte einen ziemlich unaufgeräumten, fast schon verwahrlosten Eindruck. Überall lagen Kleidungsstücke herum, ein halb voller Bierkasten stand mitten in der Küche und wurde von einem Berg Pizzakartons umrahmt.

Im Schlafzimmer waren die Vorhänge zugezogen, und es roch ähnlich muffig wie in einem Altenheim. Obwohl das Bett zerwühlt war, gewann Tannenberg trotzdem nicht den Eindruck, als ob darin jemand die letzte Nacht verbracht hätte.

Im Wohnzimmer herrschten die gleichen chaotischen Zustände. Dieser Raum war ebenfalls seit längerer Zeit nicht mehr gelüftet worden. Durch die Ritzen der fast bis auf den Boden herabgelassenen Rollläden sickerte das milde Licht eines wolkenlosen Spätsommertages.

Karl Mertel schaltete die Deckenbeleuchtung ein und streifte durch das Wohnzimmer. »Wie in einer Gruft«, kommentierte er und drückte eine Taste auf dem Anrufbeantworter, auf dem die Ziffer 2 blinkte.

Die erste Stimme war unzweifelhaft die von Mechthild Busch. Der Anruf war gestern Abend exakt um 21.43 Uhr eingegangen. Darin forderte sie König auf, sie so bald wie möglich zurückzurufen.

Bei der zweiten Anruferin handelte es sich um die Sekretärin des Friedenspädagogischen Instituts, die den Dozenten bat, sich umgehend bei ihr zu melden. Diese Aufzeichnung war erst knapp zwei Stunden alt.

»Was wollte die Busch nur von ihm?«, murmelte der Leiter des K 1 vor sich hin.

»Ja, das würde ich auch zu gerne wissen«, pflichtete ihm Sabrina bei.

Tannenberg streifte seine Plastikhandschuhe über und fuhr den PC hoch, der auf einem mit Büchern und Papieren überladenen gläsernen Schreibtisch stand. »Mist, natürlich mit einem Passwort geschützt«, fluchte er.

»Das wird wohl seine Gründe haben«, meinte Mertel, während er ein ausladendes Bücherregal inspizierte. »Alles Psycho-Kacke«, fällte er ein vernichtendes Urteil über die dort vorgefundene psychologische Fachliteratur.

Wolfram Tannenberg wühlte kurz in einem überquellenden Papierkorb herum, dann kippte er den Inhalt auf den Fußboden. »Na, was haben wir denn da?«, rief er nach einer Weile erfreut aus. Triumphierend hielt er einige Blätter in die Höhe.

»Was ich gerade gefunden habe, sieht sehr danach aus, als ob unser lieber Herr Schulpsychologe tatsächlich an dem Geheimdossier gearbeitet hätte, das er mir gegenüber erwähnt hatte.«

»An einem Geheimdossier?«, wiederholte Sabrina verdutzt.

»Ja. Eckart König hat mir stolz erzählt, dass er schon seit Längerem an einem ketzerischen Buch schreiben würde, mit dem er der Einheitsschulbewegung einen vernichtenden Schlag versetzen wolle.«

»Das verstehe ich nicht, Wolf. Der arbeitet doch selbst an der Friedensschule«, meinte Mertel. »Und das ist schließlich auch eine dieser überflüssigen Gesamtschulen.«

»Vielleicht ist dieses Geheimdossier ja die Ursache für sein Verschwinden«, spekulierte die junge Kommissarin.

»Du glaubst, man hat ihn deshalb entführt und vielleicht

sogar ermordet?«, fragte ihr Chef mit ironischem Unterton. »Diesen mit kleinen Bömbchen bestückten Friedenstäubchen traue ich zwar einiges zu, aber einen radikalen Kritiker ihrer Ideologie zu ermorden?« Er schüttelte den Kopf. »Nein, also das scheint mir nun doch ein bisschen zu weit hergeholt.«

»Da wäre ich mir nicht so sicher«, versetzte Mertel. »Was meinst du wohl, wie viele ihrer Kritiker diese verbohrten Dogmatiker an die Wand stellen würden, wenn man ihnen Straffreiheit garantieren würde.«

Tannenberg schmunzelte. »Karl, ich habe bislang gar nicht gewusst, dass du solch ein Misanthrop bist.«

»Ein was?«

»Ein Misanthrop«, wiederholte Tannenberg und fügte erläuternd hinzu: »Als Philanthrop bezeichnet man einen Menschenfreund. Dieser Begriff setzt sich aus ›Philos‹, was ›Freund‹ bedeutet, und ›Anthropos‹, gleich ›Mensch‹, zusammen«, protzte er mit seiner althumanistischen Schulbildung.

»Und als Misanthrop bezeichnet man dann wohl das genaue Gegenteil, also einen Menschenfeind. Kein Wunder, da steckt ja auch das Wort ›mies‹ drin«, lachte Mertel. »Nee, also wenn ich schon so etwas Geschwollen-Akademisches sein muss, dann lieber eine Kombination aus beidem.«

»He?«, fragte Tannenberg verständnislos.

»Na ja, dann bin ich eben ein Gutmenschen-Feind. Diese scheinheilige Bande geht mir nämlich gewaltig auf den Keks.«

»Mir auch, mein Lieber«, stimmte der Leiter des K 1 zu und donnerte ihm einen kräftigen Prankenhieb auf die Schulter.

Gleich darauf rief er in der Friedensschule an und ließ sich von der Sekretärin zum Direktor durchstellen. Diesem erteilte er die Anweisung, dafür Sorge zu tragen, dass sich um Punkt 13 Uhr alle Mitglieder der Theatergruppe in der Cafeteria des Friedenspädagogischen Instituts einfanden. Danach telefonierte er mit Werner Altmeier und beorderte ihn ebenfalls dorthin.

Zudem erbat er sich von Chris Trautmann die Handynummer der Staatssekretärin, die er höchstpersönlich zu diesem Treffen einbestellte. Zu seiner Überraschung hielt sich Dagmar Anung-Loos in unmittelbarer Nähe des Friedenspädagogischen Instituts auf, nämlich im nur etwa zwei Kilometer Luftlinie davon entfernt gelegenen Kaiserslauterer Stadtteil Dansenberg, wo sie nach der Zusammenkunft der ehemaligen Cliquenmitglieder am Tag zuvor in ihrem Elternhaus übernachtet hatte und wo sie auch das nahe Wochenende verbringen wollte.

Anschließend telefonierte Wolfram Tannenberg mit seinem Bruder. Er bat ihn und seine Ehefrau, ebenfalls zu diesem festgelegten Termin in der Cafeteria zu erscheinen. Nach einem weiteren Anruf wurde zu guter Letzt auch noch Klaus Schwallo, seines Zeichens Methodik-Guru der Einheitsschulbewegung und aufmerksamer Nachbar der ermordeten Claudia Ratz-Zapp, zur Teilnahme an diesem Treffen genötigt.

Während der Kriminaltechniker Eckart Königs Schreibtisch auf der Suche nach einem Passwort für dessen Computer durchstöberte, schauten sich die anderen beiden Ermittler noch einmal intensiv in der Wohnung des Schulpsychologen um. Doch nirgendwo entdeckten sie einen Hinweis auf den gesuchten Zugangscode. Somit blieb Mertel nichts anderes übrig, als den PC abzubauen und ihn zu seiner Dienststelle zu bringen, wo sich in aller Ruhe ein Computerexperte dieser wichtigen Aufgabe widmen konnte.

Nachdem Sabrina den Spurenexperten am Pfaffplatz abgesetzt hatte, fuhr sie gemeinsam mit ihrem Chef zum Friedenspädagogischen Institut. Als das silberne Zivilfahrzeug am Waldparkplatz an der Rothen Hohl eintraf, sah sich Tannenberg mit einem fast identischen Anblick wie am Morgen zuvor konfrontiert.

Auf dem staubigen Parkplatz standen mehrere Geländewagen dicht aneinandergereiht. Vor einem dunkelgrünen, mit einem mächtigen, chromfarbenen Kuhfänger bewehrten Range Rover hatte sich der für dieses Revier zuständige Förster Kreilinger wie ein bayrisches Jägerdenkmal aufgepflanzt.

Er trug seinen obligatorischen grünen Filzhut mit schwarz-grauer Kordel und Gamsbart. Seine Flinte hielt er in Old-Shatterhand-Manier in der rechten Hand. Mit bedeutungsvoller Miene redete er auf die gut 15 ebenfalls weidmännisch gekleideten Männer ein. Von seinen schweren Schussverletzungen, die er sich in Tannenbergs letztem Fall zugezogen hatte, schien er inzwischen vollständig genesen zu sein.

»Ach, da ist ja auch dein alter Freund«, bemerkte Sabrina Schauß mit einem süffisanten Seitenblick auf ihren Vorgesetzten. Sie schwenkte in den Parkplatz ein und schlich im Schritttempo an den Jägern vorbei.

»Was machst du denn da, Sabrina?«, schimpfte Tannenberg, während er sich mit dem Rücken zu seinem Seitenfenster in den Beifahrersitz kauerte. »Fahr sofort wieder zurück auf die Straße«, befahl er wütend.

Die junge Kommissarin grinste herausfordernd. »Soll ich nicht anhalten, Wolf? Du möchtest Kreilinger doch bestimmt gerne die Hand schütteln und ihn fragen, wie es ihm gesundheitlich denn so geht, nicht wahr?«

»Gib Gas«, fauchte Tannenberg durch die geschlossenen Zahnreihen, »oder ich veranstalte hier gleich ein Massaker.«

Er hatte sein Gesicht hinter einer Hand versteckt und den Kopf weggedreht. »Los, gib endlich Gas«, zischte er wie eine in die Enge getriebene Giftschlange.

»Warum bist du denn mit einem Mal so aggressiv, mein liebes Wölfchen?«, streute Sabrina Salz in die offene Wunde. »Vielleicht solltest du dich bei Herrn König für ein Anti-Gewalt-Training anmelden. Ich weiß gar nicht, was du gegen Kreilinger hast. Das ist doch so ein netter, sympathischer Mensch«, legte sie nach.

Bei der langsamen Vorbeifahrt grüßte sie demonstrativ den Revierförster, mit dem auch sie und ihr Ehemann in der Vergangenheit bereits mehrmals aneinandergeraten waren. Völlig perplex nickte Kreilinger zurück. Mit einem hämischen Grinsen drückte Sabrina das Gaspedal bis zum Anschlag durch. Im Rückspiegel sah sie, wie hinter ihr eine Staubwolke aufstieg, die sich auf die Jagdgesellschaft zubewegte.

»Was jagen die denn eigentlich um diese Jahreszeit?«, fragte Sabrina. »Wildschweine?«

»Nein, einen Braunbären«, knurrte es neben ihr.

Reflexartig trat die junge Kommissarin auf die Bremse. Tannenberg wurde in seinem Sicherheitsgurt abrupt nach vorn geschleudert.

»Spinnst du?«, blökte er.

»Entschuldige bitte, Wolf«, sagte Sabrina mit gepresster Stimme, als der Dienst-Mercedes langsam wieder Fahrt aufnahm. »Aber ich bin eben so was von erschrocken. Die jagen doch im Pfälzer Wald keinen Braunbären. Du willst mir doch gerade einen solchen aufbinden, oder?«

»Nein, das stimmt wirklich«, beharrte ihr Vorgesetzter. Dann erzählte er ihr die schier unglaubliche Geschichte, die ihm sein Vater aufgetischt hatte.

»Das glaub ich dir nicht, Wolf.«

»Ich glaube es ja eigentlich auch nicht«, stimmte Tannenberg zu. »Wahrscheinlich handelt es sich bei dieser irren Story eh um Jägerlatein, mit dem die Rentner am Tchibo-Stammtisch meinen Vater veräppelt haben.«

Sabrina bedachte ihren Chef mit einem durchdringenden Blick. »Nee, Wolf, also alles glaubt die Polizei nun wirklich nicht.«

In Tannenbergs Sakko vibrierte sein Handy. ›Unbekannter Anrufer‹, leuchtete ihm auf dem Display entgegen. Er meldete sich mit seinem Namen, doch er hörte nur ein knisterndes Rauschen. Er entfernte das Handy vom Ohr. »Sabrina, halt mal an«, forderte er.

Diesmal brachte seine Mitarbeiterin den Wagen betont moderat zum Stillstand.

»Die Verbindung ist miserabel«, rief der Kriminalbeamte in das Handymikrofon. »Einen Augenblick bitte. Ich verlasse das Auto, vielleicht wird's dann besser.«

Wolfram Tannenberg hechtete aus dem Zivilfahrzeug und eilte ein paar Schritte einen kleinen Hügel hinauf. Nun hatte er einen bedeutend besseren Empfang. Neben einem morschen Baumstumpf blieb er stehen und stellte einen Fuß darauf ab.

»Das Ganze bitte noch einmal«, sagte er. Dabei legte er den Kopf in den Nacken und richtete seinen Blick in das Blätterdach über ihm.

Gespannt lauschte er einer wohlbekannten Stimme, die ihn mit unerwarteten Informationen versorgte, die der Aufklärung dieses mysteriösen Falls einen entscheidenden Impuls verleihen sollten.

»Wer war das denn?«, fragte Sabrina neugierig, als Tannenberg zu ihr zurückkehrte.

Der Leiter der Kaiserslauterer Mordkommission strahlte wie ein Lottogewinner, dem man gerade telefonisch die freudige Nachricht überbracht hatte. Statt zu antworten, pfiff er die Melodie von ›Auf in den Kampf, To-re-e-e-ro‹ und kickte vergnügt einige Schottersteine in den Wald hinein.

»Warum bist du denn auf einmal so extrem gut drauf?«, setzte die junge Kommissarin nach. »Und das auch noch unmittelbar nach dem Anblick unseres heiß geliebten Kreilingers.«

Tannenberg war wie von Sinnen. Er klatschte in die Hände und knetete sie kräftig durch. Dann ballte er die Fäuste, rief mehrmals »Ja, ja, ja!« in den Wald hinein. Dabei stapfte er wie Rumpelstilzchen auf dem Forstweg herum.

Sabrina hatte inzwischen den Mercedes-Kombi verlassen und verfolgte nun staunend Tannenbergs Freiluftdarbietung. »Komm, Wolf, jetzt lass mich doch bitte an deinem Freudentaumel teilhaben«, bettelte sie. »Ich möchte gerne mitfeiern.«

Doch ihr Vorgesetzter machte keinerlei Anstalten, auf ihren Wunsch einzugehen. Er raufte sich die Haare, bückte sich nach vorn, als ob er sich gerade erbrechen müsste, dann schnellte er wie ein Springteufelchen in die Höhe und ballte abermals triumphierend die Fäuste.

Es dauerte noch gut eine Minute, bis er sich endlich wieder etwas beruhigt hatte. Pfeifend hakte er Sabrina unter und tänzelte mit ihr zu seinem Dienstwagen. Dort packte er die Dachreling, bog den Oberkörper nach vorn durch und atmete ein paarmal tief ein und aus.

»Bitte, Wolf, sag mir jetzt endlich, was los ist. Ich halte diese unerträgliche Spannung nicht mehr länger aus.«

»Musst du aber, mein liebes Sabrinalein – leider«, kam es im Sington zurück. »Zumindest so lange, bis wir mit den Herrschaften in der Cafeteria ein kleines Theaterstück aufgeführt haben.«

»Du willst mit ihnen ein Theaterstück aufführen?«, fragte Sabrina mit geschürzten Lippen. »Dieses komische, das sie gerade einstudieren?«

»Nein, ein völlig anderes.«

»Ich kapier überhaupt nichts. Mach doch bitte wenigstens ein paar Andeutungen. Bitte, bitte, nur ein paar kleine Hinweise, um was es geht. Mehr will ich ja gar nicht«, jammerte die junge Kommissarin.

»Gut, weil du es bist, mein liebes, liebes Sabrinalein«, flötete Tannenberg, »will ich ausnahmsweise einmal nicht ganz so hart sein. Einen Satz bekommst du jetzt schon von mir zu hören.«

Da ihr Chef jedoch urplötzlich verstummt zu sein schien, forderte sie ihn mit einem Klaps auf den Oberschenkel zum Weitersprechen auf. »Und wie heißt der?«, drängte sie.

»Der Satz lautet: Unverhofft kommt oft«, sagte Tannenberg und hüpfte auf den Beifahrersitz.

»Und was soll ich damit anfangen?«

Tannenberg lupfte die Schultern und hüllte sich weiter in Schweigen.

Als das zivile Dienstfahrzeug die Friedensschule erreichte, fuhren gerade zwei Schulbusse los. Sie kamen jedoch nicht sehr weit, denn trotz des absoluten Halteverbotes verstopften die PKWs einiger Eltern die Straße. Erst als deren verwöhnte Nachkömmlinge ihre modernen Sänften bestiegen, konnten die Busse abfahren, und Sabrina hatte nun endlich freie Fahrt auf den Lehrerparkplatz.

»Asoziale Bande«, schimpfte der Leiter des K 1 in Anbetracht des völlig unnötigen Verkehrschaos. Dieses unerfreuliche Ereignis konnte seine geradezu euphorische Stimmung jedoch nur kurzzeitig dämpfen.

Immer noch dieselbe Melodie vor sich hin pfeifend stieg er die Treppe hinauf zum Eingangsportal der Friedensschule. Zielstrebig eilte er zum Direktorat und huschte grußlos an der verdutzten Sekretärin vorbei.

»Nicht stören! Herr Trautmann meditiert«, rief sie ihm nach einer Schrecksekunde hinterher.

Doch dieser Appell kam ein wenig zu spät, denn Tannenberg stand zu diesem Zeitpunkt bereits in Chris Trautmanns geräumigem Büro. Im ersten Augenblick konnte er ihn gar nicht ausmachen, denn der Schulleiter saß nicht hinter seinem Schreibtisch, sondern hatte sich rechts neben dem Fenster im Schneidersitz auf dem Boden niedergelassen. Die offenen Hände lagen auf der Innenseite der übereinandergeschlagenen Oberschenkel und die nackten Fußsohlen zeigten nach oben.

Das muss doch sauweh tun, sinnierte der Kriminalbeamte. Plötzlich spürte er einen heftigen Schmerzreiz in seinem lädierten linken Knie.

Chris Trautmann hingegen schien keinerlei Schmerzen zu verspüren, jedenfalls verrieten seine stoischen Gesichtszüge nicht die geringste Anspannung. Tannenberg fühlte sich, als ob er gerade in eine Trauerandacht hineingeplatzt sei. Verlegen schaute er sich in dem Büro um, in dem nach wie vor die Wände mit Urlaubspostern dekoriert waren.

Ja, bin ich denn bekloppt, dachte er in der relativ unverblümten Sprache, in der er oft seine Selbstgespräche führte. Ich hab zwei Morde aufzuklären und der Kerl mimt hier den Meditationsonkel. Und dabei soll ich ihn nicht stören. Ich glaub, es geht los!

Ein Ruck ging durch Tannenbergs Körper. Er räusperte sich betont kräftig. »Herr Trautmann, es wäre schön, wenn Sie die Güte hätten, aus dem Nirwana zurückzukehren, um mir ein paar profane weltliche Fragen zu beantworten«, frotzelte er.

Der Leiter der Friedensschule ließ sich dadurch jedoch nicht aus der Ruhe bringen. Betont ruhig und gelassen legte er die Hände aneinander und führte sie zu seinen Lippen. Gleichzeitig bewegte sich der Oberkörper dreimal hinunter zu den überkreuzten Beinen. Dann streckte er den Oberkörper durch, schob behutsam die Füße von den Oberschenkeln und richtete sich in Zeitlupe auf.

Mit einem ähnlich huldvollen, gönnerhaften Blick, mit dem für gewöhnlich Götter den sterblichen Menschen begegnen, bedachte er zuerst Sabrina und anschließend ihren Chef.

»Wissen Sie, wie meine Lebensmaxime lautet?«, fragte er. Ohne eine mögliche Reaktion abzuwarten, fügte er sogleich hinzu: »Überall und jederzeit Ruhe und Gelassenheit. Sollten Sie sich mal merken.«

»Wissen Sie was, Sie selbstgefälliger Entspannungskasper, mit Ihrer Show können Sie vielleicht Ihre kastrierten Friedenstäubchen beeindrucken, mich nicht«, fuhr ihm Tannenberg gewaltig in die Parade. »Ich beschäftige mich nämlich in meinem banalen Beruf nicht mit der Erlösung der Menschen im Jenseits, sondern mit der Überführung von hinterhältigen Mördern im Diesseits.«

Trautmann verzog noch immer keine Miene. Mit sanften Bewegungen glitt er hinter seinen Schreibtisch. Als Tannenberg die nackten Füße sah, jagte ihm ein eiskalter Schauder den Rücken hinunter.

»Womit kann ich Ihnen denn dienen, meine Herrschaften?«, fragte der Direktor der Friedensschule.

»Haben Sie meine Anweisung ausgeführt und die Mitglieder der Theatergruppe um 13 Uhr in die Cafeteria des Friedenspädagogischen Instituts beordert?«

»Selbstverständlich, Herr Hauptkommissar«, erwiderte Trautmann und schaute demonstrativ auf seine Armbanduhr. »Wir treffen uns in exakt fünf Minuten auf dem Parkplatz und fahren gemeinsam zum FPI. Meine Kolleginnen und Kollegen sind ausgesprochen zuverlässig.«

»Bis auf König, der scheint ja wie vom Erdboden verschluckt zu sein.«

Trautmann seufzte leidend. »Ja, das ist mir inzwischen auch zu Ohren gekommen. Mechthild und ich machen uns große Sorgen um ihn. Sie müssen wissen, Eckart besitzt eine sehr labile, zu extremen Emotionsausbrüchen neigende Persönlichkeit.«

»Genau wie die ermordete Frau Graupeter.«

Der Schulleiter nickte mit zusammengekniffenen Lippen. »Ja, die arme Irene war ebenfalls ein ziemlich exaltierter …« Mitten im Satz brach er ab. Er schien unschlüssig zu sein, ob er seine Kollegin vielleicht gerade zu negativ beschrieben hatte. Geschwind schob er nach: »… aber ausgesprochen liebenswerter Mensch. Zudem war sie eine allseits geschätzte, sehr engagierte Kollegin.«

Trautmann strich sich über die Nasenspitze und schluckte hart. »Und vor allem war sie eine begnadete Pädagogin, die ihre Schüler über alles geliebt hat«, fuhr er mit gebrochener Stimme fort. »Nie hat sie auch nur ein einziges schlechtes Wort über einen ihrer Schüler verlauten lassen.«

»Auch nicht über Kevin Mitschke?«, grinste Tannenberg in Erinnerung an den heftigen Disput zwischen besagtem Schüler und Irene Graupeter, der letztendlich zur Abmeldung Kevins von der Friedensschule geführt hatte.

Mann, was hast du alter Knochen noch für ein gigantisches Gedächtnis, lobte er sich im Stillen, weil ihm dieser Schülername sofort eingefallen war.

»Woher wissen Sie von diesem Vorfall?«, fragte der Schulleiter.

Tannenberg ignorierte den Einwurf. »Hat Frau Graupeter Ihnen gegenüber eigentlich zugegeben, dass *sie* damals das Schüler-Handy geklaut hat?«, fragte er und ließ Chris Trautmann mit offenem Mund in seinem Dienstzimmer zurück.

15

Tannenberg und Sabrina kamen ein paar Minuten vor der Lehrer-Theatergruppe der Friedensschule im Friedenspädagogischen Institut an. Diesen zeitlichen Vorsprung nutzten sie zu einem Gespräch mit dem Hausmeister, den sie in seinem Büro aufsuchten.

»Und, wissen Sie inzwischen, was mit dem König passiert ist?«, fragte Werner Altmeier die Ermittler.

»Nein, er ist immer noch wie vom Erdboden verschluckt«, entgegnete Tannenberg.

»Den König hat bestimmt einer von den Theaterleuten ermordet. Denen trau ich nämlich alles zu.«

Nach diesem deftigen Ausspruch schenkte er seinen Gästen Kaffee ein und rauchte eine Zigarette. Dann gingen sie gemeinsam zur Cafeteria. Vor der geschlossenen Tür zupfte Altmeier den Leiter des K 1 am Ärmel und fragte mit gesenkter Stimme: »Wissen Sie eigentlich inzwischen, wer die Frauen umgebracht hat?« Er rieb sich erwartungsvoll die Hände und wies auf die Tür. »Überführen Sie vielleicht sogar jetzt gleich da drinnen den Täter?«

»Warten Sie's einfach ab«, erwiderte der Chef-Ermittler.

Gemeinsam mit seiner Kollegin und Werner Altmeier betrat Tannenberg die Cafeteria des Friedenspädagogischen Instituts. Auf der linken Seite befand sich die Verkaufszeile mit einem lang gezogenen Auslagetresen und einer Espressomaschine. Auf der gegenüberliegenden Seite der Tür diente eine Freifläche den Schauspielern als Probenbühne. Dazwischen standen die exakt aufgereihten Stühle für die Zuschauer.

Ohne die in der ersten Reihe sitzenden Lehrer zu beachten oder gar zu grüßen, schlurfte Werner Altmeier an ihnen vorbei und nahm mit einem Sicherheitsabstand von zwei Stühlen neben ihnen Platz. Bis auf den Hausmeister saßen alle geladenen Gäste wie an einer Perlenschnur aufgereiht dicht nebeneinander, auch Tannenbergs Bruder Heiner und dessen Ehefrau Betty.

»Was soll denn das nun schon wieder?«, herrschte die Konrektorin Tannenberg an. »Wir haben uns hier doch bereits am Montag zu einem Ortstermin getroffen. Meinen Sie eigentlich, wir haben nichts Besseres zu tun?«

»Der Herr Kommissar sagt uns jetzt gleich, wer die Frauen ermordet hat«, warf der Hausmeister keck ein.

»Halten Sie den Rand, Altmeier«, fuhr ihm Tannenberg in die Parade. »Sie sind noch lange nicht dran.«

Mechthild Busch grinste schadenfroh. Um ihre Kampfbereitschaft zu signalisieren, hatte die rothaarige Konrektorin einen Lippenstift aufgetragen, der exakt zu ihrer Haarfarbe passte.

»Bei diesem Zusammentreffen, geschätzte Frau Busch«, sagte der Kriminalbeamte, »handelt es sich beileibe nicht um einen weiteren Ortstermin, denn ein Ortstermin dient der detailgetreuen Rekonstruktion des mutmaßlichen Tatablaufs. Und den brauchen wir nun wirklich nicht noch einmal zu wiederholen.«

»Gott sei Dank«, stöhnte Mechthild Busch erleichtert auf.

Tannenberg ließ sich auch durch diesen Einwurf nicht aus dem Konzept bringen. »Außerdem waren am Montag diese beiden Herrschaften hier nicht anwesend.«

Er zeigte auf einen Mann und eine Frau, die am linken Rand der ersten Reihe nebeneinander saßen und die er bislang noch nicht persönlich kontaktiert hatte. Den Mann fasste er scharf ins Auge.

»Sie sind doch sicher Herr Schwallo, der Nachbar der ermordeten Pädagogik-Professorin Claudia Ratz-Zapp, nicht wahr?«

Der etwa 65-jährige Mann, dessen haarloses Haupt wie ein eingeölter Luftballon glänzte, nickte schweigend und strich sich dabei mit der rechten Hand über die Vollglatze.

Danach schwebte sein Blick in Zeitlupe zu der anderen Person. Obwohl Tannenberg das Gesicht von Dagmar Anung-Loos, ihres Zeichens Staatssekretärin im Bildungsministerium, selbstverständlich aus den Medien kannte und sie deshalb sofort identifiziert hatte, mimte er den Unwissenden.

»Und Sie müssen Frau Dagmar Anung-Loos sein. Stimmt das?«, fragte er.

Die Staatssekretärin hielt dem stechenden Blick des Ermittlers tapfer stand und antwortete mit ausdrucksloser Miene: »So ist es.«

»Na fein, dann können wir nun ja loslegen.« Tannenberg schnipste mit den Fingern. »Sabrina, schau doch bitte mal nach, ob auch wirklich alle Personen, die auf unserer Liste stehen, anwesend sind.«

Während die junge Kommissarin in ihrem Notizbuch herumblätterte, schweifte Tannenbergs Blick hinüber zur Bühne und hakte sich an einem schwarzen Flügel fest. In meinem nächsten Leben muss ich unbedingt Klavierspielen lernen, entschied er, denn wer Klavier spielt, hat Glück bei den Frauen.

»Bis auf Herrn König sind alle Personen anwesend«, erklärte Sabrina und riss damit ihren Chef aus seinen abschweifenden Gedanken.

»Tja, wo der Herr Schulpsychologe nur abgeblieben sein mag. Das würde mich brennend interessieren. Hat zufällig jemand von Ihnen eine Idee, was mit ihm passiert sein könnte und wo er stecken könnte?«

Da Tannenberg mit seiner Frage nur stummes Kopfschütteln erntete, schob er sogleich nach: »Eigentlich sehr schade, dass er verschwunden ist, denn irgendwie ist er mir in den zwei Tagen, an denen ich stundenweise in der wunderschönen Friedensschule hospitieren durfte, ans Herz gewachsen. Hoffentlich ist ihm nichts Ernsthaftes zugestoßen. Man könnte sich ja inzwischen durchaus Sorgen um ihn …«

»Mir ist immer noch völlig unklar, was das hier eigentlich werden soll«, polterte Mechthild Busch dazwischen, »eine One-Man-Laber-Show, oder was? Wir haben alle wahrlich Wichtigeres zu tun, als uns das inhaltlose Geschwätz eines profilneurotischen Bullen anzuhören.«

»Ach, da ist es ja endlich.«

»Was?«, zischte die Konrektorin und bedachte ihn mit einem herablassenden Gesichtsausdruck.

»Na, das Stichwort, auf das ich die ganze Zeit über so sehnlichst gewartet habe. Vielen Dank, Frau Busch.«

»Welches Stichwort denn?«, kam es postwendend zurück.

»Bulle. Ist das nicht dieses nette Kosewort, das Sie und Ihre Revoluzzer-Kumpel damals quasi erfunden haben?«

Eisiges Schweigen.

Der Kommissariatsleiter wandte seinen Zuhörern den Rücken zu. Dann zückte er sein Handy, suchte eine eingespeicherte Nummern heraus und rief sie an. Bereits wenige Sekunden später klopfte es an der Cafeteriatür. Die rote Resopaltür öffnete sich und zwei uniformierte Polizeibeamte führten den mit Handschellen gefesselten Gregor Kleinschmidt auf die Bühne.

Wolfram Tannenberg hatte während dieser Zeit einen Stuhl besorgt, auf dem sich der ehemalige BND-Informant mit schlaffer Körperhaltung niedersinken ließ. Er starrte auf den Boden und vermied jeglichen Blickkontakt mit seinen früheren Weggefährten.

Es war mit einem Mal derart gespenstisch still in der Cafeteria, dass die Anwesenden ihren eigenen Atem hören konnten.

»Ja, möchten Sie Ihren alten Kumpel denn nicht begrüßen?«, fragte der Kriminalbeamte in die Runde.

Nichts tat sich, alle stierten auch weiterhin scheinbar unbeeindruckt vor sich hin.

»Nein?«, fragte Tannenberg mit spöttisch emporgezogenen Augenbrauen. »Auch gut.«

Er weidete sich noch ein paar Sekunden an der Wirkung seines gelungenen Coups, dann sprach er weiter. »So, da wir nach dem Erscheinen unseres Überraschungsgastes bis auf den vermissten Eckart König vollzählig sind, werde ich Ihnen nun endlich eröffnen, weshalb ich Sie alle hergebeten habe«, ein hämischer Seitenblick zu Mechthild Busch, »und Ihnen damit vorsätzlich wertvolle Zeit stehle, die Sie für weitaus sinnvollere Dinge verwenden könnten. Welche wären das, könnte ich Sie ja mal fragen.« Der Chef-Ermittler winkte ab. »Aber lassen wir das. Wenden wir uns lieber den wahrlich wichtigeren Dingen zu, nämlich der Aufklärung gravierender Straftaten.«

Tannenberg legte sinnierend einen Finger auf die Lippen. »Ich denke, wir fangen diesmal von hinten an. Wissen Sie, normalerweise gehen wir«, er fixierte die Konrektorin mit einem herausfordernden Blick, »Bullen bei der Bearbeitung einer Straftat gegen Leib und Leben chronologisch vor, also von vorn nach hinten.«

Er kratzte sich am Hals und schüttelte den Kopf. »Was erzähle ich denn da gerade für ein dummes, nebensächliches Zeug? Anscheinend bin ich total überarbeitet. Mach du bitte mal weiter, Sabrina.«

Lächelnd fing die Kommissarin den ihr zugeworfenen Ball auf. »Gerne«, sagte sie. Sie blätterte in ihrem Notizbüchlein und vergewisserte sich der relevanten Daten. »Claudia Ratz-Zapp wurde am Abend …«

»Vorgestern Abend, wie wir ja alle wissen«, mischte sich ihr Chef ungeduldig ein, erteilte ihr dann aber gleich wieder mit einer Geste das Wort.

»… mit einem einzigen Messerstich ins Herz getötet«, vollendete die junge Kommissarin. »Dieser Tat dringend verdächtig ist Gregor Kleinschmidt.«

»Und zwar unter anderem aufgrund Ihrer Zeugenaussage, lieber Herr Schwallo«, riss Tannenberg erneut das Wort an sich. Er fixierte den glatzköpfigen Mann mit einem durchdringenden Blick. »Bitte schildern Sie uns, was genau Sie an besagtem Abend gesehen haben.«

Claudia Ratz-Zapps Nachbar räusperte sich und strich dabei über seinen haarlosen Kopf.

»Ja, also das war so«, begann der vermeintliche Pädagogik-Guru derart zögerlich, als ob er sich jedes seiner Worte einzeln zurechtlegen müsse.

»Lassen Sie sich doch bitte nicht alles aus der Nase ziehen«, drängte Tannenberg.

»Nach den Heute-Nachrichten habe ich mir wie immer meinen Hund geschnappt und bin mit ihm spazieren gegangen«, fuhr Schwallo fort. »Ich bin mit ihm unsere Straße hoch- und wieder runtergelaufen.« Er wies mit dem Zeigefinger auf Kleinschmidt. »Und dabei ist mir dieser Mann da begegnet.«

»Wie viel Uhr war es da?«, hakte der Kriminalbeamte nach.

»Circa 19.30 Uhr.«

»Sind Sie sicher?«

»Ja, doch. Aber wieso wollen Sie das so genau wissen?«

Wolfram Tannenberg kommentierte die Frage mit einem süffisanten Lächeln. »Okay, Herr Schwallo. Haben Sie den

Beschuldigten vorher schon einmal gesehen? Ich meine natürlich an diesem besagten Abend.«

»Nein.«

»Ich frage Sie noch einmal, Herr Schwallo, und ermahne Sie eindringlich, wahrheitsgemäß zu antworten, denn Ihre Aussage ist sehr wichtig für uns.«

Tannenberg schaute ihn mit strengem Blick an. »Haben wir uns verstanden?«

Ein knappes Nicken als Antwort.

»Haben Sie an dem betreffenden Abend Herrn Kleinschmidt vor 19.30 Uhr auf dem Grundstück der ermordeten Professorin beziehungsweise an oder in ihrem Haus beobachtet?«

»Nein«, antwortete Klaus Schwallo.

»Das würde sich mit der Behauptung von Herrn Kleinschmidt decken.«

Tannenberg tippte sich an die Stirn und richtete seine Worte nun wieder an alle Zuhörer. »Ach, mir fällt da gerade ein, dass ich Ihnen ja noch gar nicht gesagt habe, dass Herr Kleinschmidt vehement bestreitet, etwas mit diesem brutalen Mord zu tun zu haben.«

Der Leiter der Kaiserslauterer Mordkommission forschte in den Gesichtern der Anwesenden nach Reaktionen, doch er konnte nichts Auffälliges entdecken. »Das würden wir ihm ja auch gerne glauben, wenn da nicht …« Mit einer Geste forderte er seine Mitarbeiterin zur Fortführung auf.

»Wenn da nicht eine SMS wäre, die von Frau Ratz-Zapps Handy auf das von Herrn Kleinschmidt geschickt wurde«, übernahm Sabrina.

»Inhalt dieser SMS«, beteiligte sich nun wieder der Chef-Ermittler an diesem Wechselspiel: »›Gregor, du musst sofort zu mir kommen‹ – oder so ähnlich.«

»Was Herr Kleinschmidt auch getan hat«, ergänzte Sabrina. »Das räumt er inzwischen ja auch unumwunden ein.«

»Nur hat die Sache leider einen entscheidenden Haken, meine sehr verehrten Damen und Herren«, sagte Tannenberg in einem Ton, als hielte er die Eröffnungsrede bei einem Kongress.

»Und zwar einen Haken, an dem all diejenigen von Ihnen hängen, denen Gregor Kleinschmidts Täterschaft sehr zupasskäme.«

Der Leiter des K 1 räusperte sich, wartete einen Augenblick und suhlte sich regelrecht in der Aufmerksamkeit, die ihm gerade zuteilwurde. Nach einem tiefen Atemzug ließ er die Katze aus dem Sack. »Die SMS wurde definitiv erst *nach* der brutalen Tat, die sich nach den Erkenntnissen der Rechtsmedizin mit an Sicherheit grenzender Wahrscheinlichkeit um 19 Uhr plus/minus eine Viertelstunde ereignet hat, an Herrn Kleinschmidt verschickt, und zwar um 19.16 Uhr. Wenn Herr Kleinschmidt nun unmittelbar nach Erhalt dieser SMS von seinem Hotel in der Dr.-Rudolf-Breitscheid-Straße ins Uniwohngebiet gefahren ist, konnte er Ihnen, Herr Schwallo, durchaus um 19 Uhr 30 begegnet sein.«

»Genau so war es auch«, beteuerte Kleinschmidt. »Ich habe erst Viertel nach sieben das Hotel verlassen. Das wird Ihnen der Portier sicher bestätigen. Und da war Claudia ja offenbar schon tot. Verdammt noch mal, ich habe sie nicht umgebracht.«

Tannenberg hob beschwichtigend die Hände. »Okay, okay, Herr Kleinschmidt, dann wollen wir Ihnen das freundlicherweise einmal glauben«, sagte er mit gönnerhafter Miene.

»Nun aber zurück zum ersten, besonders fiesen Mord, nämlich dem an Irene Graupeter«, fuhr der Kriminalbeamte fort. »Wie sieht es in diesem Falle mit der mutmaßlichen Täterschaft von Herrn Kleinschmidt aus, meine sehr verehrten Damen und Herren?«, fragte er verbunden mit einer ausschweifenden Armbewegung in die Cafeteria hinein.

Keine Reaktion. Alle Anwesenden, selbst Sabrina, hingen gebannt an Tannenbergs Lippen.

»Herr Kleinschmidt behauptet diesbezüglich, dass er sich an dem Tag, an dem die Sommerferien begonnen haben, in Mannheim bei einem alten Freund aufgehalten habe. Diese Angabe müssten wir natürlich noch eingehender überprüfen.« Wolfram Tannenberg grinste breit. »Ahnen Sie bereits, warum ich eben den Konjunktiv ›müssten‹ verwendet habe?«, fragte er.

Außer Werner Altmeier, dem diese Inszenierung sichtliches Vergnügen bereitete, reagierten alle anderen Anwesenden nur mit eisigen Blicken und stummen, ausdruckslosen Mienen.

»Wir *müssten* sein Alibi nämlich nur dann überprüfen, wenn wir auch weiterhin von seiner Täterschaft ausgehen *würden.*« Tannenberg klatschte so unvermittelt und laut in die Hände, dass einige seiner Zuhörer erschrocken zusammenzuckten. »Was wir aber gar nicht mehr tun.«

Der Chef der Kaiserslauterer Mordkommission verschränkte die Arme auf dem Rücken und stolzierte am Rand der Bühnenfläche entlang. Dann ging er zu Kleinschmidt, stellte sich hinter ihn und legte ihm eine Hand auf die Schulter. Kurz darauf entfernte er sie wieder und breitete seine Arme zu einer theatralischen Geste aus.

»Nun werden Sie, meine sehr verehrten Damen und Herren, sich sicherlich Folgendes fragen: ›Ja, wenn der liebe Gregor weder mit dem ersten noch mit dem zweiten Mord etwas zu tun hat, warum haben ihm dann die bösen, bösen Bullen Handschellen angelegt?‹«

Wolfram Tannenberg schritt auf die Konrektorin zu und richtete den Arm auf sie. »Genau das denken Sie doch gerade, Frau Busch, nicht wahr?«

»Respekt, Sie haben meine intimsten Gedanken erraten«, tönte es mit hohngetränkter Stimme aus der ersten Reihe.

»Ich glaube, es ist nun an der Zeit, dass ich meine kleine, zugegebenermaßen recht dilettantische Kasperletheater-Vorführung beende.« Tannenberg legte den Kopf in den Nacken und schien die Raumdecke zu inspizieren.

Mechthild Busch applaudierte. »Bravo, Herr Kommissar, endlich haben Sie einmal eine vernünftige Idee.«

Der Chef-Ermittler leckte sich die Lippen. Man sah ihm deutlich an, wie viel Spaß ihm diese Inszenierung bereitete. Er wandte seinen Zuhörern den Rücken zu und schnäuzte sich geräuschvoll die Nase. »Die meisten von Ihnen wissen natürlich ganz genau, weshalb sich die von Ihnen so arg geschmähten und diskreditierten Strafverfolgungsbehörden mit Herrn Kleinschmidt beschäftigen müssen«, fuhr er fort. »Schließlich haben einige von Ihnen unserem lieben Gregor schön brav jeweils 50.000 Euro Schweigegeld gezahlt.«

»50.000 Euro pro Nase«, schoss es förmlich über Werner Altmeiers Lippen hinweg. »So viel Geld.« Der Hausmeister scharrte aufgeregt mit den Füßen. »Womit hat er die denn erpresst?«

Tannenberg bedeutete ihm mit einer Geste, zu schweigen. Altmeier nickte und legte demonstrativ eine Hand auf den Mund. Doch die zuckenden Augenlider und der flackernde Blick verrieten, dass er vor Neugierde und Schadenfreude fast platzte.

»Tja, womit hat unser lieber Gregor wohl diese ehrenwerten, sozial engagierten und friedliebenden Herrschaften hier erpresst?«

Wie ein Kugelfisch pumpte der Kriminalbeamte seinen Oberkörper auf. Dann ließ er den aufgestauten Atem zischend entweichen. »Den Insidern unter Ihnen ist die Antwort auf diese interessante Frage selbstverständlich bekannt«, ergänzte Tannenberg nach der kurzen Pause. »Aber Sie wissen noch nicht, dass auch ich inzwischen den Grund für die Erpressungen kenne.« Er fuhr mit der Hand mehrfach über den linken Ärmel seines Sakkos, als wolle er Krümel von dem feinen Sakkostoff wischen.

Tannenberg lief zum anderen Ende der Sitzreihe und postierte sich direkt vor dem Hausmeister. »Herr Altmeier, passen Sie gut auf, was Sie jetzt von mir zu hören bekommen werden.«

Der Kriminalbeamte reckte eine Hand in die Höhe. »Allerdings möchte ich zur Ehrenrettung meiner Familie ausdrücklich betonen, dass die ungeheuerlichen Dinge, die ich nun behaupten werde, nicht für meinen Bruder und meine Schwägerin gelten.«

Seine Augen hüpften ein paar Plätze weiter. »Und nach unserem derzeitigen Erkenntnisstand wohl auch nicht für Sie, Herr Schwallo«, schob er hinterher.

Dann kehrte er in die Mitte zurück. »Sie alle …«, sagte er und stach mit dem Zeigefinger wie ein Florettfechter nacheinander auf jeden Einzelnen der Anwesenden ein, mit Ausnahme von Sabrina und dem Hausmeister, an den er sich direkt wandte. »Herr Altmeier, kommen Sie bitte mal zu mir.«

Der Hausmeister des Friedenspädagogischen Instituts tat, wie ihm geheißen.

Als er neben ihm stand, redete Tannenberg weiter. »Herr Altmeier, schauen Sie sich diese vorbildlichen Friedenstäubchen, die gerade so ruhig nebeneinandersitzen und so unschuldig dreinschauen, ganz genau an.«

Der Hausmeister kam der Forderung nach und warf jedem der Betroffenen einen scharfen Blick zu.

»Diese feinen Damen und Herren haben Anfang der 70er-Jahre hier in meiner Heimatstadt einen Bankraub in Tateinheit mit einem heimtückischen Mord an einem Polizeibeamten begangen.«

»Ihr wart das also! Ihr elenden Dreckschweine!«, brüllte Altmeier außer sich vor Zorn. Er hechtete zu dem direkt vor ihm sitzenden Direktor der Friedensschule, packte ihn am Kragen, zerrte ihn in die Höhe und verpasste ihm eine schallende Ohrfeige. »Der erschossene Polizist war mein Schwager. Er hatte vier kleine Kinder«, brüllte der Hausmeister wie von Sinnen.

Er holte zu einem Faustschlag aus, doch Tannenberg griff ihm geistesgegenwärtig in den Arm und verhinderte dadurch Schlimmeres.

»Ich hab die ganze Zeit über vermutet, dass ihr zumindest wisst, wer damals dabei war«, blökte Altmeier mit sich überschlagender Stimme. »Und jetzt wart ihr es selbst. Ihr Mörder!«

Die beiden Beamten, die Gregor Kleinschmidt in die Cafeteria gebracht hatten, überwältigten Werner Altmeier, legten ihm Handschellen an und schleppten ihn vor die Tür.

Ach du Scheiße, dachte Tannenberg.

In seinem Kopf wirbelten die Gedanken wild durcheinander. Und wenn er der Täter ist? Wenn er die Graupeter und die Ratz-Zapp ermordet hat? Aus Rache für das Leid, das damals seiner Schwester und deren Kindern zugefügt worden war. Dann wäre ich ja total auf dem Holzweg gewesen.

Eckart König saß zu diesem Zeitpunkt in seinem Auto auf einem Waldparkplatz und ließ sich mit leiser Musik berieseln. Er hatte die Augen geschlossen und summte die Melodie von ›Let it be‹ mit.

Trotz des enormen Stresses der letzten Stunden war er seit seiner Rückkehr nach Kaiserslautern urplötzlich gelassen und entspannt. Er fühlte sich so erleichtert, als ob man ihn von einer zentnerschweren Last befreit habe. Dabei hatte er sich selbst davon befreit, indem er endlich sein Gewissen erleichtert hatte.

Nachdem er am Abend zuvor mit Tannenberg gesprochen hatte, war er sehr aufgewühlt gewesen. Stundenlang war er durch die Gegend gefahren. Ziellos, einfach auf die A 6 und immer weiter in westlicher Richtung. Irgendwo bei Nancy hatte er sich an einer Tankstelle eine Flasche Wodka gekauft und war weitergefahren. Am Lac de Madine hatte er sein Auto abgestellt und sich ans Ufer des riesigen Binnengewässers gesetzt.

Je mehr er getrunken hatte, desto mehr hatte der Wodka die Angst verscheucht, die ihm wie ein Raubtier im Nacken saß. Es war die Heidenangst davor, der Nächste auf der Liste des Mörders zu sein, eines Mörders, den er kannte, den er bei seiner ersten Tat beobachtet hatte.

Doch das wusste der Mörder nicht. Sehr wahrscheinlich wusste er es nicht.

Nein, es handelte sich natürlich nicht um Gregor Kleinschmidt, der war nur ein willkommenes Bauernopfer. Ein Irrer, der vor seinen ehemaligen Freunden zwei Morde gestanden hatte, von denen er zumindest den ersten nicht begangen hatte. Dessen war sich Eckart König hundertprozentig sicher. Aber dieses unerwartete Schuldeingeständnis hatte allen sehr gut in den Kram gepasst, natürlich hatte keiner dagegen protestiert.

Warum auch? Denn falls Kleinschmidt für den wahren Mörder ins Gefängnis geschickt wurde, konnte er König und die anderen nicht mehr weitererpressen. Und Gregor musste dann natürlich auch das bereits erhaltene Geld wieder zurückgeben. Außerdem käme dann der tatsächliche Mörder ungeschoren davon. Ein Umstand, der wiederum gewissen Möglichkeiten Tür und Tor öffnen würde.

In dieser sternenklaren Nacht am See, in der sich ein praller Mond silbrig auf der Wasserfläche spiegelte, war dem Schulpsychologen klar geworden, dass er kaum eine ernsthafte Strafe zu befürchten hatte.

Eckart König schaltete das Autoradio aus und rief sich den inneren Dialog der vergangenen Nacht in Erinnerung:

Wolf wird sich bestimmt bei der Staatsanwaltschaft für mich einsetzen. Außerdem saß ich bei diesem Banküberfall damals tatsächlich nur im Fluchtauto. Habe quasi Schmiere gestanden.

Ich war nur ein kleines Licht, ein unbedeutender Mitläufer. Deshalb würde die zu erwartende Woge der Empörung mir auch nur die Füße benässen, wogegen die anderen davon mitgerissen und in einen tiefen Strudel hinabgezogen würden. Ganz abgesehen von der vernichtenden Wirkung, welche die Aufdeckung dieser uralten Straftat auf die Einheitsschul-Bewegung haben würde.

Und dann noch die Veröffentlichung meines Geheimdossiers. Das wäre der Todesstoß für die Gesamtschule!

Die Polizei belogen oder auf eine falsche Fährte gehetzt habe ich eigentlich auch nicht, denn schließlich hat uns Gregor auf dem Bauernhof tatsächlich die Morde an Irene und Claudia gestanden.

Obwohl er es gar nicht gewesen war, gar nicht gewesen sein konnte. Weil ich den wahren Mörder gesehen habe. Ich stand hinter einer Säule und habe mit eigenen Augen gesehen, wie er den Schlüssel an der Toilette umgedreht und damit Irenes Todesurteil besiegelt hat.

Eckart König seufzte tief, als er auf den Einschaltknopf des Autoradios drückte.

Eigentlich habe ich doch nicht ganz die Wahrheit gesagt. Na ja, was ist schon die Wahrheit? Wichtig ist schließlich nur, dass ich vorhin Wolf angerufen und ihm den Namen des wirklichen Täters genannt habe. Das ist das, was am Ende zählt, und das rechnen die Bullen mir garantiert hoch an.

Aber irgendwie ist es auch schade, dass ich Wolf angerufen habe. Denn damit habe ich ein wertvolles Faustpfand verloren, mit dem mir der Mörder zeitlebens aus der Hand gefressen hätte. Na ja, dafür ist es nun leider zu spät. Aber so konnte ich wenigstens noch rechtzeitig meinen Kopf aus der Schlinge ziehen. Wer weiß, vielleicht wäre ich ja tatsächlich der Nächste auf der Liste dieses brutalen Killers gewesen.

16

Quatsch, sagte Tannenberg zu sich selbst, als er an das dachte, was ihm König vor gut einer Stunde bei seinem Anruf erzählt hatte. Obwohl, wer weiß, vielleicht spielt Eckart nur ein fieses Spiel mit mir. Vielleicht ist er inzwischen völlig durchgedreht und nun endgültig reif für die Klapsmühle.

Die Euphorie, die sich nach Königs überraschender Tätermeldung in ihm ausgebreitet hatte, verflüchtigte sich zusehends, und die aufgekeimte Hoffnung auf eine schnelle Auflösung der mysteriösen Mordfälle stürzte nach Altmeiers Auftritt wie ein Kartenhaus in sich zusammen.

Vielleicht kommt Eckart gar nicht mehr zurück, weil er von vornherein vorhatte, nie mehr hierher zurückzukehren. Vielleicht wollte er nur wertvolle Zeit für seine Flucht gewinnen. Vielleicht ist er ja selbst der Täter. Vielleicht hat er mich nur deshalb angerufen, um eine Nebelkerze zu zünden, die uns von ihm selbst ablenken sollte.

Vielleicht ist er sogar der Polizistenmörder und ist deshalb geflüchtet. Grund dazu hätte er ja, schließlich muss er befürchten, dass die anderen ihn in dieser Extremsituation, in der es darum geht, den eigenen Kopf aus der Schlinge zu ziehen, verraten werden. Aber wenn er den Polizisten und die beiden Frauen doch nicht getötet hat? Wer war es denn dann? Vielleicht doch Altmeier, um den Mord an seinem Schwager zu rächen? Oder vielleicht hat König doch die Wahrheit gesagt …

Immer dieses bescheuerte vielleicht, vielleicht, vielleicht!

Tannenberg fasste sich an die Schläfen und massierte sie so fest, als wolle er dadurch das sich rasend schnell in seinem

Kopf drehende Gedankenkarussell zum Stillstand bringen. Vielleicht ist Eckart aber auch nur deshalb verschwunden, weil er das Gedicht und das Theaterstück geschrieben hat und deshalb in Panik geraten ist.

Vielleicht ist alles ja noch ganz anders.

Verdammt, verdammt, ich sehe überhaupt kein Land mehr.

»Alles klar mit dir, Wolf?«, flüsterte Sabrina, die ihren Chef inzwischen so gut kannte, dass sie eine radikal veränderte Gemütsverfassung direkt aus seinem Gesicht herauslesen konnte.

»Ja, ja«, log Tannenberg. Er fühlte sich wie ein Schauspieler, der im Rampenlicht stand und dem der Text partout nicht mehr einfallen wollte.

Los, Mann, reiß dich am Riemen! Mach einfach mit deinem Konzept wie geplant weiter. Irgendetwas wird sich schon noch ergeben, soufflierte seine innere Stimme. Wie hast du vorhin so schön zu Sabrina gesagt: Unverhofft kommt oft.

Wolfram Tannenberg klatschte in die Hände, schritt auf die erste Stuhlreihe zu und verschränkte die Arme vor der Brust. »Wissen Sie, was ich mich schon die ganze Zeit über frage?«, sprach er sein Auditorium mit ruhiger, melodischer Stimme an.

»Warum erzählt mir eigentlich niemand von Ihnen, dass Ihnen Gregor Kleinschmidt bei diesem Treffen auf dem Bauernhof frank und frei gestanden hat, die beiden Frauen umgebracht zu haben? Das verstehe ich nicht. Denn dies würde Sie doch alle mit einem Schlag von jeglichem Tatverdacht befreien.«

»Wir denunzieren niemanden«, schnauzte Mechthild Busch zurück. »Schon gar keinen alten Freund.«

»Auch nicht, wenn der Sie, wie im vorliegenden Falle, rücksichtslos erpresst? Denn eins steht ja wohl unzweifelhaft fest: Ihr alter Kumpel ist nur in die Pfalz zurückgekehrt, um Sie wie eine Zitrone auszupressen.«

»Auch dann nicht.«

»Na, das nenne ich wahre Terroristenehre«, höhnte der Kriminalbeamte. Er wedelte mit dem ausgestreckten Finger vor seinem Gesicht herum. »Nein, nein, einen alten, störrischen Bullen wie mich können Sie damit nicht beeindrucken«, entgegnete er. »Der Grund für Ihr eisernes Schweigen ist ein ganz anderer, werte Frau Busch. Der wahre Grund ist nämlich viel eher darin zu suchen, dass Sie unter allen Umständen verhindern wollen, dass er uns gegenüber ausplaudert, wer aus Ihrer feinen Clique damals den Polizeibeamten erschossen hat.«

Tannenberg genoss jedes einzelne Wort, jede noch so kleine Reaktion im Gesicht seiner Kontrahentin. Er räusperte sich ausgiebig und ging einen Schritt auf sie zu. »Sie hatten nämlich gehofft, Kleinschmidt verschwindet mit dem von Ihnen erpressten Geld auf Nimmerwiedersehen. Wodurch Sie dann auch weiterhin Ruhe vor den nervigen Gespenstern der Vergangenheit gehabt hätten. Da Sie den wahren Mörder von Frau Graupeter und Frau Ratz-Zapp kennen, war Ihnen natürlich schon auf dem Bauernhof klar, weshalb sich Gregor Kleinschmidt zweier Taten bezichtigte, die er gar nicht begangen hatte, nicht wahr?«

Wieder bleiernes Schweigen.

»Er wollte damit nichts anderes erreichen, als massiven Druck auf Sie auszuüben. Und zwar im Sinne von: Die zwei wollten nicht zahlen, deshalb habe ich sie umgebracht. Wenn ihr auch nicht löhnen solltet, widerfährt euch das gleiche Schicksal.«

Wolfram Tannenberg taxierte nacheinander jedes einzelne Gruppenmitglied mit einem forschenden Blick. »Na, war es nicht so?«

Keine Reaktion.

»Außerdem«, schob der Leiter des K 1 nach: »Warum sollte sich der wirkliche Täter zweier Morde bezichtigen, wenn ein anderer dies schon getan hat?« Er durchfurchte sein dichtes Haar und kratzte sich am Hinterkopf. »So blöd wäre ja noch nicht einmal ein oberblöder Oberbulle wie ich.«

Die Cafeteriatür öffnete sich. Einer der uniformierten Beamten, die vor ein paar Minuten Werner Altmeier nach draußen gebracht hatten, fragte, was nun mit dem Hausmeister geschehen solle.

Als der Beamte versicherte, Altmeier habe sich inzwischen merklich beruhigt, erlaubte Tannenberg dem Hausmeister des Friedenspädagogischen Instituts wieder in der Cafeteria Platz zu nehmen, diesmal allerdings mit einem Sicherheitsabstand von fünf Stuhlreihen zu den anderen.

Tannenbergs Handy vibrierte. Er drehte der Gruppe den Rücken zu und entfernte sich ein paar Schritte von den Laienschauspielern.

»Okay«, war alles, was er verlauten ließ. Er legte auf, bedachte Sabrina mit einem verschwörerischen Augenzwinkern und kehrte auf seine ursprüngliche Position zurück.

»Ich hätte Ihnen auch noch eine andere Variante anzubieten«, verkündete der Ermittler an seine verstummten Zuhörer adressiert. »Nehmen wir zum Spaß einmal an, Sie hätten gar keine Angst davor gehabt, dass ihr alter Kampfgenosse Gregor den verhassten Bullen steckt, wer damals den Polizeibeamten ermordet hat.

Warum sollte er dies denn auch tun? Schließlich war er selbst ja auch bei dieser Aktion dabei. Wieso sollte er sich also selbst belasten? Zumal die Bullen bis dato immer noch nicht wissen, ob vielleicht doch er der Polizistenmörder ist. Was Kleinschmidt ja wiederum vehement bestreitet.«

»Also wirklich, Sie labern einen unglaublichen Stuss zusammen. Eine abstruse Hypothese jagt die andere. Mit Ihrem chaotischen Geschwafel langweilen Sie mich zu Tode«, schimpfte die Konrektorin und erhob sich von ihrem Stuhl. »Mir ist das alles hier jetzt wirklich zu doof. Ich gehe nun nach Hause. Heute ist nämlich mein freier Nachmittag.«

Mit gefalteten Händen stellte sich Tannenberg direkt vor sie hin und flehte sie mit einem herzerweichenden Gesichtsausdruck an: »Bitte, bitte, liebe Frau Busch, bleiben Sie doch noch einen Augenblick.« Gleichzeitig gab er den Streifenbeamten ein Zeichen, woraufhin sich die beiden wie Wachtposten vor der einzigen Tür der Cafeteria postierten.

Zähneknirschend sank Mechthild Busch zurück auf ihren harten Holzsitz.

»Wo waren wir noch mal stehen geblieben?«, fragte der Leiter der Kaiserslauterer Mordkommission in die Runde.

Keine Antwort.

Der Chef-Ermittler vergrub die Hände in den Hosentaschen und wippte mit dem Oberkörper ein paarmal vor und zurück. »Ach ja, ich hab's wieder«, stieß er freudig aus. »Bei einer meiner abstrusen Hypothesen.«

Die Konrektorin hatte sich inzwischen in eine fleischgewordene Provokation verwandelt. Ihre Mimik und Körperhaltung drückten nur noch eins aus: Hass, Hass auf diesen Oberbullen, der sie unglaublich nervte.

Tannenberg registrierte zufrieden diese Eskalation. Nun war die Bühne bereitet für den Showdown. »Okay, da ich Sie offensichtlich zu Tode langweile, werde ich mich nun zur Abwechslung einmal kurzfassen«, versprach er. »Sie mussten keine Angst haben, dass Kleinschmidt die Sache von damals auffliegen lassen würde. Viel konkreter war für

Sie allerdings die Gefahr, die in dieser Hinsicht von Irene Graupeter ausging. Denn die entwickelt sich immer mehr zu einer unsicheren Kantonistin.

Eine nebulöse Andeutung da, eine kleine Drohung dort. Und das alles vor dem Hintergrund, dass Ihre Kollegin eine Kleptomanin mit einer zu hysterischen Ad-hoc-Ausbrüchen neigenden Persönlichkeitsstruktur war. Mit anderen Worten: Irene Graupeter, nicht Kleinschmidt oder sonst irgendjemand, war eine tickende Zeitbombe für Sie.« Er kicherte blechern. »Und das ausgerechnet an einer Friedensschule.«

Wolfram Tannenberg wandte sich an seinen Bruder, der in der ersten Reihe neben seiner in sich zusammengesunkenen Ehefrau saß. »Heiner, du hast mir doch erzählt, dass Irene Graupeter bei ihrem fluchtartigen Abgang von der Theaterprobe eine Drohung ausgestoßen habe. Das stimmt doch, nicht wahr?«

»Ja, sie sagte sinngemäß, dass sie schon sehr bald eine Entscheidung treffen werde, die einigen garantiert nicht gefallen werde.«

»Und wie lauteten die von Frau Busch anschließend verwendeten, ausgesprochen friedfertigen Worte?«

»Elende Verräterin«, sagte Heiner.

»Wobei man in diesem Zusammenhang erwähnen muss, dass du Irene Graupeters Anspielung zu diesem Zeitpunkt auf ihren Ausstieg aus diesem ungeliebten Theaterstück bezogen hast.«

Heiner nickte mechanisch.

»Dabei hatte Frau Graupeter mit ihrer Drohung etwas ganz anderes gemeint. Und genau das hat ihr Mörder oder haben ihre Mörder auch so verstanden. Sie hat nämlich ziemlich unverhohlen damit gedroht, ihr Wissen über den gemeinschaftlich verübten Banküberfall und den Polizistenmord an die verhassten Bullen zu verraten.

Allen war klar, dass in dieser extrem angespannten bildungspolitischen Situation solch ein Outing ein Supergau für den Fortbestand der Einheitsschulen gewesen wäre. Folglich musste Frau Graupeter mundtot gemacht werden. Und genau das hat man dann ja auch mit diesem hinterhältigen Mordanschlag erreicht.«

Tannenberg zog die Unterlippe ein und entließ sie schmatzend in die Freiheit. »Doch damit fingen die Probleme erst richtig an«, fuhr er fort, »denn schnell war klar, dass die dummen Bullen zuerst am Tatort, sprich am Friedenspädagogischen Institut, nach dem Mörder suchen würden. Deshalb musste so schnell wie möglich ein Verdeckungsmord her, mit dessen Hilfe man von dem wahren Mordmotiv ablenken konnte.«

Um dem nun Folgenden die gebührende Bedeutung zu verleihen, setzte er eine kleine Pause ein. Dann schnipste er mit den Fingern und tönte mit lauter Stimme: »Und wegen dieser makabren Finte musste Claudia Ratz-Zapp sterben.«

»Sie fantasieren und fantasieren immerfort wie ein altes Mühlrad«, polterte die Konrektorin genervt dazwischen. Ihren Einwurf untermalte sie mit einer entsprechenden Geste. »Wo sind denn Ihre Beweise für all diese wirren Spekulationen?«

»Beweise?«, fauchte Tannenberg. »Sie wollen Beweise?«

»Ja, und zwar sofort«, blaffte die Konrektorin. Sie öffnete den Reißverschluss ihrer Handtasche und entnahm ihr ein Handy. »Sonst rufe ich jetzt den Anwalt unserer Gewerkschaft an und dann hagelt es eine Anzeige wegen Freiheitsberaubung. Und eine gepfefferte Dienstaufsichtsbeschwerde gleich noch obendrauf.«

»Okay, Frau Busch«, entgegnete der Ermittler gedehnt, »wenn Sie es derart eilig haben, präsentiere ich Ihnen nun meinen Kronzeugen.«

»Kronzeuge?«, spuckte die Konrektorin der Friedensschule geradezu aus. »Da bin ich jetzt aber wirklich gespannt.«

Tannenberg schlenderte zur Cafeteriatür und öffnete sie.

»Sieh an, sieh an, unser lieber Eckart ist der ominöse Kronzeuge. Das hätte ich mir gleich denken können«, kommentierte Busch den Auftritt des Schulpsychologen. Ihre Augen hatten sich in enge Schlitze verwandelt, aus denen giftgetränkte Blitze hervorschossen.

Sabrina Schauß hatte einen weiteren Stuhl auf die zur Bühne umfunktionierte Freifläche gestellt und ihn etwa zwei Meter neben demjenigen platziert, auf dem Gregor Kleinschmidt saß. König nahm darauf Platz.

Auch er vermied strikt den Blickkontakt zu seinen ehemaligen Weggefährten. Im Gegensatz zu Kleinschmidt, der in stoischer Ruhe der Dinge harrte, die da nun passieren mochten, gebärdete sich König als regelrechtes Nervenbündel.

Hoffentlich knickt mir der Kerl jetzt nicht ein und steht nicht mehr zu dem, was er mir gegenüber behauptet hat, dachte Wolfram Tannenberg ernüchtert. Doch urplötzlich tauchte eine hilfreiche Idee in seinem Hirn auf. Aber vielleicht brauche ich seine Aussage ja auch gar nicht mehr, sagte er sich.

»Bevor Eckart gleich die Katze aus dem Sack lässt und uns allen erzählen wird, was er mit eigenen Augen am letzten Schultag vor den Sommerferien gesehen hat, möchte ich Ihnen die einmalige Gelegenheit geben, sich freiwillig Ihrer Schandtaten zu bekennen. Dies würde sich sicherlich positiv auf das von Ihnen zu erwartende Strafmaß auswirken. So ganz unter uns: Ein Geständnis könnte dem Mörder durchaus ein paar Jährchen Gefängnis ersparen.«

Niemand ließ auch nur einen einzigen Ton verlauten. Man hätte in der Cafeteria eine Stecknadel fallen hören können.

»Mensch, Leute, seid ihr denn wirklich so schwer von Begriff oder tut ihr nur so?«, rief Tannenberg mit anschwellender Stimme in die Cafeteria hinein. »Falls ihr es immer noch nicht kapiert haben solltet: Der oberblöde Oberbulle baut euch gerade eine goldene Brücke. Und die solltet ihr unbedingt nutzen.«

Diese verschworene Saubande lässt sich einfach nicht aus der Reserve locken, schimpfte er in Gedanken. Dann ist und bleibt König mein einziger Joker.

»Wissen Sie, meine sehr verehrten Damen und Herren Exterroristen«, sagte der Leiter des K 1 mit provokantem Unterton in der Stimme, »eine geraume Zeit lang hatte ich tatsächlich geglaubt, dass unser guter, alter Eckart König hinter den Morden stecken würde.«

Tannenberg ging ein wenig in die Knie und blickte dem Schulpsychologen tief in die Augen. »Aber dem ist doch nicht so, mein lieber Eckart, oder täusche ich mich da?«

»Nein, nein, natürlich nicht«, stammelte König. Er rutschte unruhig auf der Sitzfläche herum und befingerte nervös die Hosennähte.

»Dann solltest du uns nun schildern, was du am letzten Schultag vor den Sommerferien im Anschluss an die abgebrochene Theaterprobe beobachtet hast.«

Eckart Königs Mund war plötzlich total ausgetrocknet, seine Zunge klebte am Gaumen fest. Sabrina Schauß, die solche Situationen schon häufig bei Verhören erlebt hatte, reichte ihm eine kleine Trinkflasche, die sie stets in ihrer Tasche bei sich trug.

Mit fahriger Hand nahm der Schulpsychologe die durchsichtige Plastikflasche entgegen und trank einen großen

Schluck Mineralwasser. Dann leckte er sich die Feuchte von den Lippen und räusperte sich. »Ich bin an diesem Freitag nach Unterrichtsende hierher ins FPI gefahren, weil …«, begann er zögerlich.

»Den Grund dafür kannst du uns gleich nennen«, würgte ihn Tannenberg ab. »Jetzt erst mal der Reihe nach. Du bist also von der Friedensschule aus hierher gefahren.«

König nickte. »Ja.« Der Psychologe schluckte hart, als stecke ihm ein sperriger Gegenstand im Schlund. Er nippte noch einmal an der Flasche. Es schien, als kämpfe er mit sich, ob er jetzt tatsächlich, wie Tannenberg eben vollmundig angekündigt hatte, das Geheimnis lüften sollte.

»Du hast mir vorhin am Telefon erzählt, dass du zuerst in deinem Institutsbüro warst und dann irgendwann zur Cafeteria gegangen bist. Was hast du dort gewollt?«, fragte der Kriminalbeamte in freundlichem Ton.

»Ich wollte die Gruppe bei der Probe belauschen.«

»Warum?«

»Weil mich interessiert hat, wie sie mit diesem Theaterstück zurechtkommen.«

»Weißt du etwa, wer dieses ketzerische, gesamtschulkritische Theaterstück geschrieben hat?«, hakte Tannenberg nach.

»Ja.«

Natürlich ließ der Leiter des K 1 sein Opfer nicht mehr aus den Fängen. »Und wer?«, fragte er genüsslich.

»Ich.«

»Du hinterfotziger Mistkerl warst das?«, blökte Mechthild Busch und schwang zornig eine Faust in seine Richtung.

Dann sprang sie auf, stürmte auf König zu und wollte auf ihn einschlagen. Gerade noch rechtzeitig konnte Sabrina sie mit einem Polizeigriff daran hindern.

Obwohl die Konrektorin dadurch außer Gefecht gesetzt war, spie sie weiter Gift und Galle. »Dich sollte man sofort an die Wand stellen und standrechtlich erschießen. Du gemeiner Saboteur, du, du elender Verräter«, schrie sie ihm ins Gesicht.

»Also Ihr friedfertiges Verhalten und Ihre anti-militaristische Wortwahl begeistern mich einfach immer wieder aufs Neue«, bemerkte Tannenberg.

Kopfschüttelnd wandte er sich wieder an König. »Dann bist sicherlich du der geniale Poet, der mir dieses wunderschöne Gedicht mit dem Titel ›Hymne auf die Gesamtschule‹ geschickt hat, nicht wahr?«

Der Schulpsychologe nickte.

»Dieses Gedicht hat mir richtig gut gefallen, Eckart«, lobte Tannenberg. Er stellte sich hinter König, legte ihm beide Hände auf die Schultern und drückte sanft seine Fingerspitzen in die Nackenmuskulatur. Damit wollte er ihm seine Unterstützung versichern und ihm Mut machen.

»So, nun aber weiter im Text, mein Lieber«, versuchte er seinen Kronzeugen zur Herausgabe weiterer Informationen zu motivieren. »Du bist also zur Cafeteria gegangen und hast die Schauspieler belauscht.«

»Ja.«

»Spanner!«, blaffte Busch, die inzwischen von Sabrina zu einem Stuhl in der zweiten Reihe gebracht worden war. Die junge Kommissarin saß neben ihr und bewachte sie mit Argusaugen.

»Was hast du getan, als du den Streit zwischen Frau Graupeter und Frau Busch mitbekommen hast?«

»Ich bin schnell von der Tür weg und habe mich hinter einer Säule versteckt.«

»Was ist dann passiert?«

»Irene ist aus der Cafeteria gestürmt und zur Treppe geeilt, die hinunter in den Keller führt.«

»Wo sich die besagte Toilette befindet, in der wir Frau Graupeter tot aufgefunden haben«, erläuterte Tannenberg.

Der Psychologe stimmte mit einer Kopfbewegung zu.

»Was passierte anschließend?«

»Ein, zwei Minuten später haben auch die anderen Schauspieler die Cafeteria verlassen und sind raus auf den Parkplatz gelaufen.«

»Alle?«

König schüttelte energisch den Kopf. »Alle bis auf Mechthild und Clemens.«

»Wann kamen die beiden aus der Cafeteria?«

»Kurz darauf.«

»Gemeinsam?«

»Ja.« Der Schulpsychologe schloss die Augen und wiegte monoton den Kopf hin und her. »Nein, zuerst hat Mechthild nachgeschaut, ob die anderen bereits außer Sichtweite sind. Clemens folgte ihr unmittelbar.«

»Frau Busch hat also überprüft, ob die Luft rein ist – salopp formuliert. Kann man das so sagen?«

»Ja.«

»Und danach?«, bohrte Tannenberg weiter.

»Danach sind sie zusammen hinunter in den Keller gegangen.«

»Und du?«

»Ich bin ihnen nachgeschlichen.«

»Warum?«

»Na ja, weil mich eben interessiert hat, was die zwei da unten wollen.«

»Hattest du zu diesem Zeitpunkt irgendeine Erklärung parat, warum sie in den Keller gegangen sind?«

Der Schulpsychologe nickte. »Ja sicher hatte ich die, Wolf. Ich dachte, sie wollen bestimmt noch einmal mit Irene reden.«

»Und? Haben sie das getan?«

König schüttelte stumm den Kopf.

»Weshalb nicht?«

»Weil sie Irene wahrscheinlich nicht mehr getroffen haben.«

»Wieso glaubst du das?«

»Na ja, als ich die beiden das nächste Mal gesehen habe, standen sie vor der geschlossenen Toilettentür. Aber nur noch ein paar Sekunden lang, dann sind sie plötzlich in meine Richtung losgelaufen.«

»Und dann?«

»Dann habe ich mich so schnell wie möglich aus dem Staub gemacht.« Ein verzweifelter Blick arbeitete sich an Tannenbergs Sakko empor. »Ich konnte doch nicht wissen, dass sie Irene in der Toilette eingesperrt hatten und dass dort das Wasser abgestellt war.«

»Schon gut, alter Junge, du brauchst dir keine Vorwürfe zu machen«, sagte Tannenberg und zeigte auf die erste Reihe. »Ganz im Gegensatz zu diesen beiden Herrschaften da, die ihre Kollegin und alte Freundin auf heimtückische und grausame Art und Weise dem Tod geweiht haben.«

»Was wollen Sie uns mit dieser lächerlichen Aussage beweisen?«, konterte Mechthild Busch in schneidendem Tonfall. Der Teint ihres Gesichtes hatte sich inzwischen ihrer Haarfarbe angepasst. »Hat dieser Kretin etwa gesehen, dass einer von uns beiden den Schlüssel umgedreht hat?«, brüllte sie in Tannenbergs Richtung.

Sie sprang auf und wollte sich abermals auf König stürzen, doch die neben ihr sitzende Kommissarin hatte ihre Reaktion vorausgeahnt und sie rechtzeitig am Arm festgehalten. Die Konrektorin versuchte sich loszureißen, aber Sabrinas schraubstockartiger Griff hinderte sie daran.

»Ist schon gut, lassen Sie mich los!«, schimpfte sie. »Ich bleibe sitzen und drehe ihm jetzt nicht den Hals um. Obwohl er es mehr als verdient hätte.«

»Versprochen?«, fragte Sabrina.

Ein knappes Nicken. Doch als Mechthild Buschs Blick wieder ihren alten Weggefährten erreichte, schäumte erneut die Wut in ihr auf. »Und, du verfluchter Denunziant, hast du nun gesehen, wie einer von uns beiden den Schlüssel umgedreht hat?«, blökte sie. Als keine Reaktion erfolgte, legte sie nach: »Nein? Dann halt endlich dein Schandmaul, bevor wir es dir für immer stopfen!«

»Darin sind Sie ja nun wahrlich Expertin«, frotzelte Tannenberg.

»Halten Sie Ihr Maul, sonst …« Den Rest verschluckte sie.

Der Kriminalbeamte ließ sich von diesem hasserfüllten Einwurf nicht beeindrucken. »Tod durch Verdursten ist ein Tod, der fürchterlicher gar nicht sein kann«, dozierte er. »Und zwar deshalb, weil er aufgrund des Flüssigkeitsmangels ganz, ganz langsam eintritt. Das ist quasi eine Art Dauerfolter, ein Tod in Zeitlupentempo.«

»Irene Graupeter hat gelitten, hat geschrien, hat sich gegen ihren Tod mit Händen und Füßen gewehrt. Wir haben in der Toilettenkabine an mehreren Stellen Blut und Hautpartikel gefunden. Außerdem wies der völlig ausgetrocknete Leichnam eine Vielzahl von Hämatomen und Hautverletzungen auf. Eindeutige Hinweise darauf, wie verzweifelt sie versucht hatte, aus ihrer Todeszelle auszubrechen. Berührt Sie das grausame Schicksal Ihrer Kollegin und Freundin denn überhaupt nicht?«

Busch winkte ab. »Hören Sie doch auf mit Ihrer bescheuerten Gefühlsduselei. Sie sind doch verzweifelt, denn Sie können uns gar nichts beweisen«, giftete Mechthild Busch mit hochrotem Kopf zurück. »Es steht Aussage gegen Aussage.«

»Liebe Frau Busch, glauben Sie denn wirklich, ich würde diese Show hier veranstalten, wenn ich nicht noch einen weiteren Trumpf in der Hinterhand hätte?«, grinste Tannenberg siegessicher.

»Dann legen Sie diesen ominösen Trumpf doch endlich auf den Tisch«, forderte die Konrektorin. »Das ist doch nichts anderes als einer dieser lächerlichen Oberbullentricks.«

Wolfram Tannenberg hieb seine rechte Faust in die Handfläche. »Okay, von mir aus, Frau Busch.« Er produzierte ein lang gezogenes Brummen. »Wobei ich gerne die Spannung noch ein bisschen länger aufrechterhalten hätte.« Er stieß knatternd Luft durch die Nase. »Wenn Sie verstehen, was ich meine.«

»Mann«, knurrte die Konrektorin wie ein angeketteter Hofhund.

»Leider hat die Kriminaltechnik auf der Türklinke Ihre Fingerabdrücke nicht identifizieren können. Das ist wirklich sehr schade, Frau Busch«, fuhr der Leiter des K 1 fort. »Ist ja aber auch kein Wunder, denn keiner von Ihnen beiden hat mit der Hand die Klinke oder den Türrahmen berührt. War ja auch nicht nötig, denn um Ihr Ziel zu erreichen, mussten Sie lediglich den Schlüssel umdrehen. Wo ist dieser Schlüssel eigentlich abgeblieben?«

Eisernes Schweigen.

Tannenbergs Lippen umspielte ein triumphales Lächeln. »Dafür haben unsere Spurensicherer aber auf der Türklinke DNA-Material sicherstellen können, das sehr wahrscheinlich von einem Schweißtropfen herrührt. Dass es sich dabei um Angstschweiß von einem von Ihnen beiden handelt, wird eine Vergleichsanalyse mit Ihrer DNA zweifelsfrei ergeben.«

»Quatsch, die DNA wird von Altmeier stammen, der hat sie doch gefunden«, wandte Mechthild Busch ein.

»Nein, diese Möglichkeit haben wir bereits abgeklärt. Außerdem haben meine Kollegen auf dem Türblatt der Toilettentür mehrere Hautschuppen und sogar ein Haar entdeckt. Das darin enthaltene DNA-Material entspricht dem auf der Türklinke identifizierten.

Die besagte Stelle befindet sich übrigens genau dort, wo der Täter wahrscheinlich mit seinem Ohr das Türblatt berührt hat, um an der Tür zu lauschen. Gemeinsam mit der Zeugenaussage unseres lieben Eckart König reichen diese Indizien zu einer Anklage wegen gemeinschaftlich begangenen Mordes zum Nachteil von Irene …«

»Ich kann nicht mehr«, stieß urplötzlich Clemens Ruby mit schmerzverzerrtem Gesicht aus.

Er schnellte von seinem Stuhl in die Höhe, stürmte an den anderen vorbei zu einem der Fenster, riss es auf und sprang hinaus. Nach einer Schrecksekunde rannte Tannenberg zum Fenster. Er sah gerade noch, wie der Regisseur der Theatergruppe hinter der südöstlichen Gebäudeecke verschwand.

17

Während Tannenberg aus dem Fenster kletterte, um dem flüchtenden Clemens Ruby nachzueilen, forderte Sabrina telefonisch Verstärkung an und löste eine Ring-Alarmfahndung aus. Die beiden Streifenpolizisten wies sie an, in der Cafeteria zu bleiben und auf weitere Anweisungen zu warten. Bis diese erfolgten, sollten die Beamten darauf achten, dass keiner der Anwesenden die Cafeteria verließ. Ihr besonderes Augenmerk sollten sie dabei auf die Konrektorin der Friedensschule richten.

Als sei der leibhaftige Teufel hinter ihm her, rannte Ruby in Richtung Aschbacherhof. Mit rudernden Armen überquerte er die schmale Straße und stürmte in einen höchstens einen Meter breiten Waldweg hinein.

Wo will dieser Kerl bloß hin?, schoss es Wolfram Tannenberg durch den Kopf, während er ihn verfolgte. Der Weg ist viel zu schmal für ein Auto. Scheiße, dann muss ich ihm zu Fuß hinterher. Verdammt noch mal, ich hab nicht die geringste Lust auf Senioren-Jogging! Mir tut mein Knie weh und ich krieg jetzt schon fast keine Luft mehr.

»Ruby, bleiben Sie stehen!«, brüllte er aus Leibeskräften, doch der Lehrer der Friedensschule hörte nicht auf ihn und stürmte blindlings weiter.

Der schmale, mit Erikabüschen bewachsene Pfad führte zunächst durch ein niedriges Kiefernwäldchen und mündete dann in einen prächtigen Eichenhochwald. Ruby schien konditionell etwas besser in Form zu sein als sein Häscher, denn der Abstand zwischen den beiden etwa gleichaltrigen Männern vergrößerte sich stetig.

Tannenberg verlor den Flüchtenden sogar zeitweise ganz aus den Augen. Kein Wunder, denn die Schmerzen wurden immer heftiger und er lief immer unrunder. Doch die panische Angst, dass er ihm entwischen könnte, mobilisierte die letzten Kräfte, die noch im Körper des ehemaligen Bundesliga-Handballers steckten.

Vom Stadtgebiet her vernahm der Chef-Ermittler das Sirenengeheul seiner alarmierten Kollegen. Das Geräusch war zunächst kaum hörbar, schwoll dann aber merklich an.

Hoffentlich hat Sabrina inzwischen eine Ringfahndung ausgelöst, dachte er bei sich. Wir müssen den Kerl unbedingt kriegen. Ich muss wissen, wer von den beiden der Mörder ist.

Wolfram Tannenberg fischte sein Handy aus der Jacke und telefonierte mit seiner Mitarbeiterin. Sabrina verstand ihn kaum, denn seine kommandoartig ausgestoßenen Sätze wurden immer wieder durch keuchende, japsende Atemgeräusche unterbrochen.

»Jetzt rennt … dieser Depp … auch noch querfeldein«, fluchte der Kriminalbeamte und verließ nun ebenfalls den breiten, geschotterten Fahrweg, den Ruby etwa 100 Meter lang benutzt hatte.

Ohne sich umzublicken, sprang Clemens Ruby über morsche Baumstämme und Felsbrocken hinweg, durchstreifte Farne, Heidelbeersträucher und Brennnesselfelder – und Tannenberg rannte tapfer hinterher.

Plötzlich blieb der Theaterregisseur stehen, beugte den Oberkörper nach vorn und stützte die Hände so auf die Knie, als ob er sich gleich übergeben würde.

Vielleicht macht der Kerl jetzt endlich schlapp, hoffte sein erschöpfter Verfolger. Mir reicht's nämlich. Aber was dann? Wie soll ich ihn denn überwältigen? Ich hab keine

Waffe dabei. Womöglich hat Ruby ein Messer in der Hosentasche. Damit muss ich rechnen, schließlich verfolge ich einen potenziellen Mörder.

Tannenberg suchte die Umgebung nach einem geeigneten Holzprügel ab. Doch stattdessen entdeckte er circa zwei Meter rechts neben ihm eine aus sieben Exemplaren bestehende, prächtige Steinpilzfamilie, die unter Buchengeäst hervorlugte und ihn frech angrinste.

Ihr könnt heilfroh sein, dass ich jetzt keine Zeit für euch habe, gestattete er den Steinpilzen großzügig das Weiterleben.

Im selben Moment nahm er im Augenwinkel eine Bewegung wahr: Clemens Ruby hatte sich anscheinend ein wenig erholt und rannte nun wieder los. Tannenberg folgte ihm mit schmerzverzerrtem Gesicht. Sein linkes Knie bereitete ihm schon die ganze Zeit über wahre Höllenqualen, nun meldete sich auch noch seine lädierte Ischiasregion zu Wort.

Nach ein paar Schritten entdeckte der Leiter des K 1 einen etwa einen Meter langen, rindenlosen Buchenholzprügel, der ihm für seine Zwecke gut geeignet schien. Jetzt war er bewaffnet und sah einer möglichen Konfrontation weitaus gelassener entgegen. Zudem war es nur eine Frage der Zeit, bis seine Kollegen hier bei ihm im Wald auftauchten. Hoffte er jedenfalls.

»Bleiben Sie endlich stehen, Ruby«, brüllte er dem Flüchtenden hinterher. »Sie haben eh keine Chance, uns zu entkommen. Der Wald ist inzwischen von meinen Kollegen abgeriegelt. Geben Sie auf. Wir können über alles reden. Ich kann Ihnen bestimmt helfen. Gemeinsam finden wir eine Lösung.«

Clemens Ruby stoppte neben einer riesigen Eiche. Eine Hand krallte sich an der rauen Rinde fest. Er drehte sich zu seinem Verfolger um und schrie mit sich überschlagender Stimme: »Mir kann niemand mehr helfen. Es ist aus.«

Dieser leidgetränkte Verzweiflungsschrei ging Tannenberg durch Mark und Bein. Schlagartig war dem Kriminalbeamten klar, wohin Ruby wollte: Zum Humbergturm und sich von dort oben in die Tiefe stürzen. Umgehend gab er seine Spekulation an Sabrina Schauß weiter.

Irgendwie würde dieser theatralische Abgang zu ihm passen, dachte Tannenberg, während er wie ein Brauereigaul schnaubte. Ich muss seinen Selbstmord unter allen Umständen verhindern. Doch wie soll ich das schaffen?, pulsierte es in seinem Hirn.

Ruby ist doch viel früher am Humberg als ich. Und die Kollegen sind eh nicht rechtzeitig dort. Aber ich brauche ihn unbedingt als Kronzeugen, sonst kann ich die Busch niemals hinter Schloss und Riegel bringen. Und da gehört diese Hexe hin!

Wenige Sekunden später sah der Leiter des K 1 seine dunkle Vorahnung bestätigt, denn am Ende eines breiten Fahrwegs tauchte unter dem weit überhängenden Blätterdach der breite Stumpf des circa 40 Meter hohen Humbergturms auf.

Als Tannenberg kurz darauf die Wildwiese erreichte, die den Fuß des Turms wie ein grüner Ringteppich umschloss, stand Clemens Ruby bereits oben auf der einem achteckigen Sockel vorgelagerten Freitreppe. Seine Hände hingen über das schmiedeeiserne Geländer hinab. Stoßartig pumpte er seinen Oberkörper auf.

»Bleiben Sie, … wo Sie sind«, stieß er hechelnd hervor.

In seinen Mundwinkeln hatten sich weißliche Speichelreste gesammelt, das Gesicht erinnerte trotz der großen Anstrengung an eine wachsfarbene Totenmaske.

»Wenn Sie mir … folgen sollten, springe ich sofort vom Turm.«

»Bitte springen Sie nicht! Reden Sie mit mir«, sprudelte es dem Kriminalbeamten ungeprüft über die Lippen. »Ich brauche dringend weitere Informationen von Ihnen. Bitte tun Sie es nicht.«

»Für eine Umkehr ist es viel zu spät«, erwiderte Ruby. »Es gibt keinen Ausweg mehr, deshalb werde ich jetzt gleich allem ein Ende machen. Ich habe nicht die geringste Lust, im Knast zu verrecken.« Ein bitteres Lachen. »Dann sterbe ich lieber hier in unserem schönen Pfälzer Wald.«

»Bitte nicht, Herr Ruby. Das ist doch keine Lösung.«

»Doch, das ist *die* Lösung für alle meine Probleme. Aber vielleicht erzähle ich Ihnen vorher noch alles, was Sie wissen wollen, denn bevor ich in den Tod springe, möchte ich reinen Tisch machen.«

In Tannenbergs Rücken schwoll Sirenengeheul an. Er blickte über seine Schulter und entdeckte einen Streifenwagen, der gerade um die Kurve jagte. Der Fahrer übersteuerte und wäre fast in einen Brennholzstapel gerast.

»Was ist, Tannenberg? Versprechen Sie mir, dass mir niemand auf den Turm hinauffolgt?«, schrie Clemens Ruby.

»Ja, das verspreche ich Ihnen«, rief der Kriminalbeamte zurück.

»Ehrenwort?«

»Ja, ich gebe Ihnen mein Ehrenwort darauf.«

Während der Regisseur der Lehrer-Theatergruppe die restlichen 130 Stufen des Humbergturms erklomm, eilte Tannenberg seinen Kollegen entgegen und wies sie an, die Einsatzfahrzeuge in etwa 100 Metern Entfernung zu parken. Anschließend rief er sie zusammen, informierte sie über die aktuelle Situation und forderte sie auf, bei ihren Fahrzeugen zu bleiben und auf weitere Anweisungen zu warten.

Es dauerte gut zwei Minuten, bis Clemens Rubys Kopf in 40 Metern Höhe über dem Rand der Brüstung auftauchte.

Der Lehrer war völlig ausgepumpt, musste erst einmal ausgiebig verschnaufen.

Unterdessen ging Tannenberg gemeinsam mit Sabrina, die mit ihrem Dienst-Mercedes hierher gefahren war, zurück zum Turm. Plötzlich erklang in seinem Ohr die Stimme seines Vaters, allerdings nicht in Form eines vollständigen Satzes, nein, es handelte sich nur um zwei Worte: »Tierarzt« und »Betäubungsgewehr«.

Er blieb stehen und packte seine junge Mitarbeiterin so abrupt an ihrer weinroten Jacke, dass sie erschrocken zusammenzuckte.

»Was ist denn, Wolf?«, fragte sie verwundert.

»Mir ist da gerade eine Idee gekommen«, entgegnete er. »Sie ist vielleicht totaler Blödsinn, aber womöglich funktioniert sie ja. Probieren sollten wir es auf alle Fälle. Denn wie es im Moment aussieht, haben wir nicht viele Alternativen. Ich glaube, der Ruby meint es ernst – todernst.«

»Was für eine Idee?«

Wolfram Tannenberg antwortete mit einer Gegenfrage: »Hast du auf dem Weg hierher die Jäger gesehen, die heute Morgen an der Roten Hohl beisammenstanden?«

»Ja, die habe ich gerade ein paar hundert Meter von hier entfernt an einer Waldhütte entdeckt.«

»Weißt du zufällig, ob sich unter ihnen ein Tierarzt mit einem Betäubungsgewehr befindet?«

Sabrina schüttelte den Kopf und zuckte mit den Schultern. »Keine Ahnung, Wolf.«

»Dann fahr bitte sofort dorthin. Falls einer von ihnen wirklich ein Betäubungsgewehr dabeihat, bringe ihn mitsamt seiner Flinte so schnell es geht hierher.«

»Tannenberg, wo stecken Sie denn?«, brüllte Ruby von der Turmbrüstung herunter. »Ich kann Sie nicht sehen. Wenn Sie sich mir nicht sofort zeigen, springe ich.«

»Keine Panik, Herr Ruby, da bin ich schon wieder«, rief Tannenberg und trat unter dem Blätterdach hervor auf die Wildwiese.

»Sie und die anderen Bullen bleiben, wo Sie sind, ist das klar?«

»Ja, Sie haben mein Ehrenwort«, sagte Tannenberg.

»Ein Bullen-Ehrenwort«, grunzte Ruby kaum hörbar.

»Alles klar, Herr Ruby?«, brüllte Tannenberg den Turm hinauf.

Keine Antwort.

»Alles klar mit Ihnen, Herr Ruby?«

»Mann, Sie Idiot, wie sollte denn mit mir alles klar sein, he?«, grölte Ruby in den Wald hinein. »Ich habe zwei Menschen ermordet. Und dann fragen Sie mich allen Ernstes, ob alles klar mit mir ist.«

Vor Entsetzen gelähmt musste Tannenberg hilflos dabei zusehen, wie der Regisseur einen Arm über den Rand der Sandsteinbrüstung legte, dem Sekunden später ein Bein folgte. Somit lag er bäuchlings auf der Brüstung.

»Nicht, nicht, Herr Ruby, bitte stellen Sie sich wieder mit den Füßen auf den Boden«, flehte der Ermittler. »Sie haben mir doch versprochen, dass Sie mir zuerst noch alle meine Fragen beantworten werden.«

»Das kann ich doch auch so«, erwiderte der Regisseur.

Diesem Satz folgte ein derart diabolisches Lachen, das Tannenberg frostige Schauer den Rücken hinunterjagten. Ruby riss beide Arme in die Höhe. »Was für ein geiles Gefühl. Eine kleine Körperverlagerung – und schon ist alles aus und vorbei.«

»Bitte, Herr Ruby, seien Sie so gut und begeben Sie sich zurück auf die Plattform. Da vorne ist es viel zu gefährlich«, mahnte Tannenberg.

Der Lehrer der Friedensschule senkte die Arme. »Sie

haben wieder einmal völlig recht, Sie Oberbulle. Bevor ich in den Himmel fliege, soll die Nachwelt erfahren, wie alles wirklich passiert ist.« Danach hangelte er sich von der Brüstung herunter.

Tannenberg atmete erleichtert auf. »So ist es bedeutend besser, Herr Ruby. Darf ich Ihnen nun ein paar Fragen stellen?«

»Klar, Sie sind doch garantiert total scharf drauf, oder?«

»Ja, sicher.«

»Dann legen Sie mal los. Ich will gerne meinen Teil zur Tataufklärung beitragen«, tönte es vom Turm herunter.

»Danke, vielen Dank, Herr Ruby«, flötete der Leiter des K 1, um den potenziellen Selbstmörder so lange wie möglich von seinem letzten Schritt abzuhalten.

Um Zeit zu gewinnen, formulierte er seine Frage in epischer Breite. »Bitte, Herr Ruby, schildern Sie mir einmal in aller Ruhe und in aller erforderlichen Ausführlichkeit aus Ihrer Sicht, was passiert ist, nachdem Frau Graupeter die Cafeteria verlassen hat. Ich meine, die Situation unmittelbar nach dem Streit mit Frau Busch.«

»Mir ist durchaus klar, was Sie meinen«, kam es mit leicht ironischem Unterton zurück. »Also, es war so, wie Eckart vorhin in der Cafeteria erzählt hat. Mechthild und ich sind Irene in den Keller gefolgt. Wir wollten noch einmal vernünftig mit ihr reden. Vor allem, um zu verhindern, dass sie zu euch Bullen geht und uns wegen dieser alten Sache verpfeift.«

»Mit ›alter Sache‹ meinen Sie den Banküberfall in den 70er-Jahren?«

»Selbstverständlich meine ich den. Was denn sonst?«

Tannenberg lag die Frage nach dem Polizistenmörder auf der Zunge, aber er schluckte sie hinunter. Das hat noch Zeit, sagte er sich. Wichtiger ist es, Ruby nicht zu irritieren und ihm wertvolle Informationen über die aktuellen Mordfälle zu entlocken.

»Sie sind also gemeinsam mit Frau Busch in den Keller gegangen. Was ist da unten passiert?«, fragte der Chef-Ermittler.

»Als wir vor der Toilette ankamen, sahen wir sofort, dass Irenes Schlüssel außen an der geschlossenen Tür steckte. Wir sind hin …« Clemens Ruby stockte.

Erschrocken registrierte Tannenberg, dass Rubys Kopf über der Brüstung wie bei einer Marionette wild hin und her pendelte.

Ruby riss seine Arme in die Höhe, krallte die Hände in seine Haare und zerrte so fest daran, als wolle er sie sich büschelweise herausreißen. »Warum hab ich das nur getan?«, schrie er wie ein weidwundes Tier.

»Was haben Sie denn getan?«, fragte Tannenberg.

Ruby schniefte und schluckte hart. »Mechthild hat mich mit ihrem durchdringenden Teufelsblick angeschaut und mir mit einer Kopfbewegung zu verstehen gegeben, was ich tun soll. Das müssen Sie sich einmal vorstellen: Wir haben kein einziges Wort miteinander gesprochen. Während dieser ganzen Scheiß-Aktion haben wir keinen Ton gesprochen.«

Der Regisseur zog so laut die Nase hoch, dass es weit hörbar war. Anschließend spuckte er den Schleimpfropfen aus. Sein wirrer Blick verfolgte die Spucke auf ihrem tänzelnden Flug in die Tiefe.

»Trotzdem hab ich sofort verstanden, was Mechthild von mir wollte«, schrie er seinem Auswurf hinterher. »Und das Schlimmste an der ganzen Sache: Ich hab mich nicht dagegen gewehrt, kein bisschen! Nein, ich hab's getan. Wie ein ferngesteuerter Roboter habe ich den Schlüssel umgedreht und ihn abgezogen.«

»Und dann?«

»Dann hat ihn mir diese Hexe aus der Hand genommen und ihn in ihrer Handtasche verschwinden lassen.«

Wolfram Tannenberg hätte natürlich unheimlich gerne gewusst, wieso Ruby nicht ein paar Stunden später oder am nächsten Tag Irene Graupeter aus ihrem Gefängnis befreit hatte, aber er traute sich nicht, diese Frage zu stellen. Zu groß war seine Angst, Ruby durch diesen Vorwurf zu einer Kurzschlusshandlung zu verleiten.

»Wie ging's dann weiter?«, rief der Kriminalbeamte zur Sandsteinbrüstung hinauf.

Clemens Ruby schilderte nun relativ belanglose Dinge, die sich kurz nach der heimtückischen Tat draußen auf dem Parkplatz des Friedenspädagogischen Instituts ereignet hatten. Zudem berichtete er ausführlich von seinen Gewissensbissen, die ihn seitdem geplagt hätten. Tannenberg hakte sich immer wieder ein und stellte Nachfragen, die einzig dem Zweck dienten, Zeit zu gewinnen.

Plötzlich hörte Tannenberg Sabrinas Stimme in seinem Rücken. Er drehte sich um und sah die junge Kommissarin, wie sie gemeinsam mit ihrem Ehemann mit schnellen Schritten auf ihn zugelaufen kam. Michael Schauß hielt ein Betäubungsgewehr in der rechten Hand.

»Der Tierarzt hat sich strikt geweigert, auf einen Menschen zu schießen«, erklärte sie im Flüsterton. »Aber Michael probiert's.«

»Super, mein Junge«, lobte sein Vorgesetzter und warf ihm einen dankbaren Blick zu. »Du kletterst so hoch wie möglich auf einen dieser Bäume, suchst dir eine gute Schussposition und nimmst Ruby ins Visier. Wenn ich das Stichwort ›Friedenstaube‹ rufe, schießt du auf ihn. Okay?«

Schauß nickte und wählte aus den am Rande der Wiese

stehenden majestätischen Buchen diejenige aus, die ihm aufgrund der tief angesetzten und treppenartig angeordneten Äste die beste Klettermöglichkeit bot.

»Wissen Sie, ob Frau Busch anschließend den Schlüsselbund weggeworfen hat?«, rief Tannenberg den Turm hoch. Zum einen, um Ruby abzulenken, und zum anderen, um dessen ins Stocken geratenen Redefluss wieder in Gang zu bringen.

»Nein, hat sie natürlich nicht«, schrie der Lehrer erregt zurück. »Das war ja die Sauerei. Damit hat sie mich doch die ganze Zeit über erpresst.«

»Sie hat Sie mit dem Schlüssel erpresst?«

»Ja, sie hat den Schlüsselbund eingesteckt und ihn als Faustpfand gegen mich behalten. Da sind doch meine Fingerabdrücke drauf«, brüllte Clemens Ruby mit sich überschlagender Stimme. Er tippte sich mit dem Zeigefinger auf die Brust. »Meine sind da drauf, nicht ihre. Sie hat nur den Ring angefasst und den garantiert später abgewischt. Damit ist diese gemeine Kuh fein raus.«

»Hm«, brummte Tannenberg vor sich hin.

»So eine hinterhältige Schlange«, legte Ruby nach.

Dem ist nichts hinzuzufügen, dachte der Ermittler. »Und welche Rolle hat sie bei dem Mordanschlag auf die Professorin gespielt?«, brüllte er.

Einige Sekunden lang war es oben auf der Aussichtsplattform des Humbergturms mucksmäuschenstill. Tannenberg befürchtete schon das Schlimmste, doch Ruby meldete sich zum Glück bald darauf wieder mit zitternder Stimme zu Wort.

»Mechthild hatte die Idee, den Verdacht von uns auf einen Serienmörder zu lenken, der es auf die Mitglieder unserer alten Clique abgesehen hatte.«

»Eigentlich gar keine schlechte Idee«, bemerkte Tannenberg. »Um nicht zu sagen, ein geradezu teuflischer Plan, für den sich Gregor Kleinschmidt nach seiner Erpressungsaktion als Täter schließlich regelrecht aufdrängte.«

»Ja, genauso hat sie es auch gesehen. Gregor taucht nach Jahrzehnten aus der Versenkung auf, erpresst uns alle und ermordet zur Abschreckung für die anderen nacheinander all diejenigen, die nicht zahlen wollen.«

»Wirklich ein genialer Plan«, bestätigte der Leiter des K 1.

Immer wieder schaute er zu Michael Schauß, der sich geschickt von Ast zu Ast nach oben hangelte. Der sportliche Kommissar hatte inzwischen bereits die Hälfte der etwa 20 Meter hohen Buche erklommen.

Bei seinem Dialog mit dem nach wie vor extrem suizidgefährdeten Clemens Ruby stand nun ein heikles Thema an, nämlich die brutale Ermordung der Pädagogik-Professorin Claudia Ratz-Zapp.

Der Kriminalbeamte musste einerseits weiter Zeit gewinnen, andererseits riskierte er durch die intensive Konfrontation Rubys mit dem zweiten Verbrechen eine Panikreaktion.

Als ob der Friedensschullehrer Tannenbergs Gedanken erraten hätte, ergriff er selbst die Initiative. Offensichtlich brannte er geradezu darauf, endlich sein Gewissen erleichtern zu können. »Wollen Sie denn nicht wissen, was an diesem Abend im Uniwohngebiet abgelaufen ist?«, schrie er den Turm hinunter.

Der Kriminalbeamte traute seinen Ohren nicht. »Doch, doch, natürlich interessiert mich das brennend.«

»Mechthild hat mich mit dem Schlüsselbund derart massiv unter Druck gesetzt, dass ich gar nicht anders konnte, als zu Claudia zu fahren und ihr das Stilett in die Brust zu rammen«, verkündete er mit einer unerwarteten Offenheit. »Ich hab's aber auch aus einem anderen

Grund getan«, schob er nach, verstummte dann allerdings schlagartig.

»Und welchem?«, setzte Tannenberg nach.

»Ganz einfach: Wenn Mechthilds Plan funktioniert hätte, wäre ich aus dem Schneider gewesen und hätte meinen Kopf doch noch aus der Schlinge ziehen können.«

»Da ist etwas Wahres dran.«

»Und die Idee mit der SMS, die ich von Claudias Handy aus an Gregor verschickte, war doch auch nicht von schlechten Eltern, oder?«

»Nein, wirklich nicht«, pflichtete ihm der Chef-Ermittler vordergründig bei. »Stammte diese Idee ebenfalls von Frau Busch?«

»Na klar«, antwortete Clemens Ruby, in dessen Stimme ein geradezu bewundernder Unterton mitschwang. »Und diese Finte hat sogar bestens funktioniert, denn Gregor ist tatsächlich in ihrem Haus aufgekreuzt.«

»Woher hatten Sie eigentlich das Stilett?«

»Das hat Mechthild besorgt.«

»Dieses friedensbewegte Teufelsweib hat ja wirklich an alles gedacht«, murmelte Wolfram Tannenberg vor sich hin.

»Sind Ihre Fragen nun alle beantwortet?«, ertönte eine gellende Stimme von oben. »Kann ich jetzt endlich springen?«

Tannenberg vergewisserte sich, dass Schauß inzwischen im Astwerk der Buche eine sichere Schussposition eingenommen hatte, dann rief er hinauf zur Spitze des Humbergturms: »Nur noch einmal zur Klarstellung, Herr Ruby: Sie gestehen also, dass Sie Irene Graupeter und Claudia Ratz-Zapp ermordet haben?«

»Jaaaa.«

»Und beide Male hat Sie Mechthild Busch dazu angestiftet?«

»Jaaaa.«

»Außerdem hat Frau Busch Sie mit dem Schlüssel erpresst und die Mordwaffe, also das Stilett, beschafft?«

»Jaaaa.«

»Herr Ruby, ich verspreche Ihnen, dass ich mich bei der Staatsanwaltschaft für Sie einsetzen werde. Ein guter Anwalt kann sicherlich das Gericht davon überzeugen, dass Sie nur das willfährige Werkzeug von Frau Busch gewesen sind. Sie ist die eigentlich Schuldige. Sie gehört lebenslang hinter Gitter. Sie müssen gegen diese gemeingefährliche Hexe aussagen. Bitte kommen Sie zu mir runter.«

»Nein, das tue ich nicht. Mit dem, was ich getan habe, kann ich nicht weiterleben. Ich halte diesen Druck nicht mehr aus.«

»Doch, doch, das können Sie. Bitte kommen Sie runter«, beschwor Tannenberg den Lebensmüden. »Wenn Sie wollen, komme ich auch gerne zu Ihnen hinauf.«

»Neeein«, schrie ein verzweifelter Mensch, der offenbar zu allem entschlossen war.

Ein nackter Arm schob sich über den Rand der rotbraunen Brüstung.

»Bitte warten Sie, Herr Ruby, ich hab noch eine Frage, die Sie mir unbedingt beantworten müssen«, brüllte der Kriminalbeamte.

Rubys Kopf zeigte sich. »Welche?«

»Wer hat damals den Polizisten erschossen?«

»Verrate ich nicht.«

»Bitte, Herr Ruby. Sie dürfen dieses Geheimnis nicht mit ins Grab nehmen. Erleichtern Sie Ihr Gewissen.«

»Sie haben recht. Jetzt ist sowieso alles egal«, antwortete die zitternde Männerstimme. Ein paar Sekunden war es gespenstisch still. »Dagmar hat ihn erschossen.«

»Dagmar Anung-Loos?«

»Jaaaa.«

»Was, diese *Friedenstaube* hat damals den Polizisten erschossen?«, schrie Tannenberg so laut er nur konnte.

Ein zischendes Schussgeräusch zerschnitt die Stille.

»Ich glaube, ich habe ihn getroffen«, tönte es durch das Buchengeäst. »Jedenfalls seh ich ihn nicht mehr«, fügte Schauß hinzu.

Tannenberg und Sabrina stürmten sofort los. »Geh du vor, Sabrina. Du bist schneller oben als ich«, sagte der Leiter des K 1.

Er hatte gerade einmal die Hälfte der 130 ausgetretenen Sandsteinstufen erklommen, als Sabrina ihm entgegenbrüllte, dass Clemens Ruby unverletzt sei und wie ein Murmeltier schlafe. Tannenberg ersparte sich den Rest des beschwerlichen Wegs und stieg den Humbergturm wieder hinunter. Auf der engen Wendeltreppe begegneten ihm zuerst ein Notarzt und dann zwei uniformierte Polizeibeamte.

»Das ist ja gerade noch einmal gut gegangen«, seufzte Tannenberg, als unten auf der Waldwiese der bewusstlose Clemens Ruby an ihm vorbei zu einem Notarztwagen transportiert wurde.

»Vor allem dank unseres Meisterschützen«, strahlte Sabrina und gab ihrem Mann einen herzhaften Kuss.

»Das hast du wirklich super gemacht, mein lieber Michael«, lobte der Leiter der Kaiserslauterer Mordkommission seinen Mitarbeiter mit Blick auf den imposanten Humbergturm.

»Sag mal, Wolf, wieso hast du mir eigentlich nicht schon vorher gesagt, dass die Kriminaltechnik DNA-Spuren von Ruby an der Toilettentür entdeckt hat?«, wollte die junge Kommissarin wissen, wobei sie den vorwurfsvollen Ton in ihrer Stimme nicht verbergen konnte. »Ich bin mir wirklich ziemlich blöd vorgekommen, als du das vorhin in der Cafeteria verkündet hast.«

»Ganz einfach, Sabrinalein«, tat ihr Chef kund. »Warum sollte ich dir etwas erzählen, das gar nicht stimmt?«

»Was, das hast du nur erfunden, um den Ruby aus der Reserve zu locken?«

»Ja, genau so ist es.«

»Na, du bist mir vielleicht ein alter Gauner.«

»Tja, nur als solcher wird man mit diesen Verbrechern fertig.«

Michael Schauß klopfte seinem Chef anerkennend auf die Schulter. »Glückwunsch, du alter Zocker! Hoch gepokert …«

»Und am Ende gewonnen«, vollendete Tannenberg und grinste von einem Ohr zum anderen.

18

Während der geständige Mörder auf direktem Wege in ein Gefängniskrankenhaus überstellt wurde, fuhren Tannenberg und das Ermittler-Ehepaar Schauß zurück zum Friedenspädagogischen Institut.

Der Wetterbericht hatte einen Temperatursturz und einen radikalen Wetterumschwung angekündigt, der das für Mitte September ungewöhnlich stabile Hochdruckgebiet vertreiben und durch frühherbstliches Schmuddelwetter ersetzen sollte.

Ein böiger Wind war aufgekommen, und über dem Letzberg zeigten sich als erste Vorboten des herannahenden Tiefs schwarzgraue Wolkenarmadas. Das erste Laub rieselte wie überdimensionierte, bunte Schneeflocken von den Bäumen herab und tupfte Farbkleckse auf die schmale Asphaltstraße hinauf zum FPI.

»Hättet ihr es noch vor einer Woche für möglich gehalten, dass an diesem Ort des tagtäglich praktizierten Pazifismus und Humanismus eine derartige kriminelle Energie schlummert?«, fragte Tannenberg seine Kollegen, als er die stramm im Wind stehenden blauen Fahnen mit den aufgedruckten weißen Friedenstäubchen erblickte.

»Nein«, kam es aus beiden Mündern gleichzeitig.

»Wobei man nur mal wieder nüchtern feststellen muss, dass es auf dieser Welt nichts gibt, was es nicht gibt«, meinte Sabrina.

»Sag mal, sind die Leute eigentlich immer noch in der Cafeteria kaserniert?«, fasste ihr Chef einen spontanen Geistesblitz in Worte.

»Ja, sicher. Soweit ich weiß, hast du noch keine andere Weisung erteilt.«

»Gut, dann bringt ihr beide bitte die Leute raus auf den Parkplatz. Ich möchte den Showdown gerne im Freien zelebrieren.«

»Welchen Showdown denn?«, wollte Michael Schauß wissen. »Wir hatten doch gerade einen. Und der war wirklich nicht von schlechten Eltern«

»Wart's ab«, war alles, was er zu hören bekam.

Ein paar Minuten später stand die Theatergruppe im Halbkreis vor dem Kriminalbeamten. Wie zum Gebet faltete er die Hände und setzte eine bedeutungsschwere Miene auf.

»Meine Damen und Herren«, legte er nach mehrmaligem Räuspern los, »ich muss Ihnen mitteilen, dass Ihr Kollege Clemens Ruby sich soeben das Leben genommen hat. Leider sind wir zu spät gekommen und konnten ihn nicht mehr daran hindern.« Er seufzte tief. »Schade, dass wir nicht mehr mit ihm reden konnten.«

Betty hielt sich eine Hand vor den Mund und wandte sich wimmernd ab. Ihr Ehemann Heiner, Chris Trautmann, Eckart König und Klaus Schwallo reagierten ebenfalls sehr betroffen auf die Nachricht, wohingegen Gregor Kleinschmidt davon augenscheinlich nicht sonderlich berührt wurde.

Die Staatssekretärin Dagmar Anung-Loos stierte regungslos auf die Verbundsteine zu ihren Füßen. Ganz im Gegensatz zum Hausmeister des FPI, dessen Augen sich gar nicht an dieser Freiluft-Inszenierung sattsehen konnten. Er trippelte nervös auf der Stelle herum und hätte Tannenberg wohl liebend gerne detailliertere Informationen entlockt.

Nachdem der Leiter des K 1 die vielfältigen Reaktionen visuell aufgenommen hatte, fixierte er Mechthild Busch mit einem stechenden Blick. Die Konrektorin hielt dem forschen Blick nicht nur stand, nein, ihre hellbraunen Augen schickten dem Kriminalbeamten eine leicht zu entschlüsselnde Botschaft.

Sie lautete: Du blöder Bulle kannst mir jetzt rein gar nichts mehr. Der Einzige, der mich hätte ans Kreuz nageln können, ist tot. Gott sei Dank ist er tot! Buschs Mundpartie und Augenlider zuckten und die Lippen formten sich zu einem triumphalen Lächeln.

Tannenberg drehte den Oberkörper zu dem tristen Betonklotz hin und zeigte mit dem Arm in Richtung des Tatortes. »Schade, dass er uns nicht mehr sagen konnte, was sich wirklich dort unten vor der Toilette abgespielt hat«, mimte der Chef-Ermittler weiter den Frustrierten. »Ich bin ja immer noch der Meinung, dass Sie, Frau Busch, an beiden Taten maßgeblich beteiligt waren«, meinte er und zuckte mit den Schultern. »Nur kann ich Ihnen das ohne Rubys Aussage leider nicht nachweisen.«

»Was sollen diese infamen Unterstellungen?«, protestierte die Konrektorin der Friedensschule. »Ich habe überhaupt nichts davon mitbekommen, dass Clemens angeblich Irenes Schlüssel umgedreht und eingesteckt hat. Ich gebe ja zu, dass ich ihm gefolgt bin, aber doch nur, um ihn davon abzuhalten, sich mit Irene anzulegen.

Es hätte nämlich überhaupt keinen Sinn gemacht, denn diese Frau war stur wie ein Panzer. Außerdem hätte sie sich in den Ferien schon wieder beruhigt. Übrigens bin ich nicht«, ein vernichtender Blick zu König, »wie Eckart aus welchen Gründen auch immer behauptet, gleichzeitig mit Clemens hinunter in den Keller gegangen, sondern bin erst etwa eine Minute nach ihm dort eingetroffen.«

»Das stimmt aber nicht«, mischte sich der Schulpsychologe ein.

»Was soll das, Eckart?«, giftete ihn die Konrektorin an. »Warum behauptest du so etwas Infames?« Nun wieder an Tannenberg adressiert: »Ich kann nur wiederholen, was ich eben gesagt habe: Als ich ins Untergeschoss kam, war von einem Schlüsselbund weit und breit nichts zu sehen. Weder steckte einer in der Tür noch hielt Clemens einen in der Hand.«

»Da kann man wohl nichts machen, Eckart«, sagte Tannenberg zerknirscht. »Wie es aussieht, steht Aussage gegen Aussage, und weitere Zeugen gibt es nicht.« Er seufzte tief auf. »Und der arme Herr Ruby kann ja nun leider nicht mehr zur Aufklärung beitragen.«

Als Tannenbergs Blick hinüber zur Staatssekretärin schweifte, seufzte er erneut, diesmal noch theatralischer. »Tja, und leider konnte Herr Ruby auch nicht mehr das Rätsel auflösen, wer in den 70er-Jahren bei dem Banküberfall in der Innenstadt einen meiner Kollegen getötet hat.« Der Leiter des K 1 brummte lang gezogen.

»Könnte nicht vielleicht jemand von Ihnen so nett sein und diese alte Sache aufklären? Damit wir blöden Bullen wenigstens ein kleines Erfolgserlebnis mit zu unserer Dienststelle nehmen könnten.«

Dagmar Anung-Loos stierte weiter hinunter zu ihren Fußspitzen, doch ihre Schultern hoben und senkten sich im Rhythmus ihrer tiefen Atemzüge.

»Na, Eckart, wie wär's denn mit dir?«, versuchte Tannenberg seinen Top-Informanten zu einer Aussage anzuspornen. »Jetzt wäre doch der ideale Zeitpunkt, um dein Gewissen endlich zu erleichtern. Komm, alter Handballkumpel, spring über deinen Schatten und sag mir, wer von euch der seit vier Jahrzehnten gesuchte Polizistenmörder ist.«

König quetschte die Lippen zu einem dünnen Strich zusammen und wiegte sanft den Kopf hin und her.

»Und Sie, Herr Trautmann?«

Keine wahrnehmbare Reaktion.

»Was ist mit Ihnen, Herr Kleinschmidt?«

Kopfschütteln.

»Frau Busch brauche ich wohl erst gar nicht zu fragen, oder möchten Sie uns nicht doch den Todesschützen verraten?«, meinte Tannenberg mit einem breiten Grinsen, das die Konrektorin mit einem gleichartigen Mienenspiel quittierte.

Wolfram Tannenberg krauste die Stirn. »Dann bliebe ja nur noch, falls ich niemanden vergessen habe, unsere allseits geschätzte Frau Staatssekretärin übrig.«

Betretenes Schweigen.

»Bitte, bitte schauen Sie mich doch an«, bettelte Tannenberg. Mit zwei Fingern wies er auf seine Wangen. »Hier mitten ins Gesicht. Wissen Sie, einem Beamten meines niedrigen Standes bietet sich nicht jeden Tag die Gelegenheit, sich von einer waschechten Staatssekretärin angaffen zu lassen.«

Langsam hob Dagmar Anung-Loos den Kopf, vermied es aber, dem Ermittler direkt in die Augen zu schauen. An seiner linken Schulter vorbei bohrte sich ihr Blick in einen Langholzstapel hinein, der links neben der Zufahrt zum FPI-Gelände auf den Abtransport wartete.

»Na, wie wär's denn mit Ihnen, Frau Anung-Loos?«, legte der Chef-Ermittler nach. »Möchten Sie nicht endlich die Katze aus dem Sack lassen?«

Die Staatssekretärin atmete schwer, antwortete jedoch nicht.

Wolfram Tannenberg schlurfte mit nachdenklicher Miene ein paar Schritte in Richtung seines Dienstfahrzeuges. Dann kehrte er zu seiner Ausgangsposition zurück. Er vergrub die Hände in seinen Hosentaschen und leckte sich die Lippen. »Meine sehr verehrten Damen und Herren, wissen Sie eigentlich, was das Schönste an meinem Beruf ist?«, fragte er wie beiläufig in die Runde.

Bleiernes Schweigen.

»Nein? Dann verrate ich Ihnen nun dieses streng gehütete Geheimnis: Man verfügt nicht selten über Informationen, über die andere Menschen nicht verfügen.«

Sein verklärter Blick schwebte über das Flachdach des Friedenspädagogischen Instituts und hakte sich einen Moment lang an einer Bluteiche fest, in deren Baumkrone sich gerade einige Eichelhäher laut krächzend verfolgten. Aha, die Waldpolizei ist also auch schon alarmiert, dachte er.

Er fuhr fort: »So weiß ich zum Beispiel etwas, das Sie alle nicht wissen, weil Sie es nicht wissen können. Weil Sie, während meine Kollegen und ich den flüchtigen Clemens Ruby verfolgt haben, tatenlos in der Cafeteria saßen. Deshalb können Sie auch nicht wissen, dass der liebe Herr Ruby gar nicht Selbstmord begangen hat, sondern sich auch weiterhin eines blühenden Lebens erfreut …«

»Was, der ist überhaupt nicht tot?«, keuchte Mechthild Busch fassungslos.

»Schade, nicht wahr?«

Das Gesicht der Konrektorin war plötzlich kreidebleich.

»Es kommt aber noch viel schlimmer für Sie, meine liebe Frau Busch. Clemens Ruby hat nämlich eine Zeugenaussage gemacht, die Sie extrem belastet. Und darin behauptet er allen Ernstes, dass Sie ihn zu den beiden Morden angestiftet hätten.«

Mechthild Busch überwand ihren Schockzustand ziemlich schnell. »Was der behauptet, ist mir doch egal«, gab sie kampflustig zurück.

»Wissen Sie, welche Frage mich brennend interessiert, Frau Busch?« Tannenberg strich sich nachdenklich über seine rechte Wange. »Wieso ist keiner von Ihnen beiden später noch einmal zurück zur Toilette und hat Frau Graupeter aus ihrer Todeszelle befreit?«

»Wie gesagt: Ich wusste nicht, dass sie da drinnen war«, beharrte Mechthild Busch auf ihrer Version. Ihre Augen verengten sich zu schmalen Schlitzen. »Aber wenn Clemens sie dort tatsächlich eingesperrt haben sollte, hat er nichts Falsches getan. Denn sie war eine Verräterin – und Verräterinnen haben nichts anderes verdient als den Tod.«

»Das muss man Ihnen schon lassen, liebe Frau Busch, Sie haben wirklich klare Positionen, an denen Sie stur festhalten, egal, was passiert. Ach, noch etwas, fast hätte ich es vergessen: Clemens Ruby hat zudem das lange gehütete Geheimnis Ihrer RAF-Sympathisanten-Clique endlich ausgeplaudert.« Sein Zeigefinger stach wie der eines Dirigenten auf Dagmar Anung-Loos ein. »*Sie* haben damals den Polizisten ermordet.«

Die Staatssekretärin schlug die Hände vors Gesicht und sackte wimmernd in sich zusammen. Tannenberg winkte die auf dem Parkplatz versammelten Polizeibeamten herbei. »Bitte, Kollegen, schafft mir endlich diese militanten Friedenstäubchen aus den Augen. Ich kann diese scheinheilige Brut nicht mehr länger ertragen«, erklärte er und drehte der Gruppe den Rücken zu.

Die Streifenpolizisten legten Mechthild Busch und Dagmar Anung-Loos Handschellen an und führten sie gemeinsam mit Gregor Kleinschmidt zu den abgestellten Einsatzfahrzeugen. Auch Eckart König und der Direktor der Friedensschule wurden zwecks weiterer Befragungen in die Autos verfrachtet und ins K 1 gebracht.

Während Betty in die Cafeteria ging, um ihre Handtasche zu holen, hakte Heiner seinen Bruder unter und schlenderte mit ihm ein paar Schritte auf die Zufahrt des Institutsgeländes zu.

»Soll ich dir ein weiteres streng gehütetes Geheimnis verraten, Wolf?«, fragte Heiner.

Tannenberg blieb stehen und starrte ihn entsetzt an. »Du hast doch hoffentlich nicht auch etwas mit der Sache von damals zu tun?«

Heiner lachte. »Nein, Bruderherz, Gott behüte.« Er senkte die Stimme zu einem Flüstern. »Es ist etwas ganz anderes.«

Der Kriminalbeamte orakelte spontan, dass ihm sein Bruder nun eine geheime Liebschaft beichten würde, für die er in Anbetracht seiner kratzbürstigen Schwägerin durchaus Verständnis aufbringen würde. »Und was?«

»Ich habe einen Versetzungsantrag ans Gymnasium gestellt.«

Tannenberg reagierte auf diese Nachricht mit einem zufriedenen Lächeln. »Hast du es also endlich auch kapiert?«

»Ja, das hab ich.« Heiner lupfte die Schultern. »Bei manchen dauert es eben ein bisschen länger. Mein Versetzungsantrag ist übrigens bereits genehmigt worden. Im nächsten Schuljahr unterrichte ich am Rittersberg-Gymnasium. Stell dir mal vor: Ich werde Lehrer an unserer alten Schule.«

»Oh Gott, die armen Schüler«, stöhnte der Ermittler.

»Ja, die werde ich richtig quälen«, erwiderte Heiner und knetete erwartungsfroh seine Hände. »Darauf freue ich mich sehr.«

»Und was meint deine geschätzte Gattin dazu?«

Der Deutschlehrer und leidenschaftliche Hobbypoet räusperte sich. »Die weiß noch gar nichts davon.«

Tannenberg machte eine flatternde Handbewegung, als ob er sich gerade an etwas verbrannt hätte. »Oha, das gibt Zoff.«

Heiner zuckte mit den Schultern. »Was soll's, Wolf. Manchmal muss ein Mann eben seinen eigenen Weg gehen. Wie hat der berühmte amerikanische Philosoph John Wayne einmal gesagt: A man's gotta do, what a man's gotta do.«

»Welch wahre Worte«, lachte Tannenberg und umarmte seinen zwei Jahre älteren Bruder.

Als er sich gerade von Heiner gelöst hatte, ertönte in seinem Rücken ein knatterndes Geräusch. Verwundert blickte er sich um und erspähte einen Mopedfahrer, der hupend auf ihn zugefahren kam.

Obwohl der Fahrer einen Integralhelm trug, war er aufgrund seiner hochgewachsenen, dürren Gestalt, an der ein anthrazitfarbener Anzug wie an einem Kleiderständer hing, leicht zu identifizieren.

Zumal unter seinem glatt rasierten Kinn eine weinrote Fliege prangte – das unverwechselbare Markenzeichen eines gewissen Herrn Dr. Rainer Schönthaler, seines Zeichens Gerichtsmediziner und bester Freund Tannenbergs.

»Hallo, Jungs, na, was sagt ihr denn dazu?«, schrie er durch das geöffnete Visier des Integralhelmes, als die blaue Zündapp quietschend zum Stillstand kam.

Tannenberg hatte es die Sprache verschlagen. Mit offenem Mund starrte er das Kleinkraftrad an.

»Das ist doch genau so eine Maschine, wie du sie früher gefahren bist, Wolf, oder?«, meinte Heiner.

»Ja, natürlich. Aber sie sieht nicht nur so ähnlich aus wie meine alte Maschine, es *ist* meine alte Zündapp«, sagte Tannenberg ergriffen. Tränen der Rührung standen in seinen Augen. Er bückte sich und zeigte auf einen chromfarbenen Sturzbügel.

»Behaupten kann das ja jeder«, frotzelte der Rechtsmediziner.

»Quatsch«, zischte sein bester Freund. »Da, da, da«, stammelte Tannenberg.

»Da da da«, stimmten Heiner und Dr. Schönthaler den größten Hit der Neuen Deutschen Welle an.

»Das hier ist der eindeutige Beweis«, behauptete Wolfram

Tannenberg, noch immer von seinen Erinnerungen überwältigt. »Hier wurde der Sturzbügel geschweißt. Damals, als ich Lea den ersten Kuss gegeben habe, bin ich im Freudentaumel bei der Heimfahrt auf einem nassen Zebrastreifen ausgerutscht und gestürzt. Dabei ist das Ding durchgebrochen.«

»Ja, ja, ich erinnere mich noch gut an diesen Abend«, bemerkte Heiner. »Du hattest dir damals ganz schön das Knie aufgeschlagen.«

»Richtig. Und meine neue Hose hatte nach dem Sturz ein Riesenloch«, ergänzte sein Bruder. »Mannomann, hat Mutter mit mir geschimpft, als ich heimgekommen bin.«

»Aber gleich danach hat sie dich in den Arm genommen, weil sie überglücklich war, dass dir nicht mehr passiert war.«

»Stimmt«, sagte Tannenberg. Er stellte sich hinter die Maschine und streichelte sanft einen etwa 40 Zentimeter langen Fuchsschwanz, der an der hohen Easy-Rider-Sitzstange baumelte. »Wo hast du denn meine alte Maschine aufgetrieben?«

»Ach, das war reiner Zufall«, erwiderte der Rechtsmediziner mit einer abwiegelnden Geste. »Zurzeit ist ein Kollege aus Köln bei mir zu Besuch. Und der ist ein totaler Motorradfreak. Als ich ihm vom Otterberger Motorradmuseum erzählt habe, wollte er es unbedingt besichtigen.« Er nahm die Hände vom Lenker und schlug sie aneinander. »Und dann stand plötzlich deine blaue Zündapp vor mir. Einfach so.«

»Wahnsinn«, hauchte Tannenberg, der sich überhaupt nicht mehr einkriegen konnte.

»Der Museumsbetreiber hatte sie ein paar Tage zuvor einem Ami abgekauft, der sie anscheinend die ganzen Jahre über wie eine Reliquie gehütet hatte. Erst wollte dieser Museumsfritze die Maschine partout nicht verkaufen, aber ich hab sie ihm dann doch abgeluchst«, verkündete Dr. Schönthaler mit stolzgeschwellter Brust. »Und weißt du was: Ich schenke sie dir.«

Sein bester Freund war nun völlig baff. »Was? Wieso? Du spinnst doch!«

»Nein, nimm einfach das Geschenk an und halte den Schnabel. Falls es dich tröstet, so ganz uneigennützig, wie es vielleicht den Anschein hat, ist es nun auch wieder nicht: Du musst mich nämlich, so oft es geht, zu Ausflügen mitnehmen.«

»Okay, okay, mache ich«, versprach Tannenberg. »Aber ich hab doch gar keinen Geburtstag.«

»Macht nichts. Dann bekommst du sie eben von mir als verfrühtes Weihnachtsgeschenk anstatt der sonst üblichen Socken- und Unterhosenpakete«, lachte der Rechtsmediziner, zog den Schlüssel ab und reichte ihn seinem Freund. »Komm, wir drehen mal eine Runde.«

»Nee du, dazu bin ich im Moment viel zu aufgeregt.«

»Okay, dann fahr eben ich. Los, schwing die morschen Knochen über die Sitzbank«, forderte der Rechtsmediziner. Er reichte Tannenberg einen zweiten Helm. »Da sind Lautsprecher drin«, erklärte er, »damit wir beim Fahren Musik hören können.«

Kopfschüttelnd stülpte der Kriminalbeamte den Helm über und nahm auf der schwarzen Sitzbank Platz.

»Fertig?«

»Ja.«

Dr. Schönthaler drückte auf die Abspieltaste eines seitlich neben dem silberfarbenen Tank angebrachten MP3-Players.

»Get your motor runnin'. Head out on the highway. Lookin' for adventure. And whatever comes our way. Yeah, darlin' go make it happen. Take the world in a love embrace. Fire all of your guns at once and explode into space. Like a true nature's child, we were born, born to be wild«, dröhnte es Tannenberg im Ohr.

Der Rechtsmediziner ließ die Kupplung kommen und knatterte an Heiner vorbei. Kurz vor der Treppe des Friedenspädagogischen Instituts wendete er die blaue Zündapp und gab dann Vollgas.

Lauthals grölte Tannenberg den Steppenwolf-Song mit: »We can climb so high … I never wanna die … Born to be wild.«

»Was für verrückte Kerle«, murmelte Heiner, als die alten Freunde johlend an ihm vorbeizischten.

ENDE

Website des Autors:
www.tannenberg-krimis.de

Weitere Krimis finden Sie auf den folgenden Seiten und im Internet: www.gmeiner-verlag.de

Bernd Franzinger
Tannenberg ermittelt wieder in der Pfalz
978-3-8392-1584-5

»Einer der erfolgreichsten Krimiautoren kommt aus der Pfalz: Bernd Franzinger«
SWR

Wenn in Kaiserslautern das Verbrechen tobt, gibt es nur einen, der Einhalt gebietet: Kommissar Wolfram Tannenberg. In 30 Fällen stellt er seine kriminalistischen Fähigkeiten unter Beweis und löst die unterschiedlichsten Fälle. Ob Banküberfall, Diebstahl oder Schmierereien an einer Hauswand, Tannenberg ist stets zur Stelle und überführt den wahren Täter. Sind auch Sie, lieber Leser, bereit die Rätsel zu lösen?

Unser Lesermagazin

2 x jährlich das Neueste aus der Gmeiner-Bibliothek

24 x 35 cm, 40 S., farbig; inkl. Büchermagazin »nicht nur« für Frauen und HistoJournal

Das KrimiJournal erhalten Sie in Ihrer Buchhandlung oder unter www.gmeiner-verlag.de

GmeinerNewsletter

Neues aus der Welt der Gmeiner-Romane

Haben Sie schon unsere GmeinerNewsletter abonniert?

Monatlich erhalten Sie per E-Mail aktuelle Informationen aus der Welt der Krimis, der historischen Romane und der Frauenromane: Buchtipps, Berichte über Autoren und ihre Arbeit, Veranstaltungshinweise, neue Literaturseiten im Internet und interessante Neuigkeiten.

Die Anmeldung zu den GmeinerNewslettern ist ganz einfach. Direkt auf der Homepage des Gmeiner-Verlags (www.gmeiner-verlag.de) finden Sie das entsprechende Anmeldeformular.

Ihre Meinung ist gefragt!

Mitmachen und gewinnen

Wir möchten Ihnen mit unseren Romanen immer beste Unterhaltung bieten. Sie können uns dabei unterstützen, indem Sie uns Ihre Meinung zu den Gmeiner-Romanen sagen! Senden Sie eine E-Mail an gewinnspiel@gmeiner-verlag.de und teilen Sie uns mit, welches Buch Sie gelesen haben und wie es Ihnen gefallen hat. Alle Einsendungen nehmen automatisch am großen Jahresgewinnspiel mit attraktiven Buchpreisen teil.

GMEINER

Wir machen's spannend